D0777901

LE ZAHIR

PAULO
Coelho

LE ZAHIR

ROMAN

Traduit du portugais (Brésil) par
Françoise Marchand-Sauvagnargues

Ô Marie conçue sans péché, priez pour nous qui faisons
appel à Vous. Amen.

Titre original :
O Zahir

www.paulocoelho.com
www.lezahir.com

© Paulo Coelho, 2005
Cette édition est publiée avec l'accord
de Sant Jordi Asociados, Barcelone, Espagne

Pour la traduction française :
© Éditions Flammarion, 2005

« Lequel d'entre vous, s'il a cent brebis
et qu'il en perde une, ne laisse pas
les quatre-vingt-dix-neuf autres dans le désert
pour aller à la recherche de celle qui est perdue
jusqu'à ce qu'il l'ait retrouvée ? »

Luc 15, 4.

Quand tu prendras le chemin d'Ithaque,
Souhaite que la route soit longue,
Pleine d'aventures, riche d'enseignements.
Ne crains pas les Lestrygons et les Cyclopes, ni la colère de
    Poséidon,
Jamais tu ne les trouveras sur ton chemin,
Si ta pensée reste élevée, si l'émotion
Habite ton corps et ton esprit.
Les Lestrygons et les Cyclopes,
Tu ne les rencontreras pas, ni la fureur de Poséidon,
Si tu ne les transportes pas dans ton âme,
Si ton âme ne les fait pas surgir devant toi.

Je te souhaite que la route soit longue,
Que nombreux soient les matins d'été,
Que le plaisir de découvrir des ports inconnus
T'apporte une joie nouvelle ;
Va visiter les comptoirs phéniciens
Où tu trouveras des marchandises délicieuses.
Visite les villes égyptiennes,
Et instruis-toi auprès de ceux qui ont tant de choses
    à t'enseigner.

Garde toujours Ithaque présente à ton esprit.
Y parvenir est ta destination finale.
Mais ne te hâte pas ;
Mieux vaut prolonger ton voyage pendant des années

Et n'aborder dans l'île que
Riche de ce que tu auras appris en chemin.

N'attends pas d'Ithaque d'autres bienfaits.
Ithaque t'a offert un beau voyage.
Sans elle, tu n'aurais jamais pris la route.
Elle t'a tout donné, elle n'a rien de plus à t'apporter.

Et même si, à la fin, tu trouves qu'elle est pauvre,
Ithaque ne t'a pas trompé.
Car tu es devenu un sage, tu as vécu intensément,
Et c'est cela que signifie Ithaque.

D'après Constantin Cavafis (1863-1933).

DÉDICACE DE L'AUTEUR

J'avais déclaré dans la voiture que je venais de mettre un point final à la première version de mon livre. Lorsque nous avons commencé à gravir ensemble dans les Pyrénées une montagne que nous considérons comme sacrée et où nous avons vécu des moments extraordinaires, je lui ai demandé si elle voulait en connaître le thème central, ou le titre ; elle a répondu qu'elle aurait beaucoup aimé poser la question, mais que par respect pour mon travail, elle n'avait rien dit, elle était simplement contente – très contente.

Je lui ai annoncé le titre et le thème central. Nous avons continué à marcher en silence, et au retour, nous avons entendu du bruit ; le vent se levait, traversant la cime des arbres dénudés, descendant jusqu'à nous, et de nouveau la montagne montrait sa magie, son pouvoir.

Ensuite est venue la neige. Je me suis arrêté, et j'ai contemplé cet instant : la chute des flocons, le ciel gris, la forêt, elle à côté de moi. Elle qui a toujours été à côté de moi, tout le temps.

J'ai eu envie de le dire à ce moment-là, mais je ne l'ai pas fait, pour que tu le saches seulement quand tu feuilletterais pour la première fois ces pages. Christina, ma femme, ce livre t'est dédié.

« Selon l'écrivain Jorge Luis Borges, l'idée du Zahir vient de la tradition islamique, et l'on estime qu'il est apparu vers le XVIIIe siècle. *Zahir*, en arabe, veut dire visible, présent, qui ne peut pas passer inaperçu. Un objet ou un être qui, une fois que nous l'avons rencontré, finit par occuper peu à peu toutes nos pensées, au point que nous ne parvenons plus à nous concentrer sur rien. Il peut signifier la sainteté, ou la folie. »

Faubourg Saint-Pères,
Encyclopédie du fantastique, 1953.

JE SUIS UN HOMME LIBRE

Elle, Esther, correspondante de guerre rentrée récemment d'Irak parce que l'invasion du pays doit avoir lieu d'un moment à l'autre, trente ans, mariée, sans enfant. Lui, un homme non identifié, vingt-trois ou vingt-cinq ans environ, brun, traits mongols. On les a vus pour la dernière fois dans un café, rue du Faubourg-Saint-Honoré.

La police a été informée qu'on les avait déjà rencontrés auparavant, même si personne n'a pu préciser combien de fois : Esther avait toujours affirmé que l'homme – qui cachait son identité sous le nom de Mikhail – était quelqu'un de très important, bien qu'elle n'ait jamais expliqué s'il était important pour sa carrière de journaliste, ou pour elle, en tant que femme.

La police a diligenté une enquête en bonne et due forme. On a avancé plusieurs hypothèses : un enlèvement, un chantage, un enlèvement suivi de la mort – ce qui ne serait absolument pas surprenant, vu que son travail la mettait fréquemment en contact avec des gens liés à des cellules terroristes, à la recherche d'informations. On a découvert que son compte bancaire indiquait des retraits d'argent réguliers dans les semaines précédant sa disparition : les enquêteurs ont considéré que cela pouvait être lié au paiement d'informations. Elle n'avait emporté aucun vêtement, mais, curieusement, son passeport n'a pas été retrouvé.

Lui, un inconnu, très jeune, jamais fiché par les services de police, aucune piste ne permettant de l'identifier.

Elle, Esther, deux prix internationaux de journalisme, trente ans, mariée.

Ma femme.

Je suis immédiatement soupçonné, et arrêté – puisque j'ai refusé d'avouer où je me trouvais le jour de sa disparition. Mais le policier de garde vient d'ouvrir la porte, et de dire que j'étais un homme libre.

Pourquoi suis-je un homme libre ? Parce que de nos jours tout le monde sait tout sur tout le monde, il suffit de désirer l'information et elle est là : l'endroit où nous avons utilisé notre carte de crédit, les lieux que nous fréquentons, les gens avec qui nous couchons. Dans mon cas, cela a été plus facile encore : une femme, journaliste également, amie de ma femme mais divorcée – et n'ayant par conséquent aucun problème à déclarer qu'elle couchait avec moi – s'est offerte pour témoigner en ma faveur quand elle a appris que j'avais été arrêté. Elle a présenté des preuves concrètes de ma présence avec elle le jour et la nuit de la disparition d'Esther.

Je vais parler avec l'inspecteur principal, qui me rend les objets qui m'appartiennent, s'excuse, affirme que ma brève garde à vue avait un fondement légal, et que je ne pourrai pas accuser l'État ou lui faire un procès. Je lui explique que je n'en ai pas la moindre intention, je sais que n'importe qui est toujours suspect, surveillé vingt-quatre heures sur vingt-quatre, même s'il n'a commis aucun crime.

« Vous êtes libre », dit-il, reprenant les mots du policier de garde.

Je demande : n'est-il pas possible qu'il soit vraiment arrivé quelque chose à ma femme ? Elle m'avait déjà signalé que parfois elle se sentait suivie, à cause de son énorme réseau de contacts dans le milieu du terrorisme.

L'inspecteur n'est pas bavard. J'insiste, mais il ne me dit rien.

Je demande si elle peut voyager avec son passeport, il dit que oui, puisqu'elle n'a commis aucun crime. Pourquoi ne pourrait-elle pas sortir librement du pays et y rentrer ?

« Alors il est possible qu'elle ne soit plus en France ?

— Vous croyez qu'elle vous a abandonné à cause de la fille avec qui vous couchez ?

— Cela ne vous regarde pas », je réponds. L'inspecteur s'arrête une seconde, devient sérieux, dit que j'ai été arrêté parce que c'est la procédure de routine, mais qu'il est désolé de la disparition de ma femme. Lui aussi est marié, et bien qu'il n'aime pas mes livres (alors il sait qui je suis ! Il n'est pas aussi ignorant qu'il le paraît !) il peut se mettre à ma place, il sait que ce qu'il m'arrive est difficile.

Je demande ce que je dois faire désormais. Il me tend sa carte, me prie de le tenir au courant si j'ai des nouvelles – c'est une scène que je vois dans tous les films, je ne suis pas convaincu, les inspecteurs en savent toujours plus qu'ils ne veulent en dire.

Il me demande si j'ai déjà rencontré l'autre personne qui se trouvait avec Esther la dernière fois qu'elle a été aperçue. Je réponds que je connaissais son nom de code, mais que je ne l'ai jamais rencontré personnellement.

Il demande si nous avons des problèmes conjugaux. Je dis que nous sommes ensemble depuis plus de dix ans, et que nous n'avons ni plus ni moins de problèmes qu'un couple normal.

Il demande, avec délicatesse, si nous avons parlé récemment de divorce, ou si ma femme envisageait de me quitter. Je réponds que cette hypothèse n'a jamais existé, même si – et je répète, « comme tous les couples » – nous avions quelques discussions de temps à autre.

Fréquemment, ou de temps à autre ?

De temps à autre, j'insiste.

Il demande avec encore plus de délicatesse si elle se doutait de mon aventure avec son amie. Je dis que c'était la première – et dernière – fois que nous couchions ensemble. Ce n'était pas une aventure, en réalité ce n'était rien, la journée était morose, nous étions désœuvrés après le déjeuner, le jeu de la séduction redonne vie, c'est pour cela que nous avons fini au lit.

« Vous allez au lit simplement parce que la journée est morose ? »

Je voudrais dire que ce genre de question ne fait pas partie de l'enquête, mais j'ai besoin de sa complicité, peut-être aurai-je besoin de lui plus tard – n'existe-t-il pas une institution invisible appelée la Banque des Faveurs, qui m'a toujours été utile ?

« Cela arrive parfois. Il n'y a rien d'intéressant à faire, la femme est en quête d'émotions, je suis en quête d'aventure, et voilà. Le lendemain, nous faisons l'un et l'autre comme si rien ne s'était passé, et la vie continue. »

Il remercie, me tend la main, dit que dans son milieu les choses se passent autrement. On connaît la morosité, l'ennui, et même l'envie de coucher – mais on se contrôle beaucoup plus, et personne ne fait ce qu'il lui passe par la tête ou ce qu'il veut.

« Peut-être que chez les artistes on est plus libre », remarque-t-il.

Je réponds que je connais son milieu, mais que je ne veux pas entrer maintenant dans des comparaisons concernant nos différentes opinions de la société et des êtres humains. Je reste silencieux, attendant l'étape suivante.

« À propos de liberté, vous pouvez partir, dit l'inspecteur, un peu déçu que l'écrivain se refuse à causer au policier. À présent que je vous connais personnellement, je vais lire vos livres ; en réalité, j'ai dit que je n'aimais pas, mais je ne les ai jamais lus. »

Ce n'est ni la première ni la dernière fois que j'entendrai cette phrase. Au moins l'épisode a-t-il servi à me faire gagner un nouveau lecteur ; je le salue, et je m'en vais.

Je suis libre. Je sors de garde à vue, ma femme a disparu dans des circonstances mystérieuses, je ne travaille pas à heures fixes, je n'ai pas de problèmes relationnels, je suis riche, célèbre, et si de fait Esther m'a abandonné, je rencontrerai rapidement quelqu'un pour la remplacer. Je suis libre et indépendant.

Mais qu'est-ce que la liberté ?

J'ai été une grande partie de ma vie esclave de quelque chose, donc je devrais comprendre la signification de ce mot. Depuis l'enfance, je me suis battu pour qu'elle soit mon plus grand trésor. J'ai lutté contre mes parents, qui voulaient que je sois ingénieur plutôt qu'écrivain. J'ai lutté contre mes camarades de collège, qui dès le début m'avaient choisi pour victime de leurs blagues perverses, et ce n'est qu'après que beaucoup de sang eut coulé de mon nez et des leurs, après beaucoup d'après-midi où je devais cacher à ma mère les cicatrices – car c'était à moi de résoudre mes problèmes, pas à elle – que j'ai montré que je pouvais prendre une raclée sans pleurer. J'ai lutté pour trouver un emploi qui me permette de subsister, j'ai travaillé comme livreur dans un magasin d'outillage pour me libérer du fameux chantage familial : « Nous te donnons de l'argent, mais tu dois faire ceci et cela. »

J'ai lutté – sans résultat – pour la fille que j'aimais adolescent, et qui m'aimait aussi ; elle a fini par me laisser tomber parce que ses parents l'avaient convaincue que je n'avais pas d'avenir.

J'ai lutté contre le milieu hostile du journalisme, mon emploi suivant ; là, mon premier patron m'a fait attendre trois heures et ne m'a accordé un peu d'attention qu'au moment où j'ai commencé à déchirer en morceaux le livre qu'il était en train de lire ; il m'a regardé surpris, et il a vu un garçon capable de persévérer et d'affronter l'ennemi, qualités essentielles pour un bon reporter. J'ai lutté pour l'idéal socialiste, j'ai fini en prison, j'en suis sorti et j'ai continué à lutter – je me prenais pour un héros de la classe ouvrière – jusqu'au jour où j'ai entendu les Beatles, et où j'ai décidé qu'il était beaucoup plus distrayant d'aimer le rock que Marx. J'ai lutté pour l'amour de ma première, de ma deuxième, de ma troisième femme. J'ai lutté pour avoir le courage de me séparer de la première, de la deuxième, de la troisième, parce que l'amour n'avait pas résisté et que je devais aller de l'avant, jusqu'à ce que je rencontre la personne qui avait été mise au monde pour me rencontrer – et n'était aucune des trois.

J'ai lutté pour avoir le courage de quitter mon emploi au journal et de me lancer dans l'aventure de l'écriture d'un livre, même si je savais que dans mon pays personne ne peut vivre de littérature. J'ai renoncé au bout d'un an, après avoir écrit plus de mille pages, qui me paraissaient absolument géniales parce que même moi je n'y comprenais rien.

Pendant que je luttais, j'entendais les gens parler au nom de la liberté, et plus ils défendaient ce droit unique, plus ils se montraient esclaves des désirs de leurs parents, d'un mariage dans lequel ils promettaient de rester avec l'autre « pour le restant de leur vie », de la balance, des régimes, des projets jamais achevés, des amours auxquelles on ne pouvait pas dire « non » ou « ça suffit », des fins de semaine où ils étaient obligés de manger avec des gens qu'ils n'avaient pas envie de voir. Esclaves du luxe, de l'apparence du luxe, de l'apparence de l'apparence du luxe. Esclaves d'une vie qu'ils n'avaient pas choisie, mais qu'ils avaient décidé de vivre parce que quelqu'un avait fini par les convaincre que cela valait mieux pour eux. Et ainsi leurs jours et leurs nuits se suivaient et se ressemblaient, l'aventure était un mot dans un livre ou une image à la télévision toujours allumée, et quand une porte s'ouvrait, ils disaient toujours :

« Cela ne m'intéresse pas, je n'ai pas envie. »

Comment pouvaient-ils savoir s'ils avaient envie ou non s'ils n'avaient jamais essayé ? Mais poser la question était inutile : en réalité, ils avaient peur d'un changement qui viendrait secouer l'univers de leurs petites habitudes.

L'inspecteur dit que je suis libre. Libre, je le suis maintenant, et libre je l'étais en garde à vue, parce que la liberté est encore ce qui m'est le plus cher en ce monde. Bien sûr, j'ai dû boire des vins que je n'aimais pas, faire des choses que je n'aurais pas dû faire et que je n'ai pas refaites, cela m'a laissé beaucoup de cicatrices sur le corps et dans l'âme, j'ai blessé quelques personnes – auxquelles j'ai finalement demandé pardon, à une époque où j'ai compris que je pouvais tout faire, sauf forcer l'autre à me suivre dans ma folie et ma soif de vivre. Je ne regrette pas les moments où j'ai souffert, je porte mes cicatrices comme des médailles, je sais que la liberté coûte très cher, aussi cher que l'esclavage ; la seule différence, c'est que vous payez avec plaisir et avec le sourire, même quand c'est un sourire mouillé de larmes.

Je suis sorti du commissariat et c'est une belle journée, un dimanche ensoleillé qui ne va pas du tout avec mon état d'esprit. Mon avocat m'attend dehors avec quelques mots de consolation et un bouquet de fleurs. Il dit qu'il a téléphoné à tous les hôpitaux, aux morgues (le genre de chose que l'on fait toujours quand quelqu'un tarde à rentrer à la maison), mais il n'a pas trouvé trace d'Esther. Il dit qu'il a empêché que les journalistes ne sachent où j'étais retenu. Il dit qu'il doit discuter avec moi, pour mettre au point une stratégie juridique qui me permette de me défendre si j'étais accusé plus tard. Je le remercie de son attention ; je sais qu'il ne désire mettre au point aucune stratégie juridique – en réalité, il ne veut pas me laisser seul, car il ne sait pas comment je vais réagir (vais-je me saouler et être arrêté de nouveau ? tenter de me suicider ?). Je réponds que j'ai des affaires importantes à traiter et que nous savons, lui et moi, que je n'ai aucun problème avec la loi. Il insiste, mais je ne lui donne pas le choix – finalement, je suis un homme libre.

La liberté. La liberté d'être misérablement seul.

Je prends un taxi jusqu'au centre de Paris, je demande au chauffeur de s'arrêter près de l'Arc de Triomphe. Je commence à descendre les Champs-Élysées vers l'hôtel Bristol, où j'avais l'habitude de prendre un chocolat chaud avec Esther chaque fois que l'un de nous deux revenait d'une mission à l'étranger. Pour nous, c'était comme un rituel de retour, une immersion dans l'amour qui nous unissait encore, même si la vie nous poussait de plus en plus vers des voies différentes.

Je continue à marcher. Les gens sourient, les enfants profitent gaiement de ces quelques heures de printemps en plein hiver, la circulation est fluide, tout paraît en ordre – sauf que tous ces gens ne savent pas, ou feignent de ne pas savoir, ou simplement ne s'intéressent pas au fait que je viens de perdre ma femme. Ne comprennent-ils pas à quel point je souffre ? Ils devraient tous être attristés, compatissants, solidaires d'un homme dont l'âme saigne d'amour ; mais ils continuent à rire, plongés dans leurs misérables petites vies qu'ils ne vivent qu'en fin de semaine.

Quelle idée ridicule : on croise des tas de gens qui ont aussi l'âme brisée, et je ne sais ni pourquoi ni comment ils souffrent.

J'entre dans un bar pour acheter des cigarettes, on me répond en anglais. Je passe dans une pharmacie chercher une sorte de bonbon à la menthe que j'adore, et l'employé me parle anglais (les deux fois j'ai demandé les produits en français). Avant d'arriver à l'hôtel, je suis interpellé par deux garçons qui viennent d'arriver de Toulouse, ils veulent savoir où se trouve un certain magasin, ils abordent plusieurs personnes, aucune ne comprend ce qu'ils disent. Que se passe-t-il ? A-t-on changé de langue sur les Champs-Élysées pendant les vingt-quatre heures où j'étais retenu ?

Le tourisme et l'argent sont capables de faire des miracles : mais comment n'ai-je pas vu cela plus tôt ? Parce que, semble-t-il, il y a très longtemps qu'Esther et moi nous n'avons pas pris ce chocolat, même si l'un et l'autre nous sommes partis et revenus plusieurs fois durant cette période. Il y a toujours plus important. Il y a toujours un rendez-vous qu'on ne peut reporter. Oui, mon amour, nous prendrons notre chocolat la prochaine fois, reviens vite, tu sais qu'aujourd'hui j'ai une interview vraiment importante et je ne peux pas aller te chercher à l'aéroport, prends un taxi, mon mobile est allumé, tu peux m'appeler si tu as une urgence, autrement à ce soir.

Téléphone mobile ! Je le sors de ma poche, je l'allume immédiatement, il sonne plusieurs fois, chaque fois mon cœur sursaute, je vois sur le petit écran les noms des personnes qui me cherchent, et je ne réponds à aucune. Si seulement apparaissait « appelant inconnu » ; ce ne pourrait être qu'elle puisque ce numéro de téléphone est réservé à une vingtaine de personnes qui ont juré de ne jamais le transmettre. Mais non, tous les numéros sont ceux d'amis ou de professionnels très proches. Ils veulent sans doute savoir ce qui s'est passé, ils veulent m'aider (aider comment ?), demander si j'ai besoin de quelque chose.

Le téléphone continue de sonner. Dois-je répondre ? Dois-je rencontrer certaines de ces personnes ?

Je décide de rester seul tant que je ne comprends pas bien ce qui se passe.

J'arrive au Bristol, qu'Esther décrivait toujours comme l'un des rares hôtels à Paris où les clients sont traités comme des hôtes et non des sans-abri en quête d'un toit. On me salue comme si je faisais partie de la maison, je choisis une table devant la belle horloge, j'écoute le piano, je regarde le jardin au-dehors.

Je dois être pragmatique, étudier les solutions, la vie continue. Je ne suis ni le premier ni le dernier homme abandonné par sa femme. Mais est-ce que cela aurait dû arriver un jour de soleil, avec les gens dans la rue qui sourient, les enfants qui chantent, les premiers signes du printemps, le soleil qui brille, les automobilistes qui respectent les piétons ?

Je prends une serviette, je vais me retirer ces idées de la tête et les mettre sur le papier. Laissons de côté les sentiments, et voyons ce que je dois faire :

A] Envisager l'hypothèse qu'elle ait été réellement enlevée, sa vie est en danger en ce moment, je suis son homme, son compagnon de tous les instants, je dois remuer ciel et terre pour la retrouver.

Réponse à cette hypothèse : elle a pris son passeport. La police ne le sait pas, mais elle a pris également quelques objets personnels, et un portefeuille contenant des images de saints protecteurs qu'elle emportait toujours avec elle quand elle partait dans un autre pays. Elle a retiré de l'argent à la banque.

Conclusion : elle se préparait à partir.

B] Envisager l'hypothèse qu'elle ait cru à une promesse qui s'est finalement révélée un piège.

Réponse : elle s'est mise très souvent dans des situations périlleuses – cela faisait partie de son travail. Mais elle me prévenait toujours, puisque j'étais la seule personne en qui elle pouvait avoir une confiance totale. Elle me disait où elle devait se trouver, avec qui elle entrerait en contact (même si, pour ne pas me mettre en danger, elle utilisait la plupart du temps des noms de guerre), et ce que je devrais faire au cas où elle ne serait pas revenue à l'heure prévue.

Conclusion : elle n'avait pas en tête une rencontre avec ses sources d'information.

C] Envisager l'hypothèse qu'elle ait rencontré un autre homme.

Réponse : il n'y a pas de réponse. C'est, de toutes les hypothèses, la seule qui ait un sens. Et moi, je ne peux pas l'admettre, je ne peux pas accepter qu'elle s'en aille de cette manière, sans au moins me dire pourquoi. Aussi bien Esther que moi, nous nous sommes toujours enorgueillis d'affronter en commun toutes les difficultés de la vie. Nous avons souffert, mais nous ne nous sommes jamais menti l'un à l'autre – même si cela faisait partie des règles du jeu d'omettre quelques liaisons extraconjugales. Je sais qu'elle a commencé à beaucoup changer après sa rencontre avec ce Mikhail, mais cela justifie-t-il la rupture d'un mariage qui a duré dix ans ?

Même si elle a couché avec lui, même si elle est amoureuse, ne va-t-elle pas mettre dans la balance tous nos moments ensemble, tout ce que nous avons acquis, avant de s'embarquer dans une aventure sans retour ? Elle était libre de voyager quand elle le voulait, elle vivait entourée d'hommes, de soldats qui n'avaient pas vu une femme depuis très longtemps, je ne lui ai jamais rien demandé, elle ne m'a jamais rien dit. Nous étions libres tous les deux, et c'était notre fierté.

Mais Esther a disparu. En laissant des traces visibles de moi seul, comme un message secret : je m'en vais.

Pourquoi ?

Vaut-il seulement la peine de répondre à cette question ?

Non. Puisque la réponse se trouve dans ma propre incompétence à garder près de moi la femme que j'aime. Vaut-il la peine de la rechercher pour la convaincre de revenir vers moi ? Implorer, mendier une nouvelle chance pour notre mariage ?

Cela semble ridicule : mieux vaut souffrir comme j'ai souffert quand d'autres femmes que j'aimais ont fini par me quitter. Mieux vaut lécher mes plaies, comme je l'ai fait également autrefois. Pendant quelque temps je vais penser à elle, devenir amer, irriter mes amis parce que je n'aurai d'autre sujet de conversation que le départ de ma femme. J'essaierai d'expliquer ce qui s'est passé, je passerai des jours et des nuits à revoir chaque moment auprès d'elle, je finirai par conclure qu'elle a été dure avec moi, moi qui ai toujours voulu faire pour le mieux. Je trouverai d'autres femmes. Mais en me promenant dans la rue, je croiserai à chaque instant quelqu'un qui pourrait être Esther. Souffrir jour et nuit, nuit et jour. Cela peut durer des semaines, des mois, plus d'un an peut-être.

Et puis un matin je me réveille, je constate que je pense à autre chose, et je comprends que le pire est passé. Mon cœur est blessé, mais il se rétablit et j'entrevois de nouveau la beauté de la vie. Cela m'est déjà arrivé, cela m'arrivera de nouveau, j'en suis certain. Lorsque quelqu'un s'en va, c'est que quelqu'un d'autre va arriver – je rencontrerai de nouveau l'amour.

Pour un moment, je savoure l'idée de ma nouvelle condition : célibataire et millionnaire. Je peux sortir avec qui je désire, au grand jour. Je peux me comporter dans les fêtes comme je ne me suis pas comporté durant toutes ces années. L'information va circuler rapidement, et bientôt beaucoup de femmes, jeunes ou plus si jeunes, riches ou pas aussi riches qu'elles le prétendent, intelligentes ou peut-être assez bien élevées pour dire ce qu'elles imaginent que j'aimerais entendre frapperont à ma porte.

Je veux croire qu'il est merveilleux d'être libre. Libre de nouveau. Prêt à rencontrer le véritable amour de ma vie, celle qui m'attend et qui ne me laissera jamais revivre cette situation humiliante.

Je termine mon chocolat, je regarde l'horloge, je sais qu'il est encore trop tôt pour que j'éprouve cette agréable sensation de faire de nouveau partie de l'humanité. Pendant quelques instants, je caresse l'idée qu'Esther va entrer par cette porte, fouler les beaux tapis persans, s'asseoir près de moi sans rien dire, fumer une cigarette, regarder le jardin intérieur et me prendre la main. Une demi-heure passe, je crois durant une demi-heure à l'histoire que je viens d'inventer, puis je comprends qu'il ne s'agit que d'un nouveau délire.

Je décide de ne pas rentrer chez moi. Je vais à la réception, je demande une chambre, une brosse à dents, un déodorant. L'hôtel est complet, mais le gérant se débrouille : je me retrouve dans une belle suite avec vue sur la tour Eiffel, une terrasse, les toits de Paris, les lumières qui s'allument peu à peu, les familles qui se réunissent pour le dîner du dimanche. Et me revient la sensation que j'ai éprouvée sur les Champs-Élysées : plus tout ce qui m'entoure est beau, plus je me sens misérable.

Pas de télévision. Pas de dîner. Je m'assois sur la terrasse et je passe en revue ma vie, celle d'un jeune homme qui rêvait d'être un écrivain célèbre et voit soudain que la réalité est tout autre – il écrit dans une langue que personne ne lit ou presque, dans un pays où l'on dit qu'il n'y a pas de lecteurs. Sa famille le force à entrer dans une université (n'importe laquelle, mon fils, du moment que tu obtiens un diplôme – autrement, tu ne seras jamais quelqu'un dans la vie). Il se rebelle, court le monde pendant la période hippie, rencontre finalement un chanteur, écrit quelques textes de chansons, et soudain se met à gagner plus d'argent que sa sœur, qui a écouté ce qu'avaient dit les parents et a décidé de devenir ingénieur chimiste.

J'écris d'autres chansons, le chanteur a de plus en plus de succès, mais j'ai un capital suffisant pour vivre les années suivantes sans travailler. Je me marie la première fois avec une femme plus âgée que moi, j'apprends beaucoup – à faire l'amour, à conduire, à parler anglais, à me coucher tard – mais nous finissons par nous séparer, parce que je suis selon elle « affectivement immature, passant mon temps à courir après n'importe quelle minette qui a des gros seins ». Je me marie une deuxième puis une troisième fois, avec des femmes qui, je le crois, m'ont apporté la stabilité affective : j'obtiens ce que je désire, mais je découvre que la stabilité tant rêvée s'accompagne d'un profond ennui.

Deux autres divorces. De nouveau la liberté, mais ce n'est qu'une sensation ; la liberté n'est pas l'absence d'engagement, mais la capacité de choisir – et de m'engager dans – ce qui me convient le mieux.

Je poursuis ma quête amoureuse, je continue à écrire des chansons. Lorsqu'on me demande ce que je fais, je réponds que je suis écrivain. Lorsqu'on me dit que l'on ne connaît que mes textes de chansons, je dis que ce n'est qu'une partie de mon travail. Quand on s'excuse, disant que l'on n'a lu aucun de mes livres, j'explique que je travaille à un projet – ce qui est un mensonge. En réalité, j'ai de l'argent, j'ai des contacts, ce que je n'ai pas, c'est le courage d'écrire un livre. Mon rêve est devenu possible. Si je tente et que j'échoue, je ne sais pas ce que sera le restant de ma vie : donc, plutôt penser sans cesse à un rêve qu'affronter le risque de le voir mal tourner.

Un jour, une journaliste vient m'interviewer : elle veut savoir comment il se fait que mon travail est connu dans tout le pays bien que personne ne sache qui je suis, puisque seul le chanteur apparaît dans les médias. Jolie, intelligente, discrète. Nous nous revoyons dans une fête sans la pression du travail, je réussis à l'emmener au lit la nuit même. Je tombe amoureux, elle trouve que c'était nul. Je téléphone, elle dit toujours qu'elle est occupée. Plus elle me rejette, plus elle m'intéresse – jusqu'au jour où je parviens à la convaincre de passer un week-end dans ma maison de campagne (même pour la brebis galeuse, très souvent cela rapporte d'être rebelle – j'étais le seul parmi mes amis qui à ce stade de la vie avait pu acheter une maison de campagne).

Pendant trois jours, nous restons isolés à contempler la mer, je cuisine pour elle, elle parle de son travail, et elle finit par tomber amoureuse de moi. Nous rentrons en ville, elle se met à dormir régulièrement dans mon appartement. Un matin, elle sort plus tôt et revient avec sa machine à écrire : dès lors, sans que rien soit dit, elle est chez elle chez moi.

Alors recommencent les conflits que j'ai connus avec mes femmes précédentes : elles toujours en quête de stabilité, moi en quête d'aventure et d'inconnu. Mais cette fois, la relation dure plus longtemps ; pourtant, au bout de deux ans, je pense qu'il est temps qu'Esther remporte chez elle la machine à écrire, et tout ce qui est venu avec.

« Je crois que ça ne va pas marcher.

— Mais je t'aime, et tu m'aimes, n'est-ce pas ?

— Je ne sais pas. Si tu demandes si j'aime ta compagnie, la réponse est oui. Mais si tu veux savoir si je peux vivre sans toi, la réponse est encore oui.

— Je n'aimerais pas être née homme, ma condition de femme me convient très bien. Finalement, tout ce que vous attendez de nous, c'est que nous fassions bien la cuisine. D'autre part, des hommes, on attend tout, absolument tout – qu'ils soient capables d'entretenir le ménage, de faire l'amour, de défendre leur progéniture, de faire les courses, d'avoir du succès.

— Il ne s'agit pas de cela : je suis très satisfait de ce que je suis. J'aime ta compagnie, mais je suis convaincu que cela ne va pas marcher.

— Tu aimes ma compagnie, mais tu détestes être seul avec toi-même. Tu cherches toujours l'aventure pour oublier les choses importantes. Tu vis à coups d'adrénaline dans les veines, et tu oublies qu'il doit y couler du sang, et rien d'autre.

— Je ne fuis pas les choses importantes. Qu'est-ce qui serait important, par exemple ?

— Écrire un livre.

— Ça, je peux le faire n'importe quand.

— Alors fais-le. Après, si tu veux, nous nous séparerons. »

Je trouve sa réflexion absurde, je peux écrire un livre quand je le veux, je connais des éditeurs, des journalistes, des gens qui me doivent des services. Esther n'est qu'une femme qui a peur de me perdre, elle invente des histoires. Je lui dis que ça suffit, notre relation est arrivée à son terme, il ne s'agit pas de ce qui selon elle me rendrait heureux, il s'agit d'amour.

Qu'est-ce que l'amour ? Elle pose la question. Je le lui explique pendant plus d'une heure, et je finis par me rendre compte que je ne parviens pas à bien le définir.

Elle dit que, même si je ne sais pas définir l'amour, je dois essayer d'écrire un livre.

Je réponds qu'il n'y a aucun rapport entre les deux, je vais quitter la maison le jour même, elle reste le temps qu'elle veut dans l'appartement – j'irai à l'hôtel jusqu'à ce qu'elle ait trouvé un endroit où habiter. Elle dit que de son côté il n'y a pas de problème, je peux partir maintenant, avant un mois l'appartement sera libéré – elle commencera à chercher un endroit le lendemain. Je fais mes valises, et elle va lire un livre. Je dis qu'il est tard, que je m'en irai le lendemain. Elle suggère que je parte immédiatement, parce que demain je me sentirai plus fragile, moins décidé. Je demande si elle veut se débarrasser de moi. Elle rit, elle dit que c'est moi qui ai décidé d'en finir. Nous allons dormir, le lendemain j'ai déjà moins envie de m'en aller, je décide qu'il me faut encore réfléchir. Mais pour Esther l'affaire n'est pas terminée : tant que je ne prendrai pas tous les risques pour ce que j'estime être ma vraie raison de vivre, des scènes comme celle-là se reproduiront, elle sera malheureuse et ce sera son tour de me quitter. Seulement elle, elle passera immédiatement à l'acte et elle coupera tous les ponts qui lui permettraient de revenir. Je demande ce qu'elle veut dire par là. Trouver un autre amant, tomber amoureuse, répond-elle.

Elle sort pour aller travailler au journal, je décide de prendre un jour de congé (outre les textes de chansons, je travaille en ce moment dans une maison de disques), je m'installe devant ma machine à écrire. Je me lève, je lis les journaux, je réponds à des lettres importantes, puis je commence à répondre à des lettres sans importance, je note des choses que je dois faire, j'écoute de la musique, je fais un tour du pâté de maisons, je bavarde avec le boulanger, je rentre, la journée est passée, je n'ai pas réussi à taper ne serait-ce qu'une simple phrase. Je conclus que je déteste Esther, elle me force à faire des choses que je n'ai pas envie de faire.

Lorsqu'elle revient du journal, elle ne me demande rien – elle affirme que je n'ai pas réussi à écrire. Elle dit qu'aujourd'hui j'ai le même regard qu'hier.

J'irai travailler le lendemain, mais le soir je regagne la table où se trouve la machine. Je lis, je regarde la télévision, j'écoute de la musique, je retourne devant la machine, et ainsi deux mois passent, à accumuler des pages et des pages de « première phrase », sans jamais parvenir à terminer le paragraphe.

Je me donne toutes les excuses possibles – dans ce pays, personne ne lit, je n'ai pas encore imaginé le synopsis, ou bien j'ai un synopsis formidable, mais je cherche la manière correcte de le développer. De plus, je suis extrêmement occupé par cet article ou ce texte de chanson à écrire. Encore deux mois, et puis un jour, elle arrive à la maison avec un billet d'avion.

« Ça suffit, dit-elle. Cesse de feindre d'être occupé, d'être une personne consciente de ses responsabilités, de faire comme si le monde avait besoin de ce que tu fais, et pars en voyage quelque temps. » Je pourrai toujours être le directeur du journal dans lequel je publie quelques reportages, je pourrai toujours être le président de la maison de disques pour qui je fais des textes de chansons – et où je travaille uniquement parce qu'on ne souhaite pas que j'écrive des textes pour les concurrents. Je pourrai toujours revenir à mes activités actuelles, mais mon rêve, il ne peut plus attendre. Ou bien je l'accepte, ou bien je l'oublie.

Quelle est la destination du billet ?

L'Espagne.

Je brise quelques verres, les billets coûtent cher, je ne peux pas m'absenter maintenant, j'ai une carrière devant moi et je dois m'en occuper. Je vais perdre beaucoup de parts dans les sociétés de musique, le problème ce n'est pas moi, le problème c'est notre mariage. Si je voulais écrire un livre, personne ne m'en empêcherait.

« Tu le peux, tu le veux, mais tu ne le fais pas, dit-elle. Parce que ton problème, il n'est pas avec moi, mais avec toi-même, et mieux vaut que tu restes seul quelque temps. »

Elle me montre une carte. Je dois aller jusqu'à Madrid, où je prendrai un autocar pour les Pyrénées, près de la frontière française. Là commence une route médiévale, le chemin de Saint-Jacques : je dois le faire à pied. Au bout, elle m'attendra, et là elle acceptera tout ce que je dis : que je ne l'aime plus, que je n'ai pas encore assez vécu pour créer une œuvre littéraire, que je ne veux plus jamais penser à devenir écrivain, que ce n'était qu'un rêve d'adolescence, rien de plus.

J'hallucine ! La femme qui est avec moi depuis deux longues années – une vraie éternité pour une relation amoureuse – décide de ma vie, me fait lâcher mon travail, veut que je traverse à pied un pays entier ! C'est tellement délirant que je décide de la prendre au sérieux. Je me saoule plusieurs soirs, avec elle à côté de moi qui se saoule aussi – elle qui déteste l'alcool. Je deviens agressif, je dis qu'elle est jalouse de mon indépendance, que cette idée folle n'est apparue que parce que j'avais laissé entendre que je voulais la quitter. Elle répond que tout a commencé quand j'étais encore au collège et que je rêvais d'être écrivain. Maintenant assez reporté, ou je me confronte à moi-même, ou je passerai le restant de ma vie à me marier, divorcer, raconter de belles histoires sur mon passé, et tomber de plus en plus bas.

Évidemment je ne peux pas admettre qu'elle a raison, mais je sais qu'elle dit la vérité. Et plus je m'en rends compte, plus je deviens agressif. Elle accepte les agressions sans se plaindre – elle rappelle simplement que la date du voyage approche.

Un soir, pas loin de la date fixée, elle refuse de faire l'amour. Je fume un joint entier de haschich, je bois deux bouteilles de vin et je perds connaissance au milieu du salon. Quand je me réveille, je constate que j'ai touché le fond et qu'il ne me reste plus qu'à remonter à la surface. Moi qui suis tellement fier de mon courage, je vois à présent à quel point je suis lâche, résigné, avare de ma propre vie. Ce matin-là, je la réveille d'un baiser et lui dis que je vais faire ce qu'elle suggère.

Je pars, et pendant trente-huit jours je parcours à pied le chemin de Saint-Jacques. En arrivant à Compostelle, je comprends que là commence mon vrai voyage. Je décide de vivre à Madrid de mes droits d'auteur, de mettre un océan entre moi et le corps d'Esther – même si officiellement nous restons ensemble, nous parlant au téléphone assez fréquemment. Il m'est très confortable de rester marié en sachant que je peux toujours retourner dans ses bras et jouir en même temps de toute l'indépendance du monde.

Je tombe amoureux d'une scientifique catalane, d'une Argentine qui fabrique des bijoux, d'une fille qui chante dans le métro. Les droits d'auteur des chansons continuent de rentrer et ils me suffisent pour vivre confortablement sans avoir besoin de travailler, avec du temps libre pour tout, y compris… écrire un livre.

Le livre peut toujours attendre le lendemain, parce que le préfet de Madrid a décidé que la ville devait être une fête, il a créé un slogan intéressant (« Madrid me tue »), encouragé la tournée des bars nocturnes, inventé le nom romantique de « movida madrilène », et ça, je ne peux pas le remettre au lendemain, je m'amuse beaucoup, les jours sont courts, les nuits sont longues.

Un beau jour, Esther téléphone et dit qu'elle va venir me rendre visite : selon elle, nous devons résoudre une fois pour toutes notre situation. Elle réserve son billet pour la semaine suivante, me laissant ainsi le temps de mettre au point une série d'excuses (je vais au Portugal, mais je reviens dans un mois – dis-je à la blonde qui chantait dans le métro, dort maintenant dans un appart-hôtel et sort toutes les nuits avec moi dans la *movida madrileña*). Je range l'appartement, j'efface tout indice de présence féminine, je demande à mes amis un silence total, ma femme arrive pour passer un mois.

Esther descend de l'avion avec une coiffure méconnaissable et affreuse. Nous partons pour le centre de l'Espagne, nous découvrons des petites villes qui ont une grande signification pour une nuit, mais dont je ne saurais plus où elles se trouvent si je devais y retourner aujourd'hui. Nous allons voir des corridas, des danseurs de flamenco, et je suis le meilleur mari du monde parce que je veux qu'elle s'en retourne avec l'impression que je l'aime encore. Je ne sais pas pourquoi je désire donner cette impression, peut-être au fond suis-je convaincu que le rêve de Madrid se terminera un jour.

Je proteste contre sa coiffure, elle en change, elle est de nouveau jolie. Maintenant il ne reste que dix jours avant la fin de ses vacances, je veux qu'elle reparte contente et me laisse de nouveau seul avec Madrid qui me tue, les discothèques qui ouvrent à dix heures du matin, les taureaux, les conversations interminables autour des mêmes sujets, l'alcool, les femmes, encore des taureaux, de l'alcool, des femmes, et aucun, absolument aucun horaire.

Un dimanche, marchant vers un petit bar qui reste ouvert toute la nuit, elle m'interroge sur le sujet défendu : le livre que je prétendais être en train d'écrire. Je bois une bouteille de jerez, en chemin je donne des coups de pied dans les portes métalliques, j'agresse verbalement les passants, je demande pourquoi elle a fait ce long voyage si son seul objectif était de me rendre la vie infernale, de me gâcher le plaisir. Elle ne dit rien – mais nous comprenons tous les deux que notre relation a atteint sa limite. Je passe une nuit sans rêves, et le lendemain, après m'être plaint auprès du gérant que le téléphone ne fonctionnait pas bien, avoir dit à la femme de ménage qu'elle n'avait pas changé la literie depuis une semaine et pris un bain interminable pour soigner ma gueule de bois de la nuit dernière, je m'assois devant la machine, simplement pour montrer à Esther que j'essaie, honnêtement, de travailler.

Et soudain le miracle se produit : je regarde cette femme devant moi, qui vient de préparer le café, qui lit le journal, les yeux marqués par la fatigue et le désespoir, l'air toujours silencieux, qui ne manifeste pas toujours sa tendresse par des gestes, cette femme qui me fait dire « oui » quand je voudrais dire « non », qui m'a obligé à lutter pour ce qu'elle pensait – avec raison – être ma raison de vivre, qui a renoncé à ma compagnie parce que son amour pour moi était plus fort que son amour pour elle, qui m'a fait voyager en quête de mon rêve. Je vois cette femme presque enfantine, tranquille, les yeux qui en disent plus long que des mots, souvent alarmée dans son cœur, mais toujours courageuse dans ses actes, capable d'aimer sans s'humilier, sans demander pardon de lutter pour son homme – et soudain, mes doigts frappent sur les touches de la machine.

La première phrase sort. Puis la deuxième.

Alors pendant deux jours je ne mange pas, je dors à peine, les mots semblent jaillir d'un lieu inconnu – comme à l'époque des textes de chansons où, après bien des disputes et des conversations insensées, mon partenaire et moi savions que la « chose » était là, prête, et qu'il était temps de la mettre sur le papier et en notes de musique. Cette fois, je sais que la « chose » vient du cœur d'Esther ; mon amour renaît, j'écris le livre parce qu'elle existe, elle a surmonté les moments difficiles sans se plaindre, sans se sentir victime. Je commence à raconter la seule expérience qui m'ait touché toutes ces dernières années – le chemin de Saint-Jacques.

À mesure que j'écris, je me rends compte que ma façon de voir le monde a connu une série de transformations importantes. Pendant des années, j'ai étudié et pratiqué la magie, l'alchimie, les sciences occultes ; j'étais fasciné par l'idée qu'un groupe de gens détenait un pouvoir immense qui ne pouvait être en aucune manière partagé avec le reste de l'humanité, car il aurait été extrêmement dangereux de laisser cet énorme potentiel tomber dans des mains inexpérimentées. J'ai participé à des sociétés secrètes, je me suis engagé dans des sectes bizarres, j'ai acheté des livres très onéreux et introuvables sur le marché, j'ai gâché un temps fou dans des rituels et des invocations. Je passais mon temps à entrer dans des groupes et des confréries et à en sortir, toujours à l'affût de quelqu'un qui me révélerait enfin les mystères du monde invisible, et toujours déçu de découvrir, à la fin, que la plupart de ces personnes – bien qu'elles fussent bien intentionnées – ne faisaient que suivre un dogme ou un autre, devenant le plus souvent fanatiques, justement parce que les doutes qui ne cessent de harceler l'âme de l'être humain n'ont d'autre issue que le fanatisme.

J'ai découvert que beaucoup de ces rituels fonctionnaient, il est vrai. Mais j'ai découvert également que ceux qui se disaient maîtres et détenteurs des secrets de la vie, qui affirmaient connaître des techniques capables de donner à quiconque la capacité d'obtenir tout ce qu'il voulait, avaient perdu tout lien avec les enseignements des Anciens. Marcher sur le chemin de Saint-Jacques, entrer en contact avec les gens ordinaires, découvrir que l'Univers parlait un langage qui s'adresse à l'individu – appelé « signes » – et qu'il suffisait pour le comprendre d'ouvrir nos yeux et notre esprit sur ce qui se passait autour de nous, tout cela m'a conduit à me demander si l'occultisme était réellement la seule porte pour pénétrer ces mystères. Dans le livre sur le chemin, je commence alors à discuter d'autres possibilités de développement, et je conclus par une phrase : « Il suffit de prêter attention ; les leçons viennent toujours quand vous êtes prêt, et si vous êtes attentif aux signes, vous apprendrez toujours tout ce qui est nécessaire pour l'étape suivante. »

L'être humain a deux grands problèmes : le premier est de savoir quand commencer, le second est de savoir quand s'arrêter.

Une semaine plus tard, j'entreprends la première, la deuxième, la troisième révision. Madrid ne me tue plus, il est temps de rentrer – je sens qu'un cycle est clos et je dois de toute urgence en entreprendre un nouveau. Je dis adieu à la ville comme j'ai toujours dit adieu dans ma vie : en pensant que je peux changer d'avis et revenir un jour.

Je retourne dans mon pays avec Esther, certain qu'il est peut-être temps de trouver un autre emploi, mais tant que je n'y parviens pas (et je n'y parviens pas parce que je n'en ai pas besoin) je continue à faire des révisions du livre. Je ne crois pas qu'un être humain normal puisse s'intéresser à l'expérience d'un homme qui parcourt en Espagne un chemin romantique certes, mais difficile aussi.

Quatre mois plus tard, alors que je m'attaque à la dixième révision, je découvre que le manuscrit n'est plus là, et Esther non plus. Je suis sur le point de devenir fou, quand elle rentre avec un reçu de la poste – elle l'a envoyé à un ancien amant, qui est maintenant propriétaire d'une petite maison d'édition.

L'ex-amant publie. Pas une ligne dans la presse, mais quelques personnes achètent. Elles recommandent à d'autres, qui achètent également et recommandent à d'autres. Au bout de six mois, la première édition est épuisée. Au bout d'un an, trois éditions ont été imprimées, je commence à gagner de l'argent grâce à la littérature, ce dont je n'aurais jamais osé rêver.

Je ne sais pas combien de temps ce rêve va durer, mais je décide de vivre chaque instant comme si c'était le dernier. Et je remarque que le succès m'ouvre la porte que j'ai si longtemps espéré voir s'ouvrir : d'autres maisons d'édition souhaitent publier le prochain ouvrage.

Il se trouve que l'on ne peut pas faire le chemin de Saint-Jacques tous les ans, alors sur quoi vais-je écrire ? Le drame que représente le fait de m'asseoir devant la machine et de faire tout sauf des phrases et des paragraphes va-t-il recommencer ? Il est important que je continue à partager ma vision du monde, à raconter mes expériences vécues. J'essaie quelques jours, plusieurs nuits, je décide que c'est impossible. Un après-midi, je lis par hasard (par hasard ?) une histoire intéressante dans *Les Mille et Une Nuits* ; j'y trouve le symbole de mon propre chemin, quelque chose qui m'aide à comprendre qui je suis et pourquoi j'ai tellement tardé à prendre une décision que j'aurais dû prendre depuis toujours. Je m'inspire de ce conte pour écrire l'histoire d'un berger gardant des brebis qui part en quête de son rêve, un trésor caché au pied des pyramides d'Égypte. Je parle de l'amour qui l'attend, comme Esther m'a attendu pendant que je tournais en rond dans la vie.

Je ne suis plus celui qui songeait à être quelque chose : je suis. Je suis le berger qui traverse le désert, mais où est

36

l'alchimiste qui l'aide à aller de l'avant ? Quand je termine le nouveau roman, c'est à peine si je comprends ce qu'il contient : cela ressemble à un conte de fées pour adultes, et les adultes s'intéressent davantage aux guerres, au sexe, aux histoires qui concernent le pouvoir. Pourtant, l'éditeur accepte, le livre est publié, et de nouveau les lecteurs le portent sur la liste des meilleures ventes.

Trois ans plus tard, mon mariage est au beau fixe, je fais ce que je désire, la première traduction paraît, puis la deuxième, et le succès, lent mais solide, transporte mon travail aux quatre coins du monde.

Je décide de m'installer à Paris, pour ses cafés, ses écrivains, sa vie culturelle. Je découvre que plus rien de tout cela n'existe : les cafés sont des lieux pour touristes décorés des photos des personnalités qui ont fait leur renommée. La plupart des écrivains sont préoccupés par le style plus que par le contenu, ils s'efforcent d'être originaux, mais ne parviennent qu'à être ennuyeux. Leur monde est très fermé, et j'apprends une expression intéressante de la langue française : le « renvoi d'ascenseur ». Cela signifie : je dis du bien de votre livre, vous dites du bien du mien, et nous créons une nouvelle vie culturelle, une révolution, une nouvelle pensée philosophique, nous souffrons parce que personne ne nous comprend, mais finalement c'est ce qui est arrivé aux génies d'autrefois, c'est le sort d'un grand artiste d'être incompris de son temps.

On « renvoie l'ascenseur » et au début on obtient quelque résultat – les gens ne veulent pas courir le risque de critiquer ouvertement ce qu'ils ne comprennent pas. Mais bien vite ils se rendent compte qu'on les trompe, ils cessent de croire à ce que dit la critique.

Internet arrive avec son langage simple pour changer le monde. Un monde parallèle surgit à Paris : de nouveaux écrivains s'efforcent de faire entendre leurs propos et leur âme. Je me joins à ces nouveaux écrivains, dans des cafés que personne ne connaît, parce que ni eux ni les cafés ne sont célèbres. Je développe mon style tout seul et j'apprends avec un éditeur ce qu'il est nécessaire de savoir sur la complicité entre les hommes.

« Qu'est-ce que la Banque des Faveurs ?

— Vous le savez. Tous les êtres humains vivants la connaissent.

— Peut-être, mais je n'ai pas encore compris ce que cela voulait dire.

— Elle est mentionnée dans un livre d'un auteur américain. C'est la banque la plus puissante du monde. Elle intervient dans tous les domaines.

— Je viens d'un pays qui n'a pas de tradition littéraire. Je ne pourrais faire de faveur à personne.

— C'est sans importance. Je peux vous donner un exemple : je sais que vous êtes quelqu'un qui va devenir important, un jour vous serez très influent. Je le sais parce que j'ai été comme vous, ambitieux, indépendant, honnête. Aujourd'hui je n'ai plus l'énergie d'autrefois, mais j'ai l'intention de vous aider parce que je ne peux pas, ou ne veux pas m'arrêter, je ne songe pas à prendre ma retraite, mais à ce combat intéressant qu'est la vie, le pouvoir, la gloire.

« Je commence à faire des dépôts sur votre compte – pas de l'argent mais des contacts. Je vous présente à Untel et Untel, je facilite certaines négociations, dès lors qu'elles sont licites. Vous savez que vous me devez quelque chose, bien que je ne demande jamais rien en retour.

— Et un jour…

— Exactement. Un jour, je vous demande quelque chose ; vous pouvez dire non, mais vous savez que vous m'êtes redevable. Vous ferez ce que je demande, je continuerai à vous aider, les autres sauront que vous êtes un type loyal, ils feront des dépôts sur votre compte – toujours des contacts, et rien d'autre. Eux aussi vous demanderont quelque chose un jour, vous respecterez et vous soutiendrez ceux qui vous ont aidé, avec le temps vous aurez étendu votre toile partout, vous connaîtrez tous ceux qu'il vous est nécessaire de connaître, et votre influence grandira de plus en plus.

— Ou alors je refuse de faire ce que vous m'avez demandé.

— Évidemment. La Banque des Faveurs est un investissement à risques, comme toute autre banque. Vous refusez de m'accorder la faveur que je vous ai réclamée, pensant que je vous ai aidé parce que vous le méritiez, que vous êtes à votre maximum, et que nous sommes tous obligés de reconnaître votre talent. Bien, je vous remercie, je demande à une autre personne sur le compte de qui j'ai fait des dépôts, mais à partir de ce moment tout le monde sait, sans qu'il soit nécessaire de dire quoi que ce soit, que vous ne méritez pas que l'on vous fasse confiance.

« Vous pouvez devenir important, mais pas autant que vous le prétendez. À un moment donné, votre vie commence à décliner, vous êtes arrivé à mi-chemin, pas au bout, vous êtes mi-content, mi-triste, vous n'êtes ni un homme frustré ni un homme comblé. Vous n'êtes ni froid ni chaud, vous êtes tiède et, comme le dit un évangéliste dans un livre sacré, les aliments tièdes n'affectent pas le palais. »

L'éditeur fait beaucoup de dépôts – des contacts – sur mon compte à la Banque des Faveurs. J'apprends, je souffre, les livres sont traduits en français et, comme le veut la tradition de ce pays, l'étranger est bien accueilli. Plus que cela : l'étranger réussit ! Dix ans plus tard, j'ai un grand appartement avec vue sur la Seine, je suis aimé des lecteurs, haï par la critique (elle m'adorait jusqu'aux premiers cent mille exemplaires vendus et puis j'ai cessé d'être un « génie incompris »). Je règle toujours à temps les dépôts effectués, et aussitôt j'emprunte – des contacts. J'acquiers une certaine autorité. J'apprends à demander, et j'apprends à faire ce que les autres me demandent.

Esther obtient un permis pour travailler comme journaliste. À part des conflits normaux dans tous les mariages, je suis heureux. Je comprends pour la première fois que toutes mes frustrations en amour et dans mes précédents mariages n'avaient rien à voir avec les femmes que j'ai connues, mais venaient de ma propre amertume. Esther est la seule qui ait compris quelque chose de très simple : pour pouvoir la rencontrer, je devais d'abord me rencontrer moi-même. Nous sommes ensemble depuis huit ans, je pense qu'elle est la femme de ma vie, et même si de temps en temps (ou à vrai dire, assez fréquemment) je m'autorise à m'éprendre d'autres femmes qui croisent ma route, à aucun moment je n'envisage l'hypothèse du divorce. Je ne me demande jamais si elle est au courant de mes liaisons extraconjugales. Elle ne fait jamais de commentaire à ce sujet.

D'où ma totale surprise le jour où, à la sortie du cinéma, elle me dit qu'elle a proposé au magazine pour lequel elle travaille de faire un reportage sur une guerre civile en Afrique.

« Qu'est-ce que tu me racontes ?

— Je veux être correspondante de guerre.

— Tu es folle, tu n'as pas besoin de ça. Tu fais le travail que tu désires. Tu es bien payée, bien que tu n'aies pas besoin de cet argent pour vivre. Tu as tous les contacts nécessaires à la Banque des Faveurs. Tu as du talent et tu es respectée de tes confrères.

— Alors disons que j'ai besoin d'être seule.

— À cause de moi ?

— Nous construisons nos vies ensemble. J'aime mon homme et il m'aime, même s'il n'est pas le plus fidèle des maris.

— C'est la première fois que tu en parles.

— Parce que cela n'a aucune importance pour moi. Qu'est-ce que la fidélité ? Le sentiment de posséder un corps et une âme qui ne m'appartiennent pas ? Et toi, crois-tu que je n'aie jamais couché avec un autre homme depuis toutes ces années que nous sommes ensemble ?

— Cela ne m'intéresse pas. Je ne veux pas savoir.

— Eh bien ! moi non plus.

— Alors qu'est-ce que cette histoire de guerre, dans un pays oublié du monde ?

— J'en ai besoin. Je te l'ai déjà dit.

— Mais n'as-tu pas tout ?

— J'ai tout ce qu'une femme peut désirer.

— Qu'est-ce qui ne va pas dans ta vie ?

— Justement cela. J'ai tout, mais je suis malheureuse. Je ne suis pas la seule : au cours de toutes ces années, j'ai fréquenté ou interviewé une foule de gens, riches, pauvres, puissants, résignés. Dans tous les yeux qui ont croisé les miens, j'ai lu une amertume infinie. Une tristesse qui n'était pas toujours acceptée, mais qui était là, indépendamment de ce que l'on me disait. Tu écoutes ?

— J'écoute. Je réfléchis. D'après toi, personne n'est heureux ?

— Certaines personnes paraissent heureuses : simplement elles ne se posent pas le problème. D'autres font des projets : j'aurai un mari, une maison, deux enfants, une maison de campagne. Tant que ces problèmes les occupent, elles sont comme des taureaux guettant le torero : elles réagissent instinctivement, foncent sans savoir où est la cible. Elles acquièrent une voiture, parfois même une Ferrari, elles pensent que le sens de la vie est là, et elles ne se posent jamais la question. Mais malgré tout, elles ont dans les yeux une tristesse qu'elles portent dans l'âme sans même le savoir. Es-tu heureux ?

— Je ne sais pas.

— Je ne sais pas si tout le monde est malheureux. Je sais que les gens sont toujours occupés : ils font des heures supplémentaires, ils prennent soin de leurs enfants, de leur conjoint, de leur carrière, ils pensent à leur diplôme, à ce qu'ils vont faire demain, aux achats à venir, à ce qu'il faut posséder pour ne pas se sentir inférieur, etc. Enfin, rares sont les personnes qui m'ont dit : "Je suis malheureux." La plupart me déclarent : "Je vais très bien, j'ai obtenu tout ce que je désirais." Alors je demande : "Qu'est-ce qui vous rend heureux ?" Réponse : "J'ai tout ce dont on pourrait rêver – famille, maison, travail, santé." Nouvelle question : "Vous êtes-vous déjà arrêté pour vous demander si la vie n'était que cela ?" Réponse : "Oui, elle n'est que cela." J'insiste : "Alors, le sens de la vie, c'est le travail, la famille, les enfants qui vont grandir et vous quitter, la femme et le mari qui deviendront amis plutôt que vraiment amoureux. Et un jour vous ne travaillerez plus. Que ferez-vous alors ?"

« Réponse : il n'y a pas de réponse. Ils changent de sujet.

« En réalité, ils répondent : "Quand mes enfants auront grandi, quand mon mari – ou ma femme – sera mon ami plus qu'un amant passionné, quand je prendrai ma retraite, j'aurai du temps libre pour faire ce dont j'ai toujours rêvé : voyager."

« Question : "Mais n'avez-vous pas dit que vous étiez heureux maintenant ? Ne faites-vous pas ce dont vous avez toujours rêvé ?" C'est là qu'ils se disent très occupés et changent de sujet.

« Si j'insiste, ils finissent toujours par découvrir que quelque chose leur manquait. Le patron d'entreprise n'a pas encore conclu l'affaire de ses rêves, la maîtresse de maison aurait aimé avoir plus d'indépendance ou plus d'argent, le garçon amoureux a peur de perdre sa petite amie, le jeune diplômé se demande s'il a choisi sa carrière ou si c'est elle qui l'a choisi, le dentiste aurait voulu être chanteur, le chanteur aurait voulu être politicien, le politicien aurait voulu être écrivain, l'écrivain aurait voulu être paysan. Et même quand je rencontre une personne qui fait ce qu'elle a choisi, son âme est tourmentée. Elle n'a pas trouvé la paix. Au passage, j'aimerais insister : es-tu heureux ?

— Non. J'ai la femme que j'aime, la carrière dont j'ai toujours rêvé. Une liberté que tous mes amis envient. Les voyages, les honneurs, les louanges. Mais il y a quelque chose…

— Quoi ?

— Je pense que si je m'arrête, la vie n'a plus de sens.

— Ne peux-tu pas te reposer, regarder Paris, me prendre la main, et dire : "J'ai obtenu ce que je voulais, maintenant profitons de la vie qui nous reste" ?

— Je peux regarder Paris, je peux te prendre la main, mais je ne peux pas dire ces mots-là.

— Dans cette rue où nous marchons, je peux parier que tout le monde ressent la même chose. La femme élégante qui vient de passer gaspille ses journées à essayer d'arrêter le temps en surveillant sa balance, parce qu'elle pense que l'amour en dépend. Regarde de l'autre côté de la rue : un couple avec deux enfants. Ils vivent des moments d'intense bonheur quand ils sortent se promener avec leurs enfants, mais en même temps leur subconscient ne cesse de les terroriser : ils pensent qu'ils peuvent perdre leur emploi, qu'une maladie peut survenir, le plan de santé ne pas tenir

44

ses promesses, l'un des gamins se faire renverser. Pendant qu'ils essaient de se distraire, ils cherchent aussi un moyen de se préserver des tragédies, de se protéger du monde.

— Et le clochard au coin ?

— Celui-là, je ne sais pas : je n'ai jamais parlé à aucun d'eux. Il est l'image du malheur, mais ses yeux, comme ceux de tous les clochards, semblent dissimuler quelque chose. La tristesse y est tellement visible que je ne peux pas le croire.

— Qu'est-ce qui manque ?

— Je n'en ai pas la moindre idée. Je vois la presse people : tout le monde rit, tout le monde est content. Mais comme je suis mariée avec une célébrité, je sais qu'il n'en est rien : tout le monde rit et s'amuse à ce moment-là, sur cette photo, mais le soir, ou le matin, c'est une autre histoire. "Que vais-je faire pour continuer à apparaître dans le magazine ?" "Comment cacher que je n'ai plus assez d'argent pour conserver mon luxe ?" "Comment gérer mon luxe, l'accroître et le rendre plus ostensible que celui des autres ?" "L'actrice qui est avec moi sur cette photo, qui rit et fait la fête, peut demain me voler mon rôle !" "Suis-je bien mieux habillée qu'elle ? Et pourquoi ces sourires, puisque nous nous détestons ?" "Pourquoi vendons-nous du bonheur aux lecteurs du magazine, si nous sommes profondément malheureux, esclaves de la célébrité ?"

— Nous ne sommes pas esclaves de la célébrité.

— Cesse d'être paranoïaque, je ne parle pas de nous.

— Que crois-tu qu'il se passe ?

— Il y a quelques années, j'ai lu un livre qui racontait une histoire intéressante. Supposons que Hitler ait gagné la guerre, liquidé tous les juifs du monde et convaincu son peuple qu'il existe réellement une race supérieure. On remplace les livres d'histoire, et cent ans plus tard ses successeurs viennent à bout des Indiens. Encore trois cents ans, et les Noirs sont complètement décimés. Cela prend cinq cents ans, mais finalement la puissante machine de guerre parvient à rayer de la surface de la Terre la race orientale. Les livres d'histoire parlent de lointaines batailles contre des barbares, mais personne ne lit avec attention, parce que cela n'a pas la moindre importance.

45

« Alors, deux mille ans après la naissance du nazisme, dans un bar de Tokyo – habitée depuis cinq siècles ou presque par des individus grands aux yeux bleus –, Hans et Fritz prennent une bière. À un moment donné, Hans regarde Fritz et demande : "Fritz, crois-tu que tout ait toujours été comme ça ?

— Comme ça quoi ? s'enquiert Fritz.

— Le monde.

— Clair que le monde a toujours été comme ça, n'est-ce pas ce que nous avons appris ?

— C'est clair, je ne sais pas pourquoi j'ai posé cette question idiote", dit Hans. Ils terminent leur bière, parlent d'autres choses, oublient ce sujet.

— Tu n'as pas besoin d'aller aussi loin dans l'avenir, il suffit de retourner deux mille ans en arrière. Serais-tu capable d'adorer une guillotine, une potence, une chaise électrique ?

— Je sais où tu veux en venir : au pire de tous les supplices humains, la croix. Je me souviens d'avoir lu dans Cicéron que c'était un "châtiment abominable", provoquant d'horribles souffrances avant que la mort vienne. Et pourtant, de nos jours, les gens la portent au cou, l'accrochent au mur de la chambre, l'ont assimilée à un symbole religieux, oubliant qu'ils se trouvent devant un instrument de torture.

— Ou alors : deux siècles et demi sont passés avant que quelqu'un ne décide qu'il fallait en finir avec les fêtes païennes qui avaient lieu au solstice d'hiver, la date où le Soleil est le plus éloigné de la Terre. Les apôtres et les successeurs des apôtres, trop occupés à divulguer le message de Jésus, ne se sont jamais inquiétés du *natalis invict Solis*, la fête du lever du soleil dans le mithraïsme, qui se tenait le 25 décembre. Jusqu'au jour où un évêque décida que ces fêtes du solstice étaient une menace pour la foi, et voilà ! Aujourd'hui nous avons messes, crèches, cadeaux, sermons, bébés en plastique dans des mangeoires en bois, et la conviction, l'absolue et totale conviction que le Christ est né ce jour-là !

— Et nous avons l'arbre de Noël. Sais-tu quelle est son origine ?

— Je n'en ai pas la moindre idée.

— Saint Boniface décida de "christianiser" un rituel en l'honneur du dieu Odin enfant : une fois par an les tribus germaniques déposaient des présents autour d'un chêne, pour que les enfants les découvrent. Ils pensaient ainsi faire plaisir à la divinité païenne.

— Pour revenir à l'histoire de Hans et Fritz : crois-tu que la civilisation, les relations humaines, nos désirs, nos conquêtes, tout cela est le fruit d'une histoire mal racontée ?

— Quand tu as écrit au sujet du chemin de Saint-Jacques, tu es arrivé à la même conclusion, n'est-ce pas ? Avant tu pensais qu'un groupe d'élus connaissait la signification des symboles magiques ; aujourd'hui, tu sais que tous nous connaissons cette signification – bien qu'elle soit oubliée.

— Cela n'ajoute rien de le savoir : les gens font beaucoup d'efforts pour ne pas se rappeler, pour ne pas accepter l'immense potentiel magique qui est le leur. Cela déséquilibrerait leurs univers bien organisés.

— Pourtant tous en sont capables, n'est-ce pas ?

— Absolument. Mais ils n'ont pas le courage de suivre les rêves et les signes. Est-ce de là que vient cette tristesse ?

— Je ne sais pas. Et je n'affirme pas que je suis malheureuse tout le temps. Je m'amuse, je t'aime, j'adore mon travail. Mais de temps en temps je ressens cette profonde tristesse, parfois mêlée de culpabilité ou de crainte ; la sensation passe, mais elle revient plus tard, puis elle passe de nouveau. Comme notre Hans, je pose la question ; comme je ne peux pas y répondre, j'oublie, tout simplement. Je pourrais aller secourir les enfants affamés, fonder une association de défense des dauphins, tenter de sauver les gens au nom de Jésus, faire quelque chose qui me donne la sensation d'être utile, mais je ne veux pas.

— Et pourquoi cette histoire d'aller à la guerre ?

— Parce que je pense que dans la guerre l'homme est à sa limite ; il peut mourir le lendemain. Quelqu'un qui est à sa limite agit différemment.

— Tu veux répondre à la question de Hans ?

— C'est cela. »

Aujourd'hui, dans cette belle suite du Bristol, la tour Eiffel scintillant cinq minutes chaque fois que l'horloge marque une heure de plus, la bouteille de vin rebouchée, les cigarettes terminées, les gens me saluant comme si rien de grave n'était réellement arrivé, je me demande : est-ce ce jour-là, à la sortie du cinéma, que tout a commencé ? Avais-je l'obligation de la laisser partir en quête de cette histoire mal racontée, ou aurais-je dû être plus ferme, lui conseiller d'oublier cette affaire, parce qu'elle était ma femme et que j'avais grand besoin de sa présence et de son soutien ?

Balivernes. À l'époque je savais, comme je le sais maintenant, que je n'avais d'autre possibilité que d'accepter ce qu'elle voulait. Si j'avais dit : « choisis entre moi et ton projet de devenir correspondante de guerre », j'aurais trahi tout ce qu'Esther avait fait pour moi. Même si je n'étais pas convaincu de son objectif – aller à la recherche d'une « histoire mal racontée » –, j'ai conclu qu'elle avait besoin d'un peu de liberté, de partir, de vivre des émotions fortes. Où était l'erreur ?

J'ai accepté – non sans avoir signifié clairement qu'elle faisait un gros retrait à la Banque des Faveurs (à y bien réfléchir, c'était grotesque !). Pendant deux ans, Esther a suivi de près plusieurs conflits, changeant de continent plus qu'elle ne changeait de chaussures. Chaque fois qu'elle rentrait, je pensais que cette fois elle allait renoncer, on ne peut pas vivre très longtemps dans un endroit où il n'y a pas de nourriture décente, un bain quotidien, un cinéma ou un théâtre. Je demandais si elle avait déjà répondu à la question de Hans, et elle me disait toujours qu'elle était sur la bonne voie – et je devais me résigner. Il lui arrivait de passer plusieurs mois loin de la maison ; contrairement à ce que dit l'« histoire officielle du mariage » (je commençais à utiliser ses termes), cette distance faisait croître notre amour, nous montrait à quel point nous comptions l'un pour l'autre. Notre relation, dont j'ai pensé qu'elle avait atteint le point idéal quand nous nous sommes installés à Paris, était excellente.

D'après ce que j'ai compris, elle avait connu Mikhail au moment où elle cherchait un traducteur pour l'accompagner quelque part en Asie centrale. Au début elle me parlait de lui avec beaucoup d'enthousiasme – une personne sensible, qui voyait le monde comme il était vraiment et non comme on nous a dit qu'il devait être. Il avait cinq ans de moins qu'elle, mais il avait une expérience qu'Esther qualifiait de « magique ». J'écoutais patiemment et poliment, comme si ce garçon et ses idées m'intéressaient beaucoup, mais en réalité j'étais ailleurs, j'avais en tête les besognes à accomplir, les idées qui pourraient surgir pour un texte, les réponses aux questions des journalistes et des éditeurs, le moyen de séduire une femme qui semblait s'intéresser à moi, les plans pour les voyages de promotion de mes livres.

Je ne sais pas si elle l'a remarqué, moi, je ne me suis pas aperçu que Mikhail s'effaçait peu à peu de nos conversations, au point d'en disparaître totalement. Et son comportement est devenu de plus en plus radical : même quand elle était à Paris, elle s'est mise à sortir plusieurs soirs par semaine, affirmant toujours qu'elle faisait un reportage sur les clochards.

J'ai pensé qu'elle avait une liaison amoureuse. J'ai souffert pendant une semaine, et je me suis demandé si je devais exprimer mes doutes, ou faire comme si de rien n'était. J'ai décidé d'ignorer, partant du principe que « ce que les yeux ne voient pas, le cœur ne le sent pas ». J'étais absolument convaincu qu'il était impossible qu'elle me quitte – elle avait beaucoup œuvré pour m'aider à être ce que j'étais, il n'aurait pas été logique qu'elle renonçât à tout cela pour une passion éphémère.

Si je m'étais vraiment intéressé à l'univers d'Esther, j'aurais dû me demander au moins une fois ce qu'était devenu son traducteur et sa sensibilité « magique ». J'aurais dû trouver suspect ce silence, cette absence d'informations. J'aurais dû proposer de l'accompagner dans l'un au moins de ces « reportages » sur les clochards.

Lorsque, de temps à autre, elle me demandait si je m'intéressais à son travail, je n'avais qu'une réponse : « Je m'y intéresse, mais je ne veux pas m'interposer, je veux que tu sois libre de suivre ton rêve de la manière que tu as choisie, comme tu m'as aidé à le faire. »

Ce qui n'était tout compte fait pas loin d'un désintérêt total. Mais comme les gens croient toujours ce qu'ils veulent croire, Esther se contentait de ce commentaire.

De nouveau me vient à l'esprit la phrase de l'inspecteur au moment où je suis sorti de garde à vue : *Vous êtes libre*. Qu'est-ce que la liberté ? Voir que votre mari s'intéresse à peine à ce que vous faites ? Vous sentir seule, sans personne avec qui partager vos sentiments les plus intimes, parce que en réalité la personne que vous avez épousée est concentrée sur son travail, son importante, magnifique, difficile carrière ?

Je regarde de nouveau la tour Eiffel : une heure est passée, parce qu'elle se remet à scintiller comme si elle était faite de diamants. Je ne sais pas combien de fois cela s'est produit depuis que je suis là à la fenêtre.

Ce que je sais c'est que, au nom de la liberté dans notre mariage, je n'ai pas compris que Mikhail avait disparu des conversations de ma femme.

Pour réapparaître dans un bar, et disparaître de nouveau, l'emmenant cette fois avec lui, faisant ainsi du célèbre écrivain à succès un homme soupçonné d'un crime.

Ou, ce qui est pire, un homme abandonné.

LA QUESTION DE HANS

« À Buenos Aires, le Zahir est une pièce de monnaie cou-
rante de vingt centimes ; des marques de couteau ou de
coupe-papier rayent les lettres N T et le chiffre deux ; la date
gravée sur l'avers est celle de 1929. (Au Gujarat, à la fin du
XVIIIe siècle, un tigre fut Zahir ; à Java, un aveugle de la mos-
quée de Surakarta, qui fut lapidé par les fidèles ; en Perse,
un astrolabe que Nadir Shah fit jeter au fond de la mer ;
dans les prisons du Mahdi, vers 1892, une petite boussole
que Rudolf Carl von Slatin toucha [...].) »

Un an plus tard, je me réveille en pensant à l'histoire
que raconte Jorge Luis Borges : quelque chose que l'on
n'oublie jamais, une fois qu'on l'a touché ou qu'on l'a vu,
et qui va occuper nos pensées au point de nous conduire
à la folie. Mon Zahir, ce ne sont pas les métaphores ro-
mantiques des aveugles, des boussoles, du tigre, ou de
cette pièce de monnaie.

Il a un nom, il s'appelle Esther.

Peu après ma garde à vue, je suis apparu en couverture
de plusieurs magazines à scandale : ils avançaient d'abord
l'hypothèse d'un crime, mais pour éviter un procès en jus-
tice, ils finissaient toujours l'article en « affirmant » que
j'avais été innocenté (innocenté ? Je n'avais même pas été
accusé !). Ils laissaient passer une semaine, vérifiaient que
les ventes avaient été bonnes (oui, j'avais été, j'étais une
espèce d'écrivain au-dessus de tout soupçon, et tout le
monde voulait savoir comment un homme qui écrit sur la
spiritualité pouvait dissimuler un côté aussi ténébreux).
Alors ils attaquaient de nouveau, affirmant qu'elle s'était

enfuie parce que j'étais connu pour mes liaisons extraconjugales : un magazine allemand en vint à insinuer une possible relation avec une chanteuse plus jeune que moi de
vingt ans, qui m'avait, disait-elle, rencontré à Oslo, en Nor-
vège (c'était vrai, mais la rencontre avait eu lieu à cause
de la Banque des Faveurs – un de mes amis m'en avait fait
la demande, et il était avec nous la seule fois où nous
avions dîné ensemble). La chanteuse disait qu'il n'y avait
rien entre nous (puisqu'il n'y avait rien, pourquoi avaient-
ils mis notre photo en couverture ?) et elle en profitait
pour annoncer le lancement de son nouveau disque : elle
nous avait utilisés, le magazine autant que moi, pour sa
promotion, et je ne sais toujours pas aujourd'hui si l'échec
de son opération fut la conséquence de ce genre de publi-
cité bon marché (au passage, son disque n'était pas màu-
vais, c'est le dossier de presse qui a tout brouillé).

Mais le scandale autour de l'écrivain célèbre n'a pas duré
longtemps : en Europe, et surtout en France, l'infidélité
non seulement est admise, mais elle est même admirée en
secret. Et personne n'aime voir raconter dans le journal
une mésaventure qui pourrait lui arriver.

Le thème a disparu des couvertures, mais les hypothèses
demeuraient : enlèvement, abandon du foyer pour cause
de mauvais traitements (photo d'un garçon de café disant
que nous nous disputions fréquemment : je me souviens
qu'en effet un jour j'avais discuté là avec Esther, furieu-
sement, de l'opinion qu'elle se faisait d'un écrivain sud-
américain, et qui était totalement opposée à la mienne).
Un tabloïd anglais a avancé – heureusement sans trop de
répercussions – que ma femme était entrée dans la clan-
destinité, soutenant une organisation terroriste islamiste.

Mais dans ce monde plein de trahisons, de divorces,
d'assassinats, d'attentats, au bout d'un mois l'affaire était
oubliée du grand public. Des années d'expérience
m'avaient enseigné que ce genre d'information ne touche-
rait jamais mon lecteur fidèle (déjà autrefois, un programme de télévision argentin avait montré un journaliste
qui affirmait détenir des « preuves » que j'avais rencontré
secrètement au Chili la future première dame du pays, et
mes livres étaient restés sur la liste des meilleures ventes).

54

Le sensationnalisme est fait pour durer quinze minutes, comme le disait un artiste américain ; mon grand souci était ailleurs – réorganiser ma vie, rencontrer un nouvel amour, écrire d'autres livres, et garder, dans le petit tiroir qui se trouve à la frontière entre l'amour et la haine, un souvenir de ma femme.

Ou plutôt (il me fallait vite admettre ce terme) de mon ex-femme.

Ce que j'avais prévu dans cette chambre d'hôtel s'est finalement en partie réalisé. J'ai passé un moment sans sortir de chez moi : je ne savais pas comment affronter mes amis, les regarder dans les yeux et dire simplement : « Ma femme m'a quitté pour un homme plus jeune. » Quand je sortais, personne ne me demandait rien, mais après quelques verres de vin, je me sentais obligé d'aborder le sujet – comme si je pouvais lire les pensées des autres, comme si je croyais qu'ils n'avaient d'autre préoccupation que de savoir ce qui se passait dans ma vie, mais qu'ils étaient suffisamment bien élevés pour ne rien dire. Selon mon humeur du jour, Esther était la sainte qui méritait vraiment un meilleur destin, ou la femme perfide, la traîtresse qui m'avait entraîné dans une situation tellement compliquée que j'avais même été considéré comme un criminel.

Les amis, les connaissances, les éditeurs, ceux qui s'asseyaient à ma table dans les nombreux dîners de gala que j'étais obligé de fréquenter m'écoutaient au début avec une certaine curiosité. Mais peu à peu, j'ai remarqué qu'ils essayaient de changer de sujet – celui-là les avait intéressés un temps, mais ne faisait plus partie de leurs curiosités quotidiennes ; il devenait plus intéressant de parler de l'actrice assassinée par le chanteur, ou de l'adolescente qui venait d'écrire un livre racontant ses aventures avec des politiciens connus. Un jour, à Madrid, j'ai constaté que les invitations pour les événements et les dîners devenaient rares. Même si cela me faisait beaucoup de bien à l'âme de me décharger de mes sentiments, de culpabiliser ou de bénir Esther, j'ai compris que j'étais pire qu'un mari trahi : j'étais le type exécrable que personne n'aime avoir à côté de soi.

Dès lors, j'ai décidé de souffrir en silence et les invitations ont de nouveau inondé ma boîte aux lettres.

Mais le Zahir, auquel je pensais au début avec tendresse ou irritation, continuait de grandir dans mon âme. Je cherchais Esther dans toutes les femmes que je rencontrais. Je la voyais dans tous les bars, dans les cinémas, aux arrêts d'autobus. Plus d'une fois j'ai demandé à un chauffeur de taxi de s'arrêter en pleine rue ou de suivre quelqu'un, jusqu'à ce que je me sois convaincu que ce n'était pas la femme que je cherchais.

Le Zahir occupant peu à peu toutes mes pensées, j'avais besoin d'un antidote, quelque chose qui me retînt du désespoir.

Et il n'y avait qu'une solution : me trouver une petite amie.

J'ai rencontré trois ou quatre femmes qui m'attiraient, et je me suis finalement intéressé à Marie, une actrice française de trente-cinq ans. Elle seule ne m'avait pas dit des stupidités du genre « j'aime en toi l'homme, pas une personne que tout le monde veut connaître par curiosité », ou « j'aurais préféré que tu ne sois pas célèbre », ou, encore pire, « l'argent ne m'intéresse pas ». Elle seule était véritablement contente de mon succès, puisqu'elle aussi était célèbre et savait que la célébrité compte. La célébrité est un aphrodisiaque. Être avec un homme en sachant qu'il l'avait choisie – alors qu'il aurait pu en choisir beaucoup d'autres – faisait du bien à son ego.

On a commencé à nous voir fréquemment dans des fêtes et des réceptions : on a spéculé sur notre relation, ni elle ni moi n'avons rien confirmé ni affirmé, nous sommes devenus un sujet d'actualité, et il ne restait plus aux magazines qu'à attendre le fameux baiser – qui n'est jamais venu, parce que l'un et l'autre nous jugions vulgaire ce genre de spectacle en public. Elle allait à ses tournages, j'avais mon travail ; quand je le pouvais, j'allais jusqu'à Milan, quand elle le pouvait, elle me retrouvait à Paris, nous nous sentions proches, mais nous ne dépendions pas l'un de l'autre.

Marie feignait de ne pas savoir ce qui se passait dans mon âme, je feignais de ne pas savoir non plus ce qui se passait dans la sienne (un amour impossible pour son voisin marié, alors qu'une femme comme elle aurait pu avoir tous les hommes qu'elle désirait). Nous étions amis, compagnons, nous nous divertissions des mêmes programmes, j'oserais dire qu'il y avait même place pour un certain type d'amour – différent de celui que je ressentais pour Esther, ou elle pour son voisin.

Je me suis remis à participer à mes après-midi de signatures, j'ai de nouveau accepté des invitations pour des conférences, des articles, des dîners de bienfaisance, des émissions de télévision, des projets avec des artistes débutants. Je faisais tout, tout sauf ce que j'aurais dû être en train de faire : écrire un livre.

Mais cela m'était égal, au fond de mon cœur, je pensais que ma carrière d'écrivain était finie, puisque celle qui m'avait permis de commencer n'était plus avec moi. J'avais vécu intensément mon rêve tant qu'il durait, j'étais arrivé là où peu de gens avaient eu la chance d'arriver, je pouvais désormais passer le restant de ma vie à m'amuser.

Voilà ce que je me disais tous les matins. L'après-midi, je comprenais que la seule chose que j'aimais faire, c'était écrire. Quand la nuit tombait, j'en étais de nouveau à essayer de me convaincre que j'avais réalisé mon rêve et que je devais vivre des expériences nouvelles.

L'année suivante était une année sainte à Compostelle – cela se produit chaque fois que la fête de Saint-Jacques, le 25 juillet, tombe un dimanche. Une porte spéciale de la cathédrale de Saint-Jacques demeure ouverte pendant trois cent soixante-cinq jours ; selon la tradition, celui qui entre par cette porte reçoit une série de bénédictions spéciales.

Des commémorations diverses avaient lieu en Espagne, et comme j'éprouvais une vive gratitude envers ce pèlerinage, j'ai décidé de participer au moins à un événement : une causerie, au mois de janvier, au Pays basque. Pour sortir de la routine – essayer d'écrire un livre/aller à une fête/à l'aéroport/rendre visite à Marie à Milan/dîner/hôtel/aéroport/Internet/aéroport/interview/aéroport – j'ai choisi de faire les mille quatre cents kilomètres tout seul, en voiture.

Chaque lieu – même ceux où je n'étais jamais allé – me rappelle mon Zahir particulier. Je pense qu'Esther adorerait connaître cela, aurait grand plaisir à manger dans ce restaurant, à se promener au bord de cette rivière. Je m'arrête pour dormir à Bayonne et, avant de fermer les yeux, j'allume la télévision et je découvre qu'il y a environ cinq mille camions arrêtés à la frontière entre la France et l'Espagne, à cause d'une tempête de neige violente et inattendue.

Au réveil je pense retourner à Paris : j'ai une excellente excuse pour annuler le rendez-vous et les organisateurs comprendront parfaitement – la circulation est désorganisée, l'asphalte verglacé, les autorités espagnoles et françaises conseillent de ne pas sortir de chez soi ce week-end, les risques d'accident étant considérables. La situation est plus grave qu'hier au soir : le journal du matin annonce qu'il y a dix-sept mille personnes bloquées sur un autre tronçon, la protection civile se mobilise pour leur proposer nourriture et abris improvisés, car beaucoup de voitures n'ont plus de combustible et leur chauffage ne peut rester allumé.

À l'hôtel on m'explique que si je dois VRAIMENT voyager, si c'est une question de vie ou de mort, je peux emprunter une petite route secondaire, faire un détour qui allongera le parcours de deux heures. Toutefois personne ne peut garantir l'état de la route. Mais, par instinct, je décide de continuer tout droit : quelque chose me pousse vers l'asphalte glissant, les heures de patience dans les embouteillages.

Peut-être le nom de la ville : Victoire. Peut-être l'idée que je suis trop habitué au confort et que j'ai perdu la capacité d'improviser dans les situations de crise. Peut-être l'enthousiasme des gens qui en ce moment essaient de restaurer une cathédrale construite voilà des siècles et qui, pour attirer l'attention sur leurs efforts, ont invité quelques écrivains à des causeries. Ou peut-être ce que disaient les anciens conquistadores des Amériques : « Il ne faut pas vivre, il faut prendre la mer. »

Et je prends la mer. Longtemps et bien des tensions plus tard, j'arrive à Vitoria, où m'attendent des gens encore plus tendus que moi. Ils m'expliquent qu'il y a plus de trente ans qu'ils n'ont pas vu une tempête de neige de ce genre, ils me remercient de mes efforts, mais il faut désormais respecter le programme officiel et celui-ci comporte une visite de la cathédrale Santa Maria.

Une jeune fille dont les yeux brillent d'un éclat particulier commence à me raconter l'histoire. Au début était la muraille. Ensuite la muraille demeura, mais l'un des murs servit à la construction d'une chapelle. Des dizaines d'années passèrent, la chapelle se transforma en église. Encore un siècle, et l'église devint une cathédrale gothique. La cathédrale connut ses heures de gloire, quelques problèmes de structure apparurent, elle fut abandonnée pour un temps, on fit des restaurations qui déformèrent sa structure, mais, à chaque génération on pensait que l'on avait résolu le problème et l'on refaisait les plans d'origine.

Ainsi, au cours des siècles, on élevait un mur ici, on démolissait une poutre là, on augmentait les renforts de ce côté, on ouvrait et fermait les vitraux.

Et la cathédrale résistait.

Je marche dans son squelette, regardant les réformes actuelles : cette fois les architectes assurent qu'ils ont trouvé la meilleure solution. Il y a des échafaudages et des renforts métalliques partout, de grandes théories sur les étapes futures, et quelques critiques à l'égard de ce qui a été fait dans le passé.

Et soudain, au milieu de la nef centrale, j'ai une révélation extraordinaire : la cathédrale c'est moi, c'est chacun de nous. Nous grandissons, nous changeons de forme, nous découvrons certaines faiblesses qui doivent être corrigées, nous ne choisissons pas toujours la meilleure solution, mais malgré tout nous continuons, essayant de nous tenir droit, correctement, de façon à honorer non pas les murs, non pas les portes ou les fenêtres, mais l'espace vide qui se trouve à l'intérieur, l'espace dans lequel nous adorons et vénérons ce qui nous est cher et compte pour nous.

Oui, nous sommes une cathédrale, sans aucun doute. Mais qu'y a-t-il dans l'espace vide de ma cathédrale intérieure ?

Esther, le Zahir.

Elle a tout rempli. Elle est la seule raison pour laquelle je suis en vie. Je regarde autour de moi, je me prépare pour la conférence et je comprends pourquoi j'ai affronté la neige, les embouteillages, le gel sur la route : pour me rappeler que tous les jours je dois me reconstruire et, pour la première fois de toute mon existence, accepter que j'aime un être humain plus que moi-même.

Je rentre à Paris – les conditions météorologiques sont déjà bien meilleures –, je suis dans une sorte de transe : je ne pense pas, je fais seulement attention à la circulation. Lorsque j'arrive chez moi, je demande à la bonne qu'elle ne laisse entrer personne, qu'elle dorme sur place les jours suivants, qu'elle fasse le petit déjeuner, le déjeuner et le dîner. Je piétine le petit appareil qui me permet de me connecter à l'Internet, le détruisant totalement. J'arrache le téléphone du mur. Je mets mon mobile dans un paquet et je l'envoie à mon éditeur, en le priant de me le rendre seulement quand j'irai le chercher personnellement.

Pendant une semaine, je me promène au bord de la Seine le matin, et au retour je m'enferme dans mon bureau. Comme si j'entendais la voix d'un ange, j'écris un livre – ou plutôt une lettre, une longue lettre à la femme de mes rêves, à la femme que j'aime et que j'aimerai toujours. Un jour peut-être ce livre lui parviendra, et même si ce n'est pas le cas, je suis maintenant un homme en paix avec son esprit. Je ne lutte plus contre mon orgueil blessé, je ne cherche plus Esther à tous les coins de rue, dans tous les bars, cinémas, dîners, dans Marie, dans les nouvelles du journal.

Au contraire, je suis satisfait que le Zahir existe, il m'a montré que j'étais capable d'un amour que j'ignorais moi-même, cela me met en état de grâce.

J'accepte le Zahir, je le laisserai me conduire à la sainteté ou à la folie.

Un temps pour déchirer et un temps pour coudre, titre tiré d'un vers de l'Ecclésiaste, a été publié à la fin d'avril. La deuxième semaine de mai, il était déjà en première place sur les listes des meilleures ventes.

Les suppléments littéraires, qui n'ont jamais été gentils avec moi, y sont allés cette fois encore plus fort. J'ai découpé quelques-unes des principales phrases et je les ai rangées dans le cahier qui contenait les critiques des années précédentes ; fondamentalement, ils disaient la même chose, modifiant simplement le titre du livre :

« ... une fois de plus, dans les temps tumultueux que nous vivons, l'auteur nous fait fuir la réalité à travers une histoire d'amour. » (Comme si l'homme pouvait vivre sans.)

« ... phrases courtes, style superficiel... » (Comme si des phrases longues signifiaient un style profond.)

« ... l'auteur a découvert le secret du succès – le marketing. » (Comme si j'étais né dans un pays qui a une grande tradition littéraire, et que j'avais eu des fortunes à investir dans mon premier livre.)

« ... néanmoins il vendra comme il a toujours vendu, cela prouve que l'être humain n'est pas prêt à regarder en face la tragédie qui nous entoure. » (Comme s'ils savaient ce que signifie « être prêt ».)

Mais quelques textes étaient différents : outre les phrases citées plus haut, ils ajoutaient que je profitais du scandale de l'année précédente pour m'enrichir davantage. Comme toujours, les critiques négatives ont encore contribué à la divulgation de mon travail : mes lecteurs fidèles ont acheté, et ceux qui avaient oublié l'affaire s'en sont souvenus et ils ont acquis un exemplaire aussi, car ils désiraient connaître ma version de la disparition d'Esther (comme le livre ne parlait pas de cela, mais d'un hymne à l'amour, ils ont dû être déçus et donner raison aux critiques). Les droits ont été immédiatement vendus pour tous les pays où mes titres étaient publiés.

Marie, à qui j'avais remis le texte avant de l'envoyer à la maison d'édition, s'est révélée la femme que j'attendais qu'elle fût : plutôt que d'être jalouse, ou de dire que je ne devais pas exposer ainsi mon âme, elle m'a encouragé à aller plus loin, et elle a été très contente de mon succès. À cette période de sa vie, elle lisait les enseignements d'un mystique pratiquement inconnu qu'elle citait dans toutes nos conversations.

« Quand les gens font notre éloge, nous devons surveiller notre comportement.

— La critique n'a jamais fait mon éloge.

— Je parle des lecteurs : tu as reçu plus de lettres que jamais, tu vas finir par te croire meilleur que tu ne le pensais, tu vas te laisser dominer par un faux sentiment de sécurité, qui peut être très dangereux.

— Mais, depuis que je suis allé dans cette cathédrale, je crois réellement que je suis meilleur que je ne le pensais, et cela n'a rien à voir avec les lettres des lecteurs. J'ai découvert l'amour, si absurde que cela paraisse.

— Formidable. Ce qui me plaît le plus dans le livre, c'est qu'à aucun moment tu n'en veux à ton ex-femme. Et que tu ne te culpabilises pas non plus.

— J'ai appris à ne pas gaspiller mon temps avec ça.

— Très bien. L'univers se charge de corriger nos erreurs.

— Veux-tu dire que la disparition d'Esther serait une espèce de "correction" ?

— Je ne crois pas au pouvoir curatif de la souffrance et de la tragédie ; elles surviennent parce qu'elles font partie de la vie, il ne faut pas y voir une punition. En général, l'univers nous indique que nous faisons fausse route quand il nous retire ce que nous avons de plus important : nos amis. Et c'est ce qui t'est arrivé, si je ne m'abuse.

— J'ai découvert ceci récemment : les vrais amis sont ceux qui sont à nos côtés quand arrivent les bonnes choses. Ils nous soutiennent, se réjouissent de nos victoires. Les faux amis sont ceux qui ne se montrent que dans les moments difficiles, la mine triste, l'air "solidaires", alors qu'en vérité notre souffrance sert à les consoler de leurs vies misérables. Durant la crise de l'an passé, plusieurs personnes ont surgi que je n'avais jamais vues et qui venaient me "consoler". Je déteste cela.

— Cela m'arrive aussi.

— Et je te sais gré, Marie, d'être apparue dans ma vie.

— Ne me remercie pas si vite, notre relation n'est pas encore assez forte. Cependant, je commence à penser à venir m'installer à Paris, ou à te demander d'aller vivre à Milan ; dans ton cas comme dans le mien, cela ne fait aucune différence pour notre travail. Tu travailles toujours chez toi, et moi je travaille toujours ailleurs. Veux-tu changer de sujet ou continuons-nous à en discuter ?

— Je préfère changer de sujet.

— Alors parlons d'autre chose. Tu as écrit ton livre avec beaucoup de courage. Ce qui me surprend, c'est qu'à aucun moment tu ne cites le garçon.

— Il ne m'intéresse pas.

— Bien sûr qu'il t'intéresse. Bien sûr que de temps à autre tu te demandes : pourquoi l'a-t-elle choisi ?

— Je ne me pose pas cette question.

— Tu mens. Moi, j'aimerais savoir pourquoi mon voisin n'a pas divorcé de sa femme inintéressante, toujours souriante, toujours en train de s'occuper de la maison, des repas, des enfants, des factures à payer. Si je me le demande, toi aussi tu te le demandes.

— Veux-tu que je dise que je le hais parce qu'il m'a volé ma femme ?

— Non, je veux entendre que tu lui as pardonné.

— Je n'en suis pas capable.

— C'est très difficile, mais tu n'as pas le choix : si tu ne le fais pas, tu penseras toujours à la souffrance qu'il a causée, et cette douleur ne passera jamais. Je ne dis pas que tu dois l'*aimer*. Je ne dis pas que tu dois aller le trouver. Je ne suis pas en train de te suggérer de voir en lui un ange. Au fait, comment s'appelle-t-il ? Un nom russe, si je ne me trompe.

— Je me fiche de son nom.

— Tu vois ? Même son nom tu ne veux pas le prononcer. C'est une superstition ?

— Mikhail. Bon, le voilà son nom.

— L'énergie de la haine ne te mènera nulle part ; mais l'énergie du pardon, qui se manifeste à travers l'amour, transformera ta vie de façon positive.

— Voilà que tu ressembles à une maîtresse tibétaine, qui parle de choses très jolies en théorie, mais impossibles en pratique. N'oublie pas que j'ai été blessé très souvent.

— Justement, tu portes encore en toi l'enfant qui pleurait en cachette de ses parents, qui était le plus fragile de l'école. Tu portes encore les marques du garçon délicat qui ne parvenait pas à se trouver une petite copine, qui n'a jamais été bon dans aucun sport. Tu n'as pas pu effacer les cicatrices des injustices que l'on a commises envers toi au cours de ta vie. Mais en quoi est-ce que cela te grandit ?

— Qui t'a dit que tout cela m'était arrivé ?

— Je le sais. Cela se voit dans tes yeux, et cela ne te grandit absolument pas. Tu désires constamment avoir pitié de toi-même, parce que tu as été victime de ceux qui étaient les plus forts. Ou alors tout le contraire : revêtir les habits du vengeur prêt à frapper encore davantage celui qui t'a blessé. Ne crois-tu pas que tu perds ton temps ?

— Je crois que mon comportement est humain.

— En effet, il est humain. Mais il n'est ni intelligent ni raisonnable. Respecte ton temps sur cette Terre, sache que Dieu t'a toujours pardonné, et pardonne aussi. »

En regardant la foule réunie pour ma soirée de signatures dans un megastore des Champs-Élysées, je me demandais combien de ces personnes avaient connu la même expérience que moi avec ma femme.

Très peu. Une ou deux peut-être. Pourtant, la plupart allaient s'identifier au contenu de mon nouveau livre.

L'écriture est l'une des activités les plus solitaires au monde. Une fois tous les deux ans, je vais devant l'ordinateur, je contemple la mer inconnue de mon âme, j'y vois des îles – des idées qui se sont développées et sont prêtes à être explorées. Alors je prends mon bateau – appelé Parole – et je décide de naviguer vers celle qui est la plus proche. En chemin, j'affronte des courants, des vents, des tempêtes, mais je continue à ramer, épuisé, conscient à présent que je me suis écarté de ma route, l'île dans laquelle j'avais l'intention d'aborder a disparu de mon horizon.

Pourtant, impossible de revenir en arrière, je dois continuer coûte que coûte, sinon je me perdrais au milieu de l'océan. À ce moment une série de scènes terrifiantes me traversent la tête, je me vois passer le restant de ma vie à commenter les succès que j'ai connus, ou à critiquer amèrement les nouveaux écrivains, simplement parce que je n'ai plus le courage de publier de nouveaux livres. Mon rêve n'était-il pas d'être écrivain ? Donc je dois continuer à inventer des phrases, des paragraphes, des chapitres, écrire jusqu'à la mort sans me laisser paralyser par le succès, par l'échec, par les pièges. Autrement quel serait le sens de ma vie : pouvoir acheter un moulin dans le sud de la France et cultiver mon jardin ? Me mettre à donner des conférences, car il est plus facile de parler que d'écrire ? Me retirer du monde d'une manière étudiée, mystérieuse, pour me créer une légende au prix de bien des joies ?

Troublé par ces pensées effrayantes, je me découvre une force et un courage dont j'ignorais l'existence : ils m'aident à m'aventurer dans un recoin inconnu de mon âme, je me laisse emporter par le courant et je finis par ancrer mon bateau dans l'île vers laquelle j'ai été conduit. Je passe des jours et des nuits à décrire ce que je vois, me demandant pourquoi j'agis de la sorte, me disant à chaque instant que mes efforts ne valent pas la peine, que je n'ai plus rien à prouver à personne, que j'ai déjà obtenu tout ce que je désirais, et beaucoup plus que je ne l'avais rêvé.

Je note que le processus du premier livre se répète chaque fois : je me réveille à neuf heures du matin, disposé à m'asseoir devant l'ordinateur à peine le café avalé ; je lis les journaux, je sors faire une promenade, je vais jusqu'au bar le plus proche bavarder un peu, je rentre chez moi, je regarde l'ordinateur, je découvre que j'ai plusieurs coups de téléphone à donner, je regarde de nouveau l'ordinateur, c'est déjà l'heure du déjeuner, je mange en pensant que je devrais être en train d'écrire depuis onze heures du matin, mais j'ai alors besoin de dormir un peu, je me réveille à cinq heures du soir, enfin j'allume l'ordinateur, je vais consulter mon courrier électronique et je me rends compte que j'ai détruit ma connexion à l'Internet, il ne me reste qu'à sortir et à me rendre à dix minutes de chez moi quelque part où il est possible de me connecter, mais avant, rien que pour libérer ma conscience de ce sentiment de culpabilité, ne pourrais-je pas écrire au moins une demi-heure ?

Je commence par obligation ; mais soudain « la chose » s'empare de moi et je ne m'arrête plus. La bonne m'appelle pour dîner, je la prie de ne pas m'interrompre, une heure plus tard elle m'appelle de nouveau, j'ai faim, mais juste encore une ligne, une phrase, une page. Quand je me mets à table, le plat est froid, je dîne rapidement et je retourne à l'ordinateur ; maintenant je ne contrôle plus mes pas, l'île n'a plus de secrets pour moi, je m'y fraye un chemin, rencontrant des choses jusque-là impensables ou inimaginables. Je bois un café, un nouveau café, et à deux heures du matin je cesse enfin d'écrire parce que mes yeux sont fatigués.

Je m'allonge, je reste encore une heure à prendre note des éléments que j'utiliserai dans le paragraphe suivant, et qui se révèlent toujours totalement inutiles – ils ne servent qu'à me vider la tête, jusqu'à ce que vienne le sommeil. Je me promets que demain je commence à onze heures sans faute. Et le lendemain, c'est la même chose : promenade, conversations, déjeuner, sieste, culpabilité, colère d'avoir brisé la connexion à l'Internet, la première page qui résiste, etc.

Soudain, deux, trois, quatre, onze semaines ont passé, je sais que j'approche de la fin, je suis possédé par un sentiment de vide, comme quelqu'un qui a fini par mettre en mots ce qu'il aurait dû garder pour lui. Mais à présent je dois aller jusqu'à la dernière phrase, et j'y parviens.

Autrefois, quand je lisais des biographies d'écrivains, je pensais qu'ils essayaient d'enjoliver la profession en disant que « le livre s'écrit, l'écrivain n'est que le dactylographe ». Aujourd'hui je sais que c'est absolument vrai, aucun ne sait pourquoi le courant l'a porté vers une certaine île, et non là où il rêvait d'aborder. Commencent les révisions obsessionnelles, les coupes, et quand je ne supporte plus de relire les mêmes mots, j'envoie le manuscrit à l'éditeur, qui le révise encore une fois et le publie.

Et, ce qui ne cesse de me surprendre, d'autres personnes étaient à la recherche de cette île et elles la trouvent dans le livre. On se passe le mot, la chaîne mystérieuse s'étend, et ce que l'écrivain prenait pour un travail solitaire devient un pont, un bateau, un moyen pour les âmes de circuler et de communiquer.

Dès lors, je ne suis plus l'homme perdu dans la tempête : je me trouve à travers mes lecteurs, je comprends ce que j'ai écrit quand je vois que d'autres le comprennent aussi, jamais avant. En de rares moments, et c'est ce qui va arriver bientôt, je peux regarder quelques-uns d'entre eux dans les yeux, et comprendre que mon âme n'est pas seule.

À l'heure fixée, j'ai commencé à dédicacer les livres. Un rapide contact les yeux dans les yeux, mais une sensation de complicité, de joie, de respect mutuel. Des mains qui se serrent, des lettres, des cadeaux, des commentaires. Au bout de quatre-vingt-dix minutes, je demande dix minutes de repos, personne ne s'en plaint, mon éditeur (comme traditionnellement dans mes soirées de signatures) fait servir une coupe de champagne à tous ceux qui font la queue (j'ai tenté de faire adopter cette tradition dans d'autres pays, mais on me rétorque toujours que le champagne français coûte cher et l'on finit par offrir de l'eau minérale – ce qui est aussi une marque de respect pour ceux qui attendent).

Je regagne la table. Deux heures plus tard, contrairement à ce que doivent penser ceux qui observent l'événement, je ne suis pas fatigué mais bourré d'énergie, je pourrais encore travailler jusque tard dans la nuit. Pendant ce temps, le magasin a fermé ses portes, la queue s'est réduite, il ne reste plus à l'intérieur que quarante personnes, qui deviennent trente, vingt, onze, cinq, quatre, trois, deux… et soudain, mon regard rencontre le sien.

« J'ai attendu jusqu'au bout. Je voulais être le dernier parce que j'ai un message. »

Je ne sais que dire. Je tourne la tête, les éditeurs, les représentants et les libraires discutent avec enthousiasme, bientôt nous irons dîner, boire, partager un peu l'émotion de cette journée, nous raconter des histoires bizarres qui se sont passées pendant que je dédicaçais mes livres.

Je ne l'avais jamais vu, mais je sais qui il est. Je lui prends le livre des mains et j'écris :

« Pour Mikhail, affectueusement. »

Je ne dis rien. Je ne peux pas me permettre de le perdre – un mot, une phrase, un mouvement brutal et il pourrait s'en aller et ne jamais revenir. En une fraction de seconde, je comprends que lui, et lui seul, me sauvera de la bénédiction – ou de la malédiction – du Zahir, parce que lui seul sait où elle se trouve, et que je pourrai enfin poser les questions que je me répète depuis si longtemps.

« Je voudrais que vous sachiez qu'elle va bien. Elle a probablement lu votre livre. »

Les éditeurs, les représentants, les libraires s'approchent. Ils me donnent l'accolade et déclarent que c'était une soirée extraordinaire. Maintenant nous allons nous reposer, boire, parler de la nuit.

« J'aimerais inviter ce lecteur, dis-je. Il était le dernier de la file, il va représenter tous les lecteurs qui étaient là avec nous.

— Je ne peux pas. J'ai un autre engagement. »

Et se tournant vers moi, un peu effrayé :

« Je suis venu seulement porter un message.

— Quel message ? » demande un vendeur.

« Il n'invite jamais personne ! remarque mon éditeur. Venez, allons dîner ensemble !

— Je vous remercie, mais le jeudi je participe à une rencontre.

— À quelle heure ?

— Dans deux heures.

— Et où ?

— Dans un restaurant arménien. »

Mon chauffeur, qui est arménien, demande lequel exactement et dit qu'il n'est qu'à quinze minutes de l'endroit où nous allons manger. Tout le monde veut me faire plaisir : ils pensent que si j'invite une personne, celle-ci doit se réjouir de cet honneur, tout le reste peut attendre.

« Comment vous appelez-vous ? demande Marie.

— Mikhail.

— Mikhail – et je vois que Marie a tout compris –, venez avec nous au moins une heure ; le restaurant où nous allons manger est tout près. Ensuite le chauffeur vous conduira où vous voudrez. Mais si vous préférez, annulons notre réservation et allons tous dîner au restaurant arménien, ainsi vous serez plus à l'aise. »

Je ne me lasse pas de le regarder. Il n'est pas spécialement beau, ni spécialement laid. Ni grand ni petit. Il est vêtu de noir, simple et élégant – et par élégance, j'entends l'absence totale de griffe ou de marque.

Marie prend Mikhail par le bras et se dirige vers la sortie. Le libraire a encore une pile de livres réservés à des lecteurs qui n'ont pas pu venir, et que je devrais dédicacer, mais je promets de passer le lendemain. J'ai les jambes qui tremblent, le cœur qui bat, et pourtant je dois faire comme si tout allait bien, me montrer ravi de ce succès, intéressé par tel ou tel commentaire. Nous traversons l'avenue des Champs-Élysées, le soleil se couche derrière l'Arc de Triomphe et, sans me l'expliquer, je comprends que c'est un signe, un bon signe.

Du moment que je sais affronter la situation.

Pourquoi désirer lui parler ? Le personnel de la maison d'édition s'adresse à moi, je réponds comme un automate, personne ne s'aperçoit que je suis loin, ne comprenant pas très bien pourquoi j'ai invité à ma table quelqu'un que je devrais haïr. Est-ce que je désire découvrir où se trouve Esther ? Me venger de ce garçon tellement anxieux, tellement perdu, et qui a pourtant réussi à éloigner la personne que j'aime ? Me prouver à moi-même que je vaux mieux, beaucoup mieux que lui ? Le suborner, le séduire, pour qu'il convainque ma femme de revenir ?

Je ne saurais répondre à aucune de ces questions, et cela n'a pas la moindre importance. Jusqu'à présent, la seule phrase que j'aie prononcée, c'est : « J'aimerais que vous veniez dîner avec nous. » J'avais déjà très souvent imaginé la scène : je les rencontre ensemble, je le prends par la peau du cou, je lui flanque un coup de poing, je l'humilie devant Esther ; ou alors je prends une raclée et je lui montre à elle que je me bats, que je souffre pour elle. J'ai imaginé des scènes d'agression, ou de feinte indifférence, de scandale en public – mais jamais il ne m'est passé par la tête la phrase : « J'aimerais que vous veniez dîner avec nous. »

Je ne me pose pas de questions sur ce que je ferai par la suite, je dois simplement surveiller Marie qui marche quelques pas devant moi, cramponnée au bras de Mikhail comme si elle était sa petite amie. Elle ne peut pas le laisser partir, et en même temps, je me demande pourquoi elle m'aide de cette manière, sachant que la rencontre avec ce garçon peut signifier aussi découvrir où se trouve ma femme.

Nous arrivons. Mikhail tient à s'asseoir loin de moi, peut-être désire-t-il éviter des conversations parallèles. Gaieté, champagne, vodka et caviar – je regarde le menu, je découvre horrifié que rien qu'en entrées le libraire dépense autour de mille dollars. Conversations banales, on demande à Mikhail ce qu'il a pensé de la soirée, il dit qu'il a apprécié, quant au livre, il dit qu'il a beaucoup aimé. Il est vite oublié, et l'attention se tourne vers moi : on veut savoir si je suis content, si la file a été organisée comme je le souhaitais, si l'équipe de sécurité a bien fonctionné. Mon cœur continue de battre, mais je parviens à sauver les apparences, je remercie pour tout, pour la perfection avec laquelle l'événement a été conçu et réalisé.

Une demi-heure de conversation et beaucoup de vodka plus tard, je note que Mikhail est détendu. Il n'est pas le centre des attentions, il n'a pas besoin de parler, il lui suffit de tenir encore un peu et il pourra s'en aller. Je sais qu'il n'a pas menti au sujet du restaurant arménien, et maintenant j'ai une piste. Ma femme serait donc toujours à Paris ! Je dois être aimable, tenter de gagner sa confiance, les tensions initiales ont disparu.

Une heure passe. Mikhail regarde sa montre et je vois qu'il va partir. Je dois faire quelque chose immédiatement. Plus je le regarde, plus je me sens insignifiant, et moins je comprends comment Esther a pu m'échanger contre quelqu'un qui paraît tellement hors de la réalité (elle mentionnait qu'il avait des pouvoirs « magiques »). Même si j'ai beaucoup de mal à feindre d'être à l'aise, parlant avec quelqu'un qui est mon ennemi, je dois faire quelque chose.

« Apprenons-en un peu plus de notre lecteur », dis-je à la tablée, qui fait immédiatement silence. « Il est ici, il va bientôt devoir s'en aller, il ne nous a quasiment rien dit. Que faites-vous dans la vie ? »

Malgré toute la vodka qu'il a bue, Mikhail semble recouvrer sa sobriété.

« J'organise des rencontres au restaurant arménien.

— Qu'est-ce que cela veut dire ?

— Que je raconte des histoires sur une estrade. Et je laisse les spectateurs raconter aussi leurs histoires.

— Je fais la même chose dans mes livres.

— Je le sais. C'est ce qui m'a rapproché… »

Il va dire qui il est !

« Êtes-vous né ici ? » demande Marie, interrompant immédiatement la phrase (« qui m'a rapproché… de votre femme »).

« Je suis né dans les steppes du Kazakhstan. »

Le Kazakhstan. Qui aura le courage de demander où est le Kazakhstan ?

« Où est le Kazakhstan ? » demande le représentant.

Heureux ceux qui n'ont pas peur de cacher leur ignorance.

« J'attendais cette question – et maintenant le regard de Mikhail est empreint d'une certaine gaieté. Chaque fois que je dis que je suis né là-bas, on répète dix minutes après que je viens du Pakistan, ou d'Afghanistan. Mon pays se trouve en Asie centrale. Il n'a que quatorze millions d'habitants pour une superficie beaucoup plus vaste que la France, qui elle en compte soixante millions.

— Voilà un endroit où personne ne se plaint de manquer d'espace, commente mon éditeur en riant.

— Un endroit où, au XXᵉ siècle, personne n'avait le droit de se plaindre de quoi que soit, qu'il le voulût ou non. Tout d'abord, quand le régime communiste a mis fin à la propriété privée, le bétail a été abandonné dans les steppes et 48,6 % des habitants sont morts de faim. Vous comprenez ? La moitié ou presque de la population de mon pays est morte de faim entre 1932 et 1933. »

Le silence s'empare de la table. Finalement les tragédies troublent la fête, et l'un des présents décide de changer de sujet. Cependant, j'insiste pour que le « lecteur » continue à parler de son pays.

« Comment se présente la steppe ? je demande.

— De gigantesques plaines presque dépourvues de végétation, vous devez le savoir. »

Je le sais, mais c'était mon tour de poser une question, d'alimenter la conversation.

« À propos du Kazakhstan, dit mon éditeur, je me souviens que j'ai reçu, il y a quelque temps, un manuscrit d'un écrivain qui habite là-bas, décrivant les essais atomiques qui ont été réalisés dans la steppe.

— Il y a du sang dans la terre de notre pays, et dans son âme. On a modifié ce qui ne pouvait pas être modifié, et nous en paierons le prix pendant des générations. On a réussi à faire disparaître une mer tout entière. »

Cette fois c'est Marie qui intervient.

« Personne ne fait disparaître une mer.

— J'ai vingt-cinq ans et il a suffi de ce temps, une simple génération, pour que l'eau qui était là depuis des millénaires devienne poussière. Les dirigeants communistes avaient décidé de détourner le cours de deux fleuves, l'Amou-Daria et le Syr-Daria, pour qu'ils puissent irriguer quelques plantations de coton. Ils n'ont pas atteint leur objectif, mais il était trop tard, la mer a cessé d'exister et la terre cultivable s'est transformée en désert.

« Le manque d'eau a complètement bouleversé le climat local. De nos jours, de gigantesques tempêtes de sable répandent toute l'année cent cinquante mille tonnes de sel et de poussière. Cinquante millions de personnes dans cinq pays ont été touchées par cette décision irresponsable – mais irréversible – des bureaucrates soviétiques. Le peu d'eau qui reste est pollué, foyer de toutes sortes de maladies. »

J'ai noté mentalement ce qu'il disait. Cela pouvait m'être utile pour une conférence. Mikhail a poursuivi et le ton de sa voix n'était pas celui d'un écologiste, il était tragique.

« Mon grand-père raconte que la mer d'Aral était appelée autrefois mer Bleue, à cause de la couleur de son eau. Aujourd'hui elle n'est plus là, et pourtant les gens ne peuvent pas quitter leurs maisons et s'installer ailleurs : ils rêvent encore des vagues, des poissons, ils ont conservé leurs cannes à pêche et parlent entre eux des bateaux et des appâts.

— Mais les explosions atomiques, est-ce vrai ? insiste mon éditeur.

— Je pense que tous ceux qui sont nés dans mon pays savent ce que leur terre a ressenti, parce que tous les Kazakhs ont leur terre dans le sang. Pendant quarante ans les plaines ont été secouées par des bombes nucléaires ou thermonucléaires, quatre cent cinquante-six au total jusqu'en 1989. De ces explosions, cent seize ont eu lieu dans un espace ouvert, atteignant une puissance deux mille cinq cents fois supérieure à celle de la bombe qui a été jetée sur la ville japonaise de Hiroshima pendant la Seconde Guerre mondiale. Le résultat est que des milliers de personnes ont été contaminées par la radioactivité, atteintes du cancer du poumon, pendant que des milliers d'enfants naissaient avec des déficiences motrices, des membres en moins, ou des problèmes mentaux. »

Mikhail regarde sa montre.

« Si vous me le permettez, je dois partir. »

La moitié de la tablée regrette, la conversation devenait intéressante. Les autres sont ravis : il est absurde de parler de choses tragiques dans une soirée aussi gaie.

Mikhail salue tous les convives d'un signe de tête et me donne l'accolade. Non qu'il éprouve une affection particulière à mon égard, mais pour pouvoir murmurer :

« Je vous l'ai déjà dit, elle va bien. Ne vous inquiétez pas. »

« Ne vous inquiétez pas, il m'a dit ! Pourquoi m'inquiéterais-je ? Pour une femme qui m'a abandonné ? Par la faute de qui j'ai été interrogé par la police, je suis apparu en première page des journaux et des magazines à scandale, j'ai souffert jour et nuit, perdu mes amis ou presque, et...

— ... et écrit *Un temps pour déchirer et un temps pour coudre*. Je t'en prie, nous sommes adultes, nous avons vécu, n'allons pas nous tromper : bien sûr que tu aimerais savoir comment elle va. Et je vais encore plus loin : tu veux la voir.

— Si tu le sais, pourquoi as-tu facilité ma rencontre avec lui ? Maintenant j'ai une piste : il se présente tous les jeudis dans ce restaurant arménien.

— Très bien. Continue.

— Tu ne m'aimes pas ?

— Plus qu'hier et moins que demain, comme le dit une de ces cartes postales qu'on trouve dans les papeteries. Si, je t'aime. En réalité, je suis éperdument amoureuse, je commence à penser à venir m'installer ici, dans ce gigantesque et solitaire appartement – et chaque fois que j'aborde le sujet, celui qui change... de sujet, c'est toi. Cependant, j'oublie mon amour-propre et quand j'insinue qu'il serait important que nous vivions ensemble, j'entends qu'il est encore tôt pour cela. Je pense que tu sens peut-être que tu peux me perdre comme tu as perdu Esther, ou que tu attends encore son retour, ou que tu seras privé de ta liberté, tu as peur de rester seul et tu as peur d'être accompagné – enfin, notre relation est une folie complète. Mais puisque tu as posé la question, voici la réponse : je t'aime beaucoup.

— Alors pourquoi as-tu fait cela ?

— Parce que je ne peux pas vivre éternellement avec le fantôme de la femme qui est partie sans explication. J'ai lu ton livre. Je crois que ton cœur ne m'appartiendra pas vraiment tant que tu ne l'auras pas rencontrée, tant que tu n'auras pas résolu ce problème.

« C'est ce qui s'est passé avec mon voisin : il était assez près de moi pour que je voie à quel point il était lâche avec notre relation, il n'a jamais assumé ce qu'il désirait profondément, mais croyait trop dangereux de posséder. Tu as dit très souvent que la liberté absolue n'existait pas : ce qui existe, c'est la liberté de choisir, et ensuite d'être engagé par sa décision. Plus j'étais près de mon voisin, plus je t'admirais : un homme qui a accepté de continuer à aimer une femme qui l'a abandonné, qui ne veut plus rien savoir de lui. Non seulement a accepté, mais a décidé de rendre cela public. Voilà un passage de ton livre que je sais par cœur :

« *"Quand je n'ai plus rien eu à perdre, j'ai tout reçu. Quand j'ai cessé d'être celui que j'étais, je me suis trouvé. Quand j'ai connu l'humiliation et que pourtant j'ai continué ma route, j'ai compris que j'étais libre de choisir ma destination. Je ne sais pas si je suis malade, si mon mariage a été un rêve que je n'ai pas pu comprendre tant qu'il a duré. Je sais que je peux vivre sans elle, mais j'aimerais la rencontrer de nouveau, pour lui dire ce que je ne lui ai jamais dit pendant que nous étions ensemble : je t'aime plus que moi-même. Si je pouvais dire cela, alors je pourrais aller plus loin, en paix – car cet amour m'a racheté."*

— Mikhail m'a dit qu'Esther avait dû lire cela. C'est suffisant.

— Pourtant, pour que tu puisses être à moi, il faut que tu la rencontres et que tu le lui dises en face. Peut-être que c'est impossible, qu'elle ne veut plus te voir, mais tu auras essayé. Moi, je serai libérée de la "femme idéale", et toi, tu n'auras plus la présence absolue du Zahir, comme tu l'appelles.

— Tu es courageuse.

— Non, j'ai peur. Mais je n'ai pas le choix. »

Le lendemain matin, je me suis juré que je ne chercherais pas à savoir où se trouvait Esther. Inconsciemment, j'avais préféré croire pendant deux ans qu'elle avait été forcée de partir, enlevée par un groupe terroriste ou objet d'un chantage. Mais maintenant que je savais qu'elle était vivante, qu'elle allait très bien (comme me l'avait dit le garçon), pourquoi insister pour la revoir ? Mon ex-femme avait droit à la quête du bonheur, et je devais respecter sa décision.

Cette pensée a duré un peu plus de quatre heures. En fin d'après-midi, je suis entré dans une église, j'ai allumé un cierge, et de nouveau j'ai fait une promesse, cette fois de manière sacrée, rituelle : j'irais à sa recherche. Marie avait raison, j'étais suffisamment adulte pour ne pas continuer à me tromper, à faire comme si elle ne m'intéressait plus. Je respectais sa décision de partir, mais la même personne qui m'avait tellement aidé à construire ma vie m'avait détruit ou presque. Elle avait toujours été courageuse : pourquoi cette fois avait-elle fui comme un voleur au milieu de la nuit, sans regarder son mari dans les yeux et lui donner une explication ? Nous étions suffisamment adultes pour agir et supporter les conséquences de nos actes : le comportement de ma femme (je corrige : ex-femme) ne lui ressemblait pas, et je devais savoir pourquoi.

Il restait encore une semaine – une éternité – avant cette pièce de théâtre. Les jours suivants, j'ai accepté de donner des interviews que je n'aurais en temps ordinaire jamais acceptées, j'ai écrit plusieurs articles pour la presse, j'ai fait du yoga, de la méditation, j'ai lu un livre sur un peintre russe, un autre sur un crime au Népal, j'ai écrit deux préfaces et recommandé quatre livres pour des éditeurs qui me le demandaient sans cesse et à qui je le refusais toujours.

Néanmoins, il restait encore beaucoup de temps, et j'en ai profité pour régler quelques factures à la Banque des Faveurs – acceptant des invitations à dîner, de brèves causeries dans des écoles où des enfants d'amis étudiaient, une visite dans un club de golf, une séance de signatures improvisée dans la librairie d'un ami avenue de Suffren (qui avait été annoncée par un carton dans la vitrine pendant trois jours, et qui a réuni au maximum vingt personnes). Ma secrétaire m'a dit que je devais être très content car depuis longtemps elle ne m'avait pas vu aussi actif : j'ai répondu que mon livre était sur la liste des meilleures ventes, ce qui m'encourageait à travailler encore plus.

Il y a deux choses que je n'ai pas faites cette semaine-là. La première, j'ai continué à ne pas lire les manuscrits que j'avais reçus – d'après mes avocats, il fallait les renvoyer immédiatement par la poste, sinon plus tard je courais le risque que quelqu'un déclare que j'avais tiré profit de son histoire (je n'ai jamais compris pourquoi les gens m'envoyaient des manuscrits – en fin de compte, je ne suis pas éditeur).

La seconde chose que je n'ai pas faite, c'est chercher dans l'Atlas où se trouvait le Kazakhstan, même si je savais que pour gagner la confiance de Mikhail je devais en savoir un peu plus sur ses origines.

Le public attend patiemment l'ouverture de la porte qui mène au salon situé dans le fond du restaurant. Cela n'a pas le charme des bars de Saint-Germain-des-Prés, pas de café avec un petit verre d'eau, de gens bien habillés et qui parlent bien. Cela n'a pas l'élégance des salles d'entrée des théâtres, ni la magie des spectacles qui ont lieu dans toute la ville, dans les petits bistrots, où des artistes donnent toujours le meilleur d'eux-mêmes dans l'espoir que dans l'assistance se trouve un imprésario célèbre qui se signalera à la fin du show, affirmera qu'ils étaient géniaux et les convoquera pour qu'ils se présentent dans un grand centre culturel.

En réalité, je ne comprends pas comment le lieu peut être aussi plein : je ne l'ai jamais vu cité dans les magazines spécialisés dans le divertissement et les événements artistiques parisiens.

En attendant, je cause avec le patron, et je découvre qu'il envisage d'utiliser bientôt tout l'espace de son restaurant.

« Le public est chaque semaine plus nombreux, dit-il. Au début, j'ai accepté parce qu'un journaliste me l'a demandé, et a promis en échange de publier un papier sur mon restaurant dans son magazine. J'ai accepté parce que le salon est rarement occupé le jeudi. Maintenant, pendant qu'ils attendent, ils en profitent pour dîner, et c'est peut-être la meilleure recette de la semaine. J'ai seulement eu peur d'une chose : que ce ne soit une secte. Comme vous le savez, les lois ici sont très sévères. »

Oui, je le savais – certains avaient même insinué que mes livres étaient rattachés à un dangereux courant de pensée, à une prédication religieuse qui ne concordait pas avec les valeurs communément admises. La France, si libérale pratiquement en tout, connaissait une vraie paranoïa en ce qui concerne ce thème. Récemment, on avait publié un long rapport sur le « lavage de cerveau » que certains groupes pratiquaient sur des personnes naïves. Comme si les gens savaient tout choisir – écoles, universités, pâtes dentifrice, automobiles, films, maris, femmes, amants – mais, en matière de foi, se laissaient facilement manipuler.

« Comment se fait la divulgation ? je demande.

— Je n'en ai pas la moindre idée. Si je le savais, je recourrais au même moyen pour la promotion de mon restaurant. »

Et juste pour qu'il n'y ait plus de doute, puisqu'il ne sait pas qui je suis :

« Il ne s'agit pas d'une secte, je peux l'assurer. Ce sont des artistes. »

La porte du salon est ouverte, la foule entre – après avoir laissé cinq euros dans une petite corbeille à l'entrée. À l'intérieur, impassibles sur la scène improvisée, deux garçons et deux filles portant tous une jupe blanche, ample et renforcée, qui forme une large circonférence autour de leur corps. Je remarque aussi un homme plus âgé, un tambour dans les mains, et une femme qui tient un gigantesque plat en bronze orné de pièces ; chaque fois qu'elle heurte sans le vouloir son instrument, on entend le son d'une pluie de métal.

L'un des jeunes gens est Mikhail, totalement différent maintenant du garçon que j'ai rencontré à ma soirée de signatures : ses yeux, qui fixent un point vide dans l'espace, ont un éclat particulier.

Le public va s'installer sur les chaises répandues dans la salle. Des garçons et des filles habillés de telle manière que, si on les rencontrait dans la rue, on croirait qu'ils appartiennent à une bande de toxicomanes qui prennent des drogues dures. Des cadres ou des fonctionnaires d'âge moyen, avec leurs épouses. Deux ou trois enfants de neuf ou dix ans, peut-être amenés par leurs parents. Quelques vieux, qui ont dû faire beaucoup d'efforts pour arriver jusque-là, vu que la station de métro la plus proche se trouve presque à cinq pâtés de maisons.

On boit, on fume, on parle fort, comme si les jeunes gens sur l'estrade n'existaient pas. Les conversations se font de plus en plus bruyantes, on entend des éclats de rire, l'ambiance est à la gaieté et à la fête. Une secte ? À condition que ce soit une confrérie de fumeurs. Je regarde anxieusement d'un côté à l'autre, je crois voir Esther dans toutes les femmes présentes, mais dès que je m'approche de l'une d'entre elles, il s'agit d'une autre – qui n'a quelquefois aucune ressemblance physique avec mon épouse (pourquoi ne puis-je m'habituer à dire « mon ex-épouse » ?)

Je demande à une femme bien habillée de quoi il s'agit. Elle paraît peu disposée à répondre et me regarde comme si j'étais un débutant à qui il faut enseigner les mystères de la vie.

« D'histoires d'amour, dit-elle. D'histoires et d'énergie. »

D'histoires et d'énergie. Mieux vaut ne pas insister, bien que la femme soit apparemment absolument normale. Je pense demander à quelqu'un d'autre, je décide qu'il vaut mieux me taire – je découvrirai bientôt par moi-même. Un homme à côté de moi me regarde et sourit :

« J'ai lu vos livres. Et bien sûr, je sais pourquoi vous êtes là. »

Je prends peur : connaîtrait-il la relation entre Mikhail et mon épouse – je dois me corriger de nouveau – la relation entre l'une des personnes sur l'estrade et mon ex-épouse ?

« Un auteur comme vous connaît les Tengri. Ils ont un rapport direct avec ce que vous appelez les "guerriers de la lumière".

— Évidemment », je réponds, soulagé.

Et je pense que je n'ai jamais entendu parler de cela.

Vingt minutes plus tard, alors que l'air dans la salle est quasi irrespirable à cause de la fumée des cigarettes, résonne le bruit de ce plat en métal orné de pièces. La conversation cesse comme par miracle, l'atmosphère de complète anarchie semble s'empreindre d'une aura religieuse : le silence règne sur l'estrade et dans l'assistance, le seul bruit que l'on entend vient du restaurant à côté.

Mikhail, qui semble en transe et continue de fixer le point invisible devant lui, commence :

« Le mythe mongol de la création du monde dit :
Apparut un chien sauvage qui était bleu et gris
Dont le destin était imposé par le ciel.
Sa femme était une biche. »

Sa voix est différente, plus féminine, plus assurée.

« Ainsi commence une nouvelle histoire d'amour. Le chien sauvage avec son courage, sa force, la biche avec sa douceur, son intuition, son élégance. Le chasseur et la proie se rencontrent, et ils s'aiment. Selon les lois de la nature, l'un devrait détruire l'autre – mais dans l'amour il n'y a ni bien ni mal, il n'y a ni construction ni destruction, il y a des mouvements. Et l'amour modifie les lois de la nature. »

Il a fait un geste de la main et les quatre tournent sur eux-mêmes.

« Dans les steppes d'où je viens, le chien sauvage est un animal féminin. Sensible, capable de chasser parce qu'il a développé son instinct, mais en même temps timide. Il n'use pas de la force brute, il use de la stratégie. Courageux et prévoyant, rapide, il passe en une seconde d'un état de relâchement total à la tension qui le fait bondir sur son objectif. »

Et la biche ? – pensé-je, habitué que je suis à écrire des histoires. Mikhail lui aussi a l'habitude de raconter, et il répond à la question en suspens :

« La biche a les attributs masculins : la vitesse, la compréhension de la terre. Ils voyagent tous les deux dans leurs mondes symboliques, deux impossibilités qui se rencontrent, et parce qu'ils surmontent leurs impossibilités et leurs barrières, ils rendent aussi le monde possible. C'est cela le mythe mongol : des natures différentes naît l'amour. Dans la contradiction, l'amour se renforce. Dans la confrontation et la transformation, l'amour se préserve.

« Nous avons notre vie. Le monde est arrivé difficilement là où il est, nous nous organisons le mieux possible ; ce n'est pas l'idéal, mais nous pouvons vivre ensemble. Cependant, il manque quelque chose – il manque toujours quelque chose, et c'est pour cela que nous sommes réunis ici ce soir : pour que chacun de nous aide les autres à réfléchir un peu à la raison de son existence, en racontant des histoires qui n'ont pas de sens, en cherchant des faits qui échappent à la manière dont on perçoit en général la réalité, jusqu'à ce que, dans une ou deux générations peut-être, nous puissions découvrir un autre chemin.

« Quand le poète italien Dante a écrit *La Divine Comédie*, il a dit : "Le jour où l'homme permettra qu'apparaisse le véritable amour, les choses qui sont bien structurées deviendront confusion, et tout ce que nous tenons pour des certitudes et des vérités sera mis en doute." Le monde trouvera sa vérité quand l'homme saura aimer – jusque-là, nous vivrons en pensant que nous connaissons l'amour, mais sans avoir le courage de l'affronter tel qu'il est.

« L'amour est une force sauvage. Quand nous essayons de le contrôler, il nous détruit. Quand nous essayons de l'emprisonner, il nous rend esclaves. Quand nous essayons de le comprendre, il nous laisse perdus et confus.

« Cette force est sur terre pour nous donner la joie, pour nous rapprocher de Dieu et de notre prochain ; et pourtant, nous aimons aujourd'hui de telle façon que nous avons une heure d'angoisse pour chaque minute de paix. »

Mikhail fait une pause. L'étrange plat en métal résonne de nouveau.

« Comme tous les jeudis, nous n'allons pas raconter des histoires d'amour, nous allons raconter des histoires de désamour, regarder ce qui se trouve à la surface, et nous comprendrons ce qu'il y a dessous : la couche qui contient nos habitudes, nos valeurs. Quand nous parviendrons à percer cette couche, nous verrons que nous y sommes. Qui commence ? »

Plusieurs personnes lèvent la main. Il désigne une jeune fille d'apparence arabe. Elle se tourne vers un homme seul, de l'autre côté de la salle.

« Avez-vous déjà été impuissant au lit avec une femme ? »

Tout le monde rit. Mais l'homme évite une réponse directe :

« Vous posez cette question parce que votre amoureux est impuissant ? »

Nouveaux rires. Tandis que Mikhail parlait, je m'étais remis à soupçonner la formation d'une nouvelle secte, mais j'imagine que dans les réunions des sectes personne ne fume, ne boit, ou ne pose des questions embarrassantes sur l'activité sexuelle de son prochain.

« Non, dit la jeune fille, d'une voix ferme. Mais cela lui est déjà arrivé. Et je sais que si vous aviez pris ma question au sérieux, la réponse aurait été "Oui, cela m'est déjà arrivé". Tous les hommes, dans toutes les cultures et dans tous les pays, indépendamment de l'amour ou de l'attirance sexuelle, ont déjà été impuissants, très souvent avec la personne qu'ils désirent le plus. C'est normal. »

La fille continue :

« Oui, c'est normal, et celui qui m'a donné cette réponse était un psychiatre, à un moment où j'ai cru que j'avais un problème.

« Mais l'histoire que l'on nous a racontée est la suivante : tous les hommes parviennent toujours à avoir une érection. Quand ils n'y parviennent pas, ils se croient incapables, et les femmes se convainquent qu'elles ne sont pas assez attirantes pour les intéresser. Comme le sujet est tabou, l'homme n'en parle pas à ses amis. Il dit à la femme la fameuse phrase : "C'était la première fois." Il a honte de lui et, le plus souvent, il s'éloigne de quelqu'un avec qui il aurait pu avoir une excellente relation si on lui avait accordé une deuxième, une troisième, une quatrième chance. S'il s'était fié davantage à l'amour de ses amis, s'il avait dit la vérité, il aurait découvert qu'il n'était pas le seul. S'il avait cru davantage à l'amour de la femme, il ne se serait pas senti humilié. »

Applaudissements. Cigarettes de nouveau allumées, comme si beaucoup de gens dans la salle – femmes et hommes – éprouvaient un grand soulagement.

Mikhail désigne un homme qui a l'air d'un cadre de multinationale.

« Je suis avocat, je m'occupe d'affaires de séparation litigieuse.

— Qu'est-ce que c'est "litigieuse" ? demande quelqu'un dans l'assistance.

— Quand l'une des deux personnes n'est pas d'accord, répond l'avocat, agacé d'avoir été interrompu, comme s'il trouvait absurde que l'on ignorât un mot aussi simple.

— Continuez, dit Mikhail avec une autorité que je n'aurais jamais pu imaginer chez le garçon que j'avais rencontré à ma soirée de signatures. »

L'avocat obéit.

« J'ai reçu aujourd'hui un rapport de la firme Human and Legal Resources, dont le siège est à Londres. Il dit ceci :

« A. Deux tiers des employés d'une entreprise ont une forme de relation affective. Imaginez donc ! Dans un bureau de trois personnes, cela signifie que deux vont avoir un contact intime.

« B. 10 % finissent par quitter leur emploi pour cette raison, 40 % ont des relations qui durent plus de trois mois, et dans le cas de certaines professions qui exigent un long séjour hors de chez soi, au moins huit personnes sur dix finissent par s'engager dans une relation. N'est-ce pas incroyable ?

— Puisqu'il s'agit de statistiques, nous devons les respecter ! commente un jeune vêtu d'un accoutrement digne d'une dangereuse bande de voyous. Nous croyons tous aux statistiques ! Cela signifie que ma mère doit trahir mon père, et ce n'est pas sa faute, ce sont les statistiques ! »

Nouveaux rires, nouvelles cigarettes que l'on allume, nouveau soulagement, comme si dans ce public les gens entendaient des choses qu'ils avaient toujours redouté d'entendre et que cela les libérait d'une certaine angoisse. Je pense à Esther et à Mikhail : « Les professions qui exigent un long séjour hors de chez soi, huit personnes sur dix. »

Je pense à moi, à qui c'est arrivé aussi à de nombreuses reprises. En fin de compte, ce sont les statistiques, nous ne sommes pas les seuls.

On raconte d'autres histoires – jalousie, abandon, dépression – mais je ne fais plus attention. Mon Zahir est revenu avec toute son intensité – je me trouve dans la même salle que l'homme qui m'a volé ma femme, même si j'ai cru quelques instants que j'étais en train de faire une thérapie de groupe. Mon voisin, qui m'avait reconnu, me demande si j'apprécie. Pour un moment, il me distrait de mon Zahir et je suis content de répondre.

« Je ne comprends pas l'objectif. Cela ressemble à un groupe de soutien psychologique, comme les Alcooliques anonymes ou les conseils conjugaux.

— Mais ce que vous entendez n'est-il pas réel ?

— Peut-être. Mais je le répète : quel est l'objectif ?

— Ce n'est pas la partie la plus importante de la soirée, c'est seulement un moyen de ne pas nous sentir seuls. En racontant notre vie devant tout le monde, nous finissons par découvrir que la plupart des gens ont vécu la même chose.

— Et le résultat concret ?

— Si nous ne sommes pas seuls, cela nous donne la force de savoir où nous avons fait fausse route et de changer de direction. Mais comme je l'ai dit, ce n'est qu'un intervalle entre ce que le garçon a dit au début et le moment d'invoquer l'énergie.

— Qui est ce garçon ? »

La conversation est interrompue par le son du plat en métal. Cette fois c'est le vieux, devant le tambour, qui parle.

« Le temps du raisonnement est terminé. Venons-en au rituel, à l'émotion qui couronne et transforme tout. Pour ceux qui sont ici aujourd'hui pour la première fois, cette danse développe notre capacité d'accepter l'Amour. L'Amour est la seule chose qui attise l'intelligence et la créativité, qui nous purifie et nous libère. »

On éteint les cigarettes, le bruit des verres cesse. L'étrange silence descend de nouveau sur la salle, et l'une des filles fait une prière.

« Maîtresse, nous allons danser en votre hommage. Que notre danse nous fasse nous envoler très haut. »

Elle a dit « Maîtresse », ou ai-je mal entendu ?

Assurément elle a dit « Maîtresse ».

L'autre fille allume quatre candélabres avec des bougies, les lumières s'éteignent. Les quatre figures vêtues de blanc, avec leurs larges jupes, sont descendues de l'estrade et se sont mêlées au public. Pendant une demi-heure ou presque, le second garçon, d'une voix qui paraît sortir de son ventre, entonne un chant monotone, répétitif, mais qui, curieusement, me permet d'oublier un peu le Zahir, de me détendre, d'éprouver une sorte de somnolence. Même l'enfant qui courait d'un côté à l'autre durant toute la partie où l'on « racontait l'amour » s'est calmé et regarde fixement vers l'estrade. Certains des présents ont les yeux fermés, d'autres contemplent le sol, ou un point fixe, invisible, comme j'ai vu Mikhail le faire.

Quand il cesse de chanter, les instruments à percussion – le plat en métal avec ses pièces et le tambour – commencent à jouer sur un rythme très proche de celui que j'ai bien connu dans les cérémonies religieuses venues d'Afrique.

Les figures vêtues de blanc tournent sur elles-mêmes et le public, dans ce lieu bondé, fait de la place aux larges jupes qui tracent des mouvements dans l'air. Les instruments accélèrent le rythme, tous les quatre tournent de plus en plus vite, laissant échapper des sons qui ne font partie d'aucune langue connue – comme s'ils s'adressaient directement aux anges, ou à la « Maîtresse », comme l'a dit la fille.

Mon voisin s'est levé et s'est mis lui aussi à danser et à murmurer des phrases incompréhensibles. Dix ou onze personnes dans l'assistance en font autant, tandis que les autres regardent avec une révérence mêlée d'admiration.

Je ne sais pas combien de temps a duré cette danse, mais le son des instruments paraissait suivre les battements de mon cœur, et j'ai eu une immense envie de me laisser aller, de dire des choses étranges, de bouger mon corps ; il m'a fallu un mélange de self-control et de sens du ridicule pour ne pas me mettre à tourner comme un fou sur moi-même. Cependant, la figure d'Esther, mon Zahir, paraissait devant moi comme jamais, souriante, me demandant de louer la « Maîtresse ».

Je luttais pour ne pas entrer dans ce rituel qui m'était inconnu, souhaitant que tout cela cesse très vite. Je m'efforçais de me concentrer sur l'objectif de ma présence dans ce lieu ce soir – parler avec Mikhail, faire en sorte qu'il me conduise jusqu'à mon Zahir – mais j'ai senti qu'il m'était impossible de demeurer immobile. Je me suis levé de ma chaise, et tandis que j'essayais prudemment et timidement de faire les premiers pas, la musique s'est arrêtée brusquement.

Dans le salon éclairé par les seules bougies, on n'entendait que la respiration haletante de ceux qui venaient de danser. Peu à peu, le son de la respiration a diminué, on a rallumé les lumières, et tout paraissait redevenu normal. J'ai constaté que les verres se remplissaient de nouveau de bière, de vin, d'eau, de soda, que les enfants se remettaient à courir et à parler fort, et bientôt tout le monde discutait, comme si rien, absolument rien ne s'était passé.

« Il est temps de terminer notre réunion, a dit la fille qui avait allumé les bougies. Alma va raconter la dernière histoire. »

Alma était la femme qui jouait du plat en métal. Elle avait l'accent de quelqu'un qui a vécu en Orient.

« Le maître avait un buffle. Ses cornes écartées lui faisaient penser que s'il pouvait s'asseoir entre les deux, il serait comme sur un trône. Un jour où l'animal était distrait, il s'en approcha et fit ce dont il rêvait. Immédiatement, le buffle se releva et le projeta à bonne distance. Devant ce spectacle, sa femme se mit à pleurer.

« "Ne pleure pas, dit le maître, dès qu'il parvint à se redresser. J'ai souffert, mais j'ai aussi réalisé mon désir." »

Les gens ont commencé à sortir. J'ai demandé à mon voisin ce qu'il avait ressenti.

« Vous le savez. Vous l'écrivez dans vos livres. »

Je ne savais pas, mais je devais faire semblant.

« Il se peut que je le sache. Mais je veux en avoir la certitude. »

Il m'a regardé comme si je ne savais rien, et pour la première fois il a commencé à se demander si j'étais vraiment l'écrivain qu'il pensait connaître.

« J'ai été en contact avec l'énergie de l'Univers, a-t-il répondu. Dieu a traversé mon âme. »

Puis il est sorti, pour ne pas avoir à s'expliquer.

Dans la salle déserte ne restaient que les quatre acteurs, les deux musiciens, et moi. Les femmes sont allées aux toilettes pour femmes du restaurant, probablement pour se changer. Les hommes ont retiré leurs habits blancs dans le salon même et ont remis leurs vêtements ordinaires. Ensuite, ils ont commencé à ranger les candélabres et les instruments dans deux grandes valises.

Le plus vieux d'entre eux, qui avait joué du tambour pendant la cérémonie, a compté l'argent et l'a partagé en six piles égales. Je pense que c'est à cet instant seulement que Mikhail a remarqué ma présence.

« J'espérais vous voir ici.

— J'imagine que vous en connaissez la raison.

— Après que j'ai permis à l'énergie divine de traverser mon corps, je connais la raison de tout. Je connais la raison de l'amour et de la guerre. Je sais pourquoi un homme cherche la femme qu'il aime. »

J'ai senti que de nouveau je marchais sur le fil du rasoir. S'il savait que j'étais là à cause de mon Zahir, il savait aussi que c'était une menace pour sa relation.

« Pouvons-nous parler comme deux hommes d'honneur, qui luttent pour quelque chose qui en vaut la peine ? »

Mikhail a paru hésiter un peu. J'ai poursuivi :

« Je sais que j'en sortirai meurtri, comme le maître qui a voulu s'asseoir entre les cornes du buffle, mais je pense que je le mérite. Je le mérite pour la douleur que j'ai causée, même si c'était inconsciemment. Je ne crois pas qu'Esther m'aurait quitté si j'avais respecté son amour.

— Vous ne comprenez rien », a dit Mikhail.

Cette phrase m'a agacé. Comment un garçon de vingt-cinq ans pouvait-il dire à un homme dans la force de l'âge, connaissant la souffrance, éprouvé par la vie, qu'il ne comprenait rien ? Mais je devais me contrôler, m'humilier, faire le nécessaire : je ne pouvais pas continuer à vivre avec des fantasmes, je ne pouvais pas laisser le Zahir dominer tout mon univers à jamais.

« Il se peut qu'en effet je ne comprenne pas : c'est justement la raison pour laquelle je suis là. Pour comprendre. Et ainsi me libérer de ce qui s'est passé.

— Vous compreniez tout très bien, et puis, brusquement, vous avez cessé de comprendre ; c'est du moins ce qu'Esther m'a raconté. Comme tous les maris, il est arrivé un moment où vous avez commencé à considérer que votre épouse faisait partie des meubles et des ustensiles ménagers. »

J'étais tenté de dire : « Alors j'aimerais qu'elle me le dise, qu'elle m'offre une chance de corriger mes erreurs, et non qu'elle me quitte pour un garçon de vingt ans et quelques, qui bientôt agira comme j'ai agi. » Mais une phrase plus prudente est sortie de ma bouche :

« Je ne vous crois pas. Vous avez lu mon livre, vous êtes venu à ma soirée de signatures parce que vous savez ce que je ressens, et vous vouliez me tranquilliser. J'ai encore le cœur en pièces : avez-vous déjà entendu parler du Zahir ?

— J'ai été élevé dans la religion islamique. Je connais l'idée du Zahir.

— Eh bien, Esther occupe tout l'espace de ma vie. J'ai pensé qu'en écrivant ce que je ressentais, je me libérerais de sa présence. Aujourd'hui je l'aime d'une manière plus silencieuse, mais je ne parviens pas à penser à autre chose. Je vous en prie : je ferai ce que vous désirez, mais j'ai besoin qu'elle m'explique pourquoi elle a disparu de cette manière. Comme vous l'avez dit vous-même, je ne comprends rien. »

J'étais là à implorer l'amant de ma femme de m'aider à comprendre ce qui s'était passé, et ce n'était pas facile. Si Mikhail n'était pas venu à la soirée de signatures, peut-être que ce moment dans la cathédrale de Vitoria, où j'avais accepté mon amour et écrit *Un temps pour déchirer et un temps pour coudre*, aurait suffi. Mais le destin avait d'autres plans, et la simple possibilité que je puisse retrouver ma femme encore une fois déséquilibrait tout de nouveau.

« Déjeunons ensemble, dit Mikhail, après un long moment. Vraiment vous ne comprenez rien. Mais l'énergie divine qui aujourd'hui a traversé mon corps est généreuse avec vous. »

Rendez-vous fut pris pour le lendemain. Sur le chemin du retour, je me rappelai une conversation avec Esther, trois mois avant sa disparition.

Une conversation sur l'énergie divine qui traverse le corps.

« Vraiment leur regard est différent. Certes, il y a la peur de la mort, mais au-dessus de la peur de la mort, il y a l'idée du sacrifice. Leur vie a un sens, parce qu'ils sont prêts à l'offrir pour une cause.

— Tu parles des soldats ?

— Je parle des soldats. Et je parle de quelque chose qu'il m'est terriblement difficile d'accepter, mais que je ne peux pas faire semblant de ne pas voir. La guerre est un rite. Un rite sanglant, mais un rite d'amour.

— Tu as perdu la tête.

— Peut-être. J'ai connu d'autres correspondants de guerre. Ils vont d'un pays à l'autre comme si la routine de la mort faisait partie de leur vie. Ils n'ont peur de rien, ils affrontent le danger comme un soldat l'affronte. Tout cela pour une information ? Je ne crois pas. Ils ne peuvent plus vivre sans le danger, l'aventure, l'adrénaline dans le sang. L'un d'eux, marié et père de trois enfants, m'a dit que l'endroit où il se sentait le mieux était le champ de bataille – pourtant il adore sa famille, il parle tout le temps de sa femme et de ses enfants.

— C'est vraiment incompréhensible. Esther, je ne veux pas intervenir dans ta vie, mais je crois que cette expérience finira par te faire du mal.

— Ce qui me fera du mal, c'est de vivre une vie qui n'a pas de sens. À la guerre, tout le monde sait que l'on vit une expérience importante.

— Un moment historique ?

— Non, cela n'est pas suffisant pour risquer sa vie. Cette expérience permet d'approcher... la véritable essence de l'homme.

— La guerre ?

— Non, l'amour.

— Tu restes avec eux.

— Je crois que oui.

— Dis à ton agence de presse que ça suffit.

— Je n'y arrive pas. C'est comme si c'était une drogue. Sur le champ de bataille, ma vie a un sens. Je reste des jours sans prendre un bain, je me nourris de rations de soldat, je dors trois heures par nuit, je suis réveillée par le bruit des coups de feu, je sais qu'à tout moment quelqu'un peut jeter une grenade dans l'endroit où je me trouve, et cela me fait… vivre, tu comprends ? Vivre, aimer chaque minute, chaque seconde. Il n'y a pas place pour la tristesse ou les doutes, ni pour rien : seul demeure un grand amour de la vie. Est-ce que tu m'écoutes ?

— Totalement.

— C'est comme si… une lumière divine… était là, au milieu des combats, au milieu de ce qu'il existe de pire. La peur est là avant et après, mais pas quand les coups de feu éclatent. Parce qu'à ce moment-là, tu vois l'homme poussé à sa limite : capable des gestes les plus héroïques et les plus inhumains. Il sort sous une grêle de balles pour sauver un compagnon, et en même temps il tire sur tout ce qui bouge – des enfants, des femmes, quiconque se trouve sur la ligne de front va mourir. Des gens qui ont toujours été honnêtes dans leurs petites villes de l'intérieur où rien ne se passe envahissent des musées, détruisent des pièces qui ont résisté pendant des siècles et volent des objets dont ils n'ont aucun besoin. Ils prennent en photo des atrocités qu'ils ont eux-mêmes commises, et ils s'en glorifient plutôt que d'essayer de le cacher. C'est un monde fou.

« Des personnes qui ont toujours été déloyales, des traîtres, éprouvent une sorte de camaraderie et de complicité, et sont alors incapables d'un geste de travers. C'est-à-dire que tout marche exactement à l'envers.

— Cela t'a-t-il aidée à répondre à la question que Hans pose à Fritz dans un bar de Tokyo, dans l'histoire que tu m'as racontée ?

— Oui. La réponse se trouve dans la phrase du jésuite Teilhard de Chardin, qui a dit que notre monde était enveloppé par une couche d'amour : "Nous maîtrisons déjà l'énergie du vent, des marées, du soleil. Mais le jour où l'homme saura dominer l'énergie de l'amour, cela sera aussi important que l'a été la découverte du feu."

— Et il t'a fallu aller au front pour apprendre cela ?

— Je ne sais pas. Mais j'ai vu qu'à la guerre, paradoxalement, les gens sont heureux. Le monde, pour eux, a un sens. Comme je te l'ai dit, le pouvoir total, ou le sacrifice pour une cause, donne une signification à leurs vies. Ils sont capables d'aimer sans limites, parce qu'ils n'ont plus rien à perdre. Un soldat blessé à mort ne demande jamais à l'équipe médicale : "Je vous en prie, sauvez-moi !" Ses derniers mots sont en général : "Dites à mon fils et à ma femme que je les aime." Dans ce moment de désespoir, ils parlent d'amour !

— Donc, à ton avis, l'être humain ne trouve un sens à la vie que lorsqu'il est en guerre.

— Mais nous sommes toujours en guerre. Nous sommes toujours en lutte avec la mort, et nous savons qu'à la fin la mort va gagner. Dans les conflits armés, c'est plus visible, mais dans la vie quotidienne, c'est la même chose. Nous ne pouvons pas nous payer le luxe d'être malheureux tout le temps.

— Que veux-tu que je fasse ?

— J'ai besoin d'aide. Et tu ne m'aides pas en disant : "Donne ta démission", parce que cela accroît ma confusion. Nous devons trouver un moyen de canaliser cela, laisser l'énergie de cet amour pur, absolu, traverser notre corps et se répandre autour de nous. La seule personne qui ait su me comprendre jusqu'à présent est un interprète qui prétend avoir eu des révélations concernant cette énergie, mais il me paraît un peu hors de la réalité.

— Parles-tu par hasard de l'amour de Dieu ?

— Si quelqu'un est capable d'aimer son partenaire sans restriction, sans condition, il manifeste l'amour de Dieu. L'amour de Dieu se manifeste, il aimera son prochain. S'il aime son prochain, il s'aimera lui-même. S'il s'aime lui-même, les choses reprennent leur place. L'Histoire change.

« L'Histoire ne changera jamais à cause de la politique ou des conquêtes, ou des théories, ou des guerres – tout cela n'est que répétition, c'est ce que nous voyons depuis le commencement des temps. L'Histoire changera quand nous pourrons utiliser l'énergie de l'amour comme nous utilisons l'énergie du vent, des marées, de l'atome.

— Penses-tu que nous deux nous pouvons sauver le monde ?

— Je pense que nous sommes plus nombreux à penser de la même manière. Est-ce que tu m'aideras ?

— Bien sûr, si tu me dis ce que je dois faire.

— Mais c'est justement ce que je ne sais pas ! »

La sympathique pizzeria que je fréquentais depuis mon premier voyage à Paris faisait maintenant partie de mon histoire : la dernière fois que j'y étais allé, c'était pour fêter la réception de la médaille d'officier des Arts et Lettres qui m'avait été remise par le ministère de la Culture – même si beaucoup pensaient qu'un restaurant plus onéreux et plus élégant aurait été idéal pour fêter un événement de cette importance. Mais Roberto, le patron du lieu, était pour moi une espèce de fétiche ; chaque fois que j'allais dans son restaurant, quelque chose de bon se produisait dans ma vie.

« Je pourrais commencer par des amabilités, comme la répercussion d'*Un temps pour déchirer et un temps pour coudre,* ou par mes émotions contradictoires durant votre spectacle de théâtre.

— Ce n'est pas un spectacle de théâtre, c'est une rencontre, a-t-il corrigé. Nous racontons des histoires, et nous dansons pour l'Énergie de l'Amour.

— Je pourrais dire n'importe quoi pour vous mettre à l'aise. Mais nous savons tous les deux pourquoi nous sommes assis ici.

— Nous sommes ici à cause de votre femme », a dit un Mikhail qui arborait l'air de défi des jeunes de son âge et ne ressemblait en rien au garçon timide de la soirée de signatures, ni au chef spirituel de cette « rencontre ».

« Votre expression est incorrecte : elle est mon ex-femme. Et j'aimerais vous demander une faveur : conduisez-moi jusqu'à elle. Qu'elle me dise, les yeux dans les yeux, pourquoi elle est partie. Alors seulement je serai libéré de mon Zahir. Autrement, j'y penserai jour et nuit, nuit et jour, revoyant notre histoire des centaines, des milliers de fois. Pour essayer de découvrir le moment où j'ai commis une erreur et où nos chemins ont commencé à se séparer. »

Il a ri.

« Excellente idée que de revoir l'histoire. C'est comme cela que les choses changent.

— Parfait, mais je préfère laisser les discussions philosophiques de côté. Je sais que, comme tous les jeunes, vous détenez la formule exacte pour corriger le monde. Comme tous les jeunes, un jour viendra où vous aurez mon âge, et vous verrez qu'il n'est pas si facile de changer les choses. Inutile cependant de parler de cela maintenant – pouvez-vous me faire la faveur que je vous demande ?

— Je veux d'abord vous poser une question : vous a-t-elle dit adieu ?

— Non.

— A-t-elle dit qu'elle s'en allait ?

— Elle ne l'a pas dit. Vous le savez.

— Pensez-vous qu'une femme comme Esther serait capable de quitter un homme avec qui elle a vécu plus de dix ans sans d'abord l'affronter et expliquer ses raisons ?

— Eh bien, c'est justement ce qui me gêne le plus. Mais que voulez-vous dire ? »

La conversation a été interrompue par Roberto, qui désirait prendre notre commande. Mikhail voulait une pizza napolitaine et je lui ai suggéré de choisir pour moi, ce n'était pas le moment de me laisser envahir par le doute concernant ce que je devais manger. La seule chose vraiment urgente, c'était qu'on apporte le plus vite possible une bouteille de vin rouge. Roberto a demandé la marque, j'ai marmonné quelque chose, il a compris qu'il devait rester à l'écart, ne plus revenir me demander quoi que ce soit pendant tout le déjeuner et prendre les décisions nécessaires, me permettant de me concentrer sur la conversation avec le jeune homme qui était devant moi.

Le vin est arrivé en trente secondes. J'ai rempli nos verres.

« Qu'est-ce qu'elle fait ?

— Vous tenez vraiment à le savoir ? »

La réponse à une question par une autre question m'a rendu nerveux.

« Oui, j'y tiens.

— Des tapis. Et elle donne des cours de français. »

Des tapis ! Ma femme (ex-femme, s'il te plaît, habitue-toi !), qui avait tout l'argent dont elle avait besoin dans la vie, qui avait appris le journalisme à l'université, qui parlait quatre langues, était maintenant obligée pour survivre de faire des tapis et de donner des cours pour étrangers ? Mieux valait me contrôler : je ne pouvais pas le blesser dans son orgueil masculin, même si je trouvais honteux qu'il ne puisse donner à Esther tout ce qu'elle méritait.

« Je vous en prie, comprenez ce que je vis depuis plus d'un an. Je ne suis pas une menace pour votre relation, j'ai seulement besoin de deux heures avec elle. Ou ne serait-ce qu'une heure. »

Mikhail semblait savourer mes paroles.

« Vous avez oublié de répondre à ma question, a-t-il dit en souriant. Croyez-vous qu'Esther, étant ce qu'elle est, aurait quitté l'homme de sa vie sans au moins lui dire adieu, et sans explication ?

— Je crois que non.

— Alors, pourquoi ces "elle m'a quitté" ? Pourquoi me dites-vous "Je ne suis pas une menace pour votre relation" ? »

J'étais confus. Et j'ai ressenti quelque chose que l'on appelle « espoir », même si je ne savais pas ce que j'espérais, ni d'où il venait.

« Vous êtes en train de me dire que...

— Exactement. Je suis en train de vous dire que je crois qu'elle ne vous a pas quitté, pas plus qu'elle ne m'a quitté. Elle a seulement disparu : pour quelque temps, ou pour le restant de la vie, mais nous devons tous les deux respecter cela. »

C'était comme si une lumière brillait dans cette pizzeria qui m'apportait toujours de bons souvenirs, de bonnes histoires. Je voulais désespérément croire à ce que disait le garçon, le Zahir battait tout autour de moi.

« Savez-vous où elle se trouve ?

— Je le sais. Mais je dois respecter son silence, bien qu'elle me manque beaucoup à moi aussi. Toute cette situation est confuse également pour moi : ou bien Esther est satisfaite d'avoir rencontré l'Amour qui Dévore, ou bien elle attend que l'un de nous aille à sa rencontre, ou elle a rencontré un nouvel homme ou bien encore elle a renoncé au monde. Quoi qu'il en soit, si vous décidez d'aller à sa rencontre, je ne peux pas vous en empêcher. Mais pour ce qui vous concerne, je pense qu'il vous faut apprendre en chemin que vous devez rencontrer non seulement son corps, mais aussi son âme. »

J'aurais voulu rire. J'aurais voulu l'embrasser. Ou j'aurais voulu le tuer – les émotions changeaient avec une rapidité impressionnante.

« Vous et elle...

— Avons-nous couché ensemble ? Cela ne vous intéresse pas. Mais j'ai trouvé en Esther la partenaire que je cherchais, la personne qui m'a aidé à entreprendre la mission qui m'a été confiée, l'ange qui a ouvert les portes, les chemins, les sentiers qui nous permettront – si la Maîtresse le veut – de ramener sur Terre l'énergie de l'amour. Nous partageons la même mission.

« Et si cela peut vous tranquilliser, j'ai une petite amie, la jeune fille blonde qui était sur l'estrade. Elle s'appelle Lucrecia, elle est italienne.

— Vous dites la vérité ?

— Au nom de l'Énergie divine, je dis la vérité. »

Il a retiré de sa poche un morceau de tissu sombre.

« Vous voyez cela ? En réalité, le tissu est vert : il paraît noir parce qu'il est maculé de sang coagulé. Un soldat, quelque part dans le monde, a demandé à Esther avant de mourir de lui retirer sa chemise, de la découper en plusieurs morceaux et de la distribuer à ceux qui pourraient comprendre le message de cette mort. En avez-vous un morceau ?

— Elle ne m'a jamais parlé de cette affaire.

— Quand elle rencontre quelqu'un qui doit recevoir le message, elle lui remet aussi un peu du sang du soldat.

— Quel est ce message ?

— Si elle ne vous l'a pas remis, je ne crois pas que je puisse vous répondre, bien qu'elle ne m'ait pas demandé le secret.

— Connaissez-vous quelqu'un d'autre qui ait un morceau de ce tissu ?

— Toutes les personnes qui étaient sur l'estrade. Nous sommes ensemble parce que Esther nous a réunis. »

Je devais y aller prudemment, établir une relation. Faire un dépôt à la Banque des Faveurs. Ne pas l'effrayer, ne pas manifester d'anxiété. L'interroger sur lui, sur son travail, sur son pays, dont il avait parlé si fièrement. Savoir si ce qu'il me disait était vrai, ou s'il avait d'autres intentions. Avoir la certitude absolue qu'il était encore en contact avec Esther, qu'il n'avait pas lui aussi perdu sa trace. Même s'il venait d'un pays très lointain où les valeurs étaient peut-être différentes, je savais que la Banque des Faveurs fonctionnait partout, c'était une institution qui ne connaissait pas de frontières.

D'un côté, je voulais croire tout ce qu'il disait. D'un autre côté, mon cœur avait déjà souffert et beaucoup saigné, pendant les mille et une nuits où je restais éveillé, attendant que la clef tourne dans la serrure, et qu'Esther rentre et se couche à côté de moi sans rien dire. Je m'étais promis que si cela se produisait un jour, jamais je ne poserais de question, je l'embrasserais simplement, je dirais « dors bien, mon amour », et nous nous réveillerions ensemble le lendemain, main dans la main, comme si ce cauchemar n'avait jamais existé.

Roberto est arrivé avec les pizzas – comme s'il avait un sixième sens, il était venu au moment où j'avais besoin de gagner du temps pour réfléchir.

Je me suis remis à observer Mikhail. Du calme, contrôle ton cœur, ou bien tu vas avoir un infarctus. J'ai bu un verre de vin d'un trait, et j'ai constaté qu'il en faisait autant.

Pourquoi était-il nerveux ?

« Je crois ce que vous me dites. Nous avons le temps de causer.

— Vous allez me demander de vous conduire jusqu'à elle. »

Il avait saboté mon jeu ; je devais recommencer.

« Oui, je vais vous le demander. Je vais tenter de vous convaincre. Je vais faire tout mon possible pour y parvenir. Mais je ne suis pas pressé, nous avons encore une pizza entière devant nous. Je veux en savoir davantage à votre sujet. »

Je me suis aperçu que ses mains tremblaient et qu'il faisait un effort pour les contrôler.

« Je suis chargé d'une mission. Jusqu'à présent, je n'ai pas encore réussi à l'accomplir. Mais je crois que j'ai du temps devant moi.

— Peut-être puis-je vous aider.

— Vous pouvez m'aider. N'importe qui peut m'aider, il suffit d'aider l'Énergie de l'Amour à se répandre dans le monde.

— Je peux faire plus que cela. »

Je ne voulais pas aller plus loin, pour ne pas avoir l'air d'acheter sa fidélité. Attention – on ne se méfie jamais assez. Il se peut qu'il dise la vérité, mais il peut aussi mentir, essayer de profiter de ma souffrance.

« Je ne connais qu'une énergie de l'amour, ai-je poursuivi. Celle que j'ai pour la femme qui est partie... ou plutôt, s'est éloignée de moi et m'attend. Si je pouvais la revoir, je serais un homme heureux. Et le monde irait mieux parce qu'une âme serait contente. »

Il a regardé le plafond, regardé la table, et j'ai laissé le silence se prolonger le plus longtemps possible.

« J'entends une voix », a-t-il dit finalement, n'osant pas me regarder en face.

Le fait d'aborder dans les livres des thèmes liés à la spiritualité me confère un grand avantage, celui de savoir que je peux toujours entrer en contact avec des personnes qui possèdent une sorte de don. Certains de ces dons sont réels, d'autres relèvent de l'invention, certaines personnes essaient d'en profiter, d'autres me testent.

J'avais déjà vu tellement de choses surprenantes qu'à ce moment précis je ne pouvais pas douter que des miracles se produisent, que tout soit possible, que l'homme redécouvre enfin ce qu'il a oublié – ses pouvoirs intérieurs.

Ce n'était malheureusement pas le moment idéal pour aborder ce sujet. Seul m'intéressait le Zahir. J'avais besoin que le Zahir s'appelât de nouveau Esther.

« Mikhail…

— Mon vrai nom n'est pas Mikhail. Je m'appelle Oleg.

— Oleg…

— Mikhail est mon nom – je l'ai choisi quand j'ai décidé de renaître à la vie. L'archange guerrier, avec son épée de feu, ouvrant la voie pour que – comment les appelez-vous ? – les "guerriers de la lumière" puissent se rencontrer. Voilà ma mission.

— C'est aussi la mienne.

— Ne préférez-vous pas parler d'Esther ? »

Comment ? Il détournait de nouveau la conversation vers ce qui m'intéressait ?

« Je ne me sens pas bien. » Son regard devenait fuyant, errait dans le restaurant, comme si je n'étais pas là. « Je ne veux pas aborder ce sujet. La voix… »

Il se passait quelque chose d'étrange, très étrange. Jusqu'où serait-il capable d'aller pour m'impressionner ? Finirait-il par me demander, comme beaucoup l'ont fait, d'écrire un livre sur sa vie et ses pouvoirs ?

Chaque fois que j'ai un objectif clair devant moi, je suis prêt à tout pour l'atteindre – finalement, c'était ce que je disais dans mes livres, et je ne pouvais pas trahir mes propos. J'avais maintenant un objectif : regarder encore une fois dans les yeux le Zahir. Mikhail m'avait donné une série d'informations nouvelles : il n'était pas son amant, elle ne m'avait pas quitté, tout était une question de temps et elle reviendrait. Il était possible également que la rencontre dans la pizzeria fût une comédie ; un garçon qui n'a pas de quoi gagner sa vie profite de la douleur d'autrui pour obtenir ce qu'il veut.

J'ai bu un autre verre de vin d'un trait. Mikhail en a fait autant.

Prudence, me disait mon instinct.

« Oui, je veux parler d'Esther. Mais je veux également en savoir davantage à votre sujet.

— Ce n'est pas vrai. Vous voulez me séduire, me convaincre de faire des choses que moi, *a priori*, j'étais prêt à faire. Mais votre douleur vous brouille l'esprit : vous pensez que je peux mentir, chercher à profiter de la situation. »

Même si Mikhail savait exactement ce que je pensais, il parlait plus fort que ne le veut la bonne éducation. Les clients ont commencé à se retourner pour voir ce qui se passait.

« Vous voulez m'impressionner, sans savoir que vos livres ont marqué ma vie, que vos écrits m'ont beaucoup appris. Votre douleur vous rend aveugle, mesquin, vous n'avez qu'une obsession : le Zahir. Ce n'est pas votre amour pour elle qui m'a fait accepter cette invitation à déjeuner. D'ailleurs, je ne suis pas convaincu qu'il s'agisse d'amour, je pense qu'il n'y a là que de l'orgueil blessé. La raison de ma présence ici… »

Le ton de sa voix montait ; il s'est mis à regarder dans toutes les directions, comme s'il perdait le contrôle.

« Les lumières…

— Que se passe-t-il ?

— La raison de ma présence, c'est son amour pour vous !

— Vous vous sentez bien ? »

Roberto a noté que quelque chose clochait. Il s'est approché de la table en souriant, a posé la main sur l'épaule du garçon, d'un air détaché :

« Eh bien ! à ce que je vois, ma pizza était très mauvaise. Vous ne me devez rien, vous pouvez partir. »

C'était l'issue que j'attendais. Nous pouvions nous lever, sortir, et éviter de nous donner en spectacle, moi et ce garçon qui faisait semblant de recevoir un esprit dans une pizzeria, simplement pour me faire impression ou me mettre dans l'embarras – même si je trouvais la chose plus sérieuse qu'une simple représentation théâtrale.

« Vous sentez ce vent ? »

À ce moment-là, j'ai eu la certitude qu'il ne jouait pas : au contraire, il faisait un grand effort pour se contrôler, et il était encore plus paniqué que moi.

« Les lumières, les lumières apparaissent ! Je vous en prie, emmenez-moi ! »

Son corps était secoué de tremblements. On ne pouvait plus rien cacher de la scène ; aux autres tables, les clients s'étaient levés.

« Au Kazakhs… »

Il n'a pas pu terminer sa phrase. Il a heurté la table – les pizzas, les verres, les couverts se sont envolés, atteignant la personne qui mangeait à côté de nous. L'expression de Mikhail a complètement changé, son corps tremblait et ses yeux roulaient dans leurs orbites. Sa tête est partie violemment en arrière, et j'ai entendu des os craquer. Un homme s'est levé de table. Roberto a rattrapé Mikhail dans sa chute, tandis que l'homme ramassait une cuiller par terre et la lui enfilait dans la bouche.

La scène a dû durer quelques secondes, mais elle m'a paru une éternité. J'imaginais de nouveau les magazines à sensation décrivant comment l'écrivain célèbre, candidat possible à un grand prix littéraire malgré l'opposition de toute la critique, avait provoqué une séance de spiritisme dans une pizzeria, simplement pour attirer l'attention sur son nouveau livre. Ma paranoïa devenait incontrôlable : ils découvriraient ensuite que ce médium était l'homme qui avait disparu avec ma femme – tout recommencerait, et cette fois je n'aurais plus le courage d'affronter de nouveau la même épreuve, ni l'énergie nécessaire.

Bien sûr, aux tables voisines se trouvaient certaines de mes connaissances, mais qui parmi elles était réellement mon ami ? Qui serait capable de taire ce qu'il avait vu ?

Le corps a cessé de trembler, s'est détendu, Roberto le maintenait assis sur la chaise. L'homme a pris son pouls, écarté ses paupières, et m'a regardé :

« Ce n'est sans doute pas la première fois. Depuis combien de temps le connaissez-vous ?

— Ils viennent tout le temps ici, a répliqué Roberto, constatant que j'étais totalement paralysé. Mais c'est la première fois que cela se produit en public, même si j'ai déjà eu des cas de ce genre dans mon restaurant.

— J'ai remarqué, a répondu l'homme. Vous n'avez pas paniqué. »

Le commentaire s'adressait à moi, qui devais être tout pâle. L'homme a regagné sa table, Roberto s'est efforcé de me détendre :

« C'est le médecin d'une actrice très célèbre, m'a-t-il dit. Et je pense que vous avez besoin de soins plus que votre invité. »

Mikhail – ou Oleg, ou qui que fût cette créature devant moi – se réveillait. Il a regardé autour, et sans manifester aucune honte, il a souri, un peu ennuyé.

« Excusez-moi, a-t-il dit. J'ai essayé de contrôler. »

Je m'efforçais de garder bonne contenance. Roberto est de nouveau venu à mon secours :

« Ne vous en faites pas. Notre écrivain ici présent a de quoi payer les assiettes cassées. »

Ensuite, il s'est tourné vers moi :

« Épilepsie. Une crise d'épilepsie, tout simplement. »

Nous sommes sortis du restaurant, Mikhail est monté immédiatement dans un taxi.

« Mais nous n'avons pas parlé ! Où allez-vous ?

— Je ne suis pas en état maintenant. Et vous savez où me trouver. »

Le monde est de deux sortes : celui dont nous rêvons, et celui qui est réel.

Dans le monde dont je rêvais, Mikhail avait dit vrai, tout cela n'était qu'un moment difficile dans ma vie, un malentendu comme il en arrive dans toute relation amoureuse. Esther m'attendait patiemment, espérant que j'allais découvrir ce qui n'avait pas marché dans notre relation, la rejoindre, lui demander pardon, et que nous reprendrions notre vie commune.

Dans le monde dont je rêvais, Mikhail et moi causions calmement, sortions de la pizzeria, prenions un taxi, sonnions à la porte derrière laquelle mon ex-femme (ou femme ? à présent le doute s'inversait) brodait ses tapis le matin, donnait un cours de français l'après-midi, et dormait seule la nuit, attendant comme moi que la sonnette résonne, que son mari entre avec un bouquet de fleurs et l'emmène prendre un chocolat chaud dans un hôtel près des Champs-Élysées.

Dans le monde réel, chaque fois que je rencontrerais Mikhail je serais tendu – à cause de ce qui s'était passé dans la pizzeria. Tout ce qu'il avait dit était le fruit de son imagination, en vérité, il ne savait pas lui non plus où se trouvait Esther. Dans le monde réel, il était 11 h 45 et j'attendais à la gare de l'Est le train qui venait de Strasbourg, pour accueillir un grand acteur et réalisateur américain que l'idée de produire un film basé sur l'un de mes livres enthousiasmait.

Jusqu'alors, chaque fois que l'on me parlait d'adaptation pour le cinéma, ma réponse était toujours « Je ne suis pas intéressé » ; je crois que chaque personne, en lisant un livre, crée son propre film dans sa tête, donne un visage aux personnages, construit le scénario, entend les voix, sent les odeurs. Et justement pour cela, quand je vais voir un film réalisé à partir d'un roman que j'ai aimé, je sors toujours avec la sensation d'avoir été trompé et je dis toujours que le livre était meilleur que le film.

Cette fois, mon agent littéraire avait beaucoup insisté. Elle affirmait que cet acteur et producteur était dans « notre camp », qu'il avait l'intention de faire un travail totalement différent de ce que l'on nous avait toujours proposé. Le rendez-vous avait été pris deux mois à l'avance, nous devions dîner ensemble ce soir-là, discuter des détails, voir s'il y avait réellement entre nous une complicité de pensée.

Mais en deux semaines, mon agenda avait été bouleversé : c'était jeudi, je devais aller dans un restaurant arménien, tenter de renouer le contact avec un jeune épileptique qui affirmait entendre des voix, mais qui était le seul à savoir où se trouvait le Zahir. J'ai interprété cela comme un signe pour ne pas vendre les droits du titre, j'ai essayé d'annuler la rencontre avec l'acteur ; il a insisté, disant que cela n'avait pas d'importance, que nous pouvions remplacer le dîner par un déjeuner le lendemain : « Personne n'est attristé de passer une nuit tout seul à Paris », a-t-il commenté, me laissant totalement sans arguments.

Dans le monde que j'imaginais, Esther était encore ma compagne, et son amour me donnait la force d'aller de l'avant, d'explorer toutes mes frontières.

Dans le monde qui existait, elle était une obsession complète. Elle pompait toute mon énergie, prenait toute la place, m'obligeait à faire un effort gigantesque pour continuer à vivre, à travailler, à rencontrer des producteurs, à donner des interviews.

Comment se peut-il qu'au bout de deux ans je n'aie pas encore réussi à l'oublier ? Je ne supportais plus de réfléchir au problème, d'analyser toutes les possibilités, d'essayer de fuir, de me résigner, d'écrire un livre, de pratiquer le yoga, de faire œuvre de bienfaisance, de fréquenter mes amis, de séduire des femmes, de sortir dîner, d'aller au cinéma (en évitant les adaptations littéraires, bien entendu, mais en cherchant toujours des films écrits spécialement pour l'écran) ou au théâtre, de voir des spectacles de danse, des matchs de football. Malgré tout cela, le Zahir gagnait toujours la bataille, il était toujours là, il me faisait toujours penser « comme j'aimerais qu'elle soit ici avec moi ».

Je regardais l'horloge de la gare – il restait encore quinze minutes. Dans le monde que j'imaginais, Mikhail était un allié. Dans le monde qui existait, je n'en avais aucune preuve concrète malgré un énorme désir de le croire ; il pouvait être un ennemi déguisé.

Je suis retourné à mes questions habituelles : pourquoi ne m'avait-elle rien dit ? Était-ce la fameuse question de Hans ? Esther avait-elle décidé qu'elle devait sauver le monde, comme elle me l'avait suggéré au cours de notre conversation sur l'amour et la guerre, et me « préparait »-t-elle à l'accompagner dans cette mission ?

Mes yeux étaient fixés sur les rails du chemin de fer. Esther et moi, marchant parallèles l'un à l'autre, sans plus jamais nous toucher. Deux destins qui...

Les rails de chemin de fer.

Quelle distance les sépare ?

Pour oublier le Zahir, je suis allé m'informer auprès d'un employé qui se trouvait sur la plate-forme.

« Ils sont distants de 143,5 centimètres, ou 4 pieds et 8,5 pouces », a-t-il répondu.

Cet homme paraissait en paix avec la vie, fier de son métier, et il n'allait pas du tout avec l'idée fixe d'Esther – l'idée que nous avons tous dans l'âme une grande tristesse cachée.

Mais sa réponse n'avait aucun sens : 143,5 centimètres, ou 4 pieds et 8,5 pouces ?

Absurde. La logique aurait voulu que ce soit 150 centimètres. Ou 5 pieds. Un chiffre rond, clair, facile à retenir pour les constructeurs de wagons et pour les employés des chemins de fer.

« Et pourquoi ? ai-je insisté auprès de l'employé.

— Parce que c'est l'espace qui sépare les roues des wagons.

— Mais les roues des wagons sont ainsi à cause de la distance entre les rails, ne croyez-vous pas ?

— Croyez-vous, monsieur, que je suis dans l'obligation de tout savoir sur les trains, simplement parce que je travaille dans une gare ? Les choses sont comme ça parce qu'elles sont comme ça. »

Il n'était déjà plus la personne heureuse, en paix avec son travail ; il savait répondre à une question, mais il ne pouvait pas aller plus loin. Je lui ai présenté mes excuses, j'ai continué, le temps qu'il me restait à attendre, à regarder les rails, sentant intuitivement qu'ils voulaient me dire quelque chose.

Si étrange que cela paraisse, les rails semblaient parler de mon mariage – de tous les mariages.

L'acteur est arrivé – plus sympathique que je ne m'y attendais, malgré toute sa célébrité. Je l'ai laissé à mon hôtel favori et je suis rentré chez moi. À ma surprise, Marie m'attendait, m'annonçant qu'à cause des conditions météorologiques son tournage avait été reporté d'une semaine.

« C'est jeudi aujourd'hui, je pense que tu vas aller au restaurant.

— Veux-tu venir aussi ?

— Oui. Je viens avec toi. Préfères-tu y aller seul ?

— Je préfère.

— Eh bien, je viens tout de même ; l'homme qui décidera à ma place n'est pas encore né.

— Sais-tu pourquoi les rails de chemin de fer sont distants de 143,5 centimètres ?

— Je peux me renseigner sur l'Internet. Est-ce important ?

— Très.

— Laissons là les rails de chemin de fer pour l'instant. J'ai parlé avec des amis qui sont tes fans. Ils pensent que quelqu'un qui écrit des livres comme *Un temps pour déchirer et un temps pour coudre*, ou l'histoire du berger et de ses brebis, ou le pèlerinage sur le chemin de Saint-Jacques, doit être un sage qui a des réponses pour tout.

— Ce qui n'est absolument pas vrai, comme tu le sais.

— Qu'est-ce qui est vrai, alors ? Comment transmets-tu à tes lecteurs des choses qui sont au-delà de tes connaissances ?

— Elles ne sont pas au-delà de mes connaissances. Tout ce qui est écrit là fait partie de mon âme, des leçons que j'ai apprises au long de ma vie et que je tente de m'appliquer. Je suis un lecteur de mes propres livres. Ils me montrent quelque chose que je savais, mais dont je n'avais pas conscience.

— Et le lecteur ?

— Je pense qu'il se passe la même chose avec lui. Le livre – et nous pourrions parler de n'importe quoi, d'un film, d'une chanson, d'un jardin, de la vision d'une montagne – révèle quelque chose. Révéler signifie : retirer et remettre un voile. Retirer le voile de quelque chose qui existe déjà, ce n'est pas tenter d'enseigner les secrets d'une vie meilleure.

« En ce moment, comme tu le sais aussi, je souffre d'amour. Ce n'est peut-être qu'une descente aux enfers – mais c'est peut-être une révélation. C'est seulement en écrivant *Un temps pour déchirer et un temps pour coudre* que j'ai compris ma propre capacité à aimer. J'ai appris pendant que je tapais les mots et les phrases.

— Mais le côté spirituel, qui paraît présent à toutes les pages de tous tes titres ?

— L'idée que tu viens avec moi ce soir au restaurant arménien commence à me plaire, parce que tu vas découvrir trois choses importantes, ou plutôt en prendre conscience. La première : au moment où l'on décide d'affronter un problème, on se rend compte que l'on est beaucoup plus capable qu'on ne le pensait. La deuxième : l'énergie et la sagesse viennent de la même source méconnue, que normalement nous appelons Dieu. Depuis que j'ai commencé à suivre ce que je considère comme mon chemin, je tente dans ma vie d'honorer cette énergie, de me connecter à elle tous les jours, de me laisser guider par les signes, d'apprendre en faisant quelque chose et non en pensant faire.

« La troisième : nous ne sommes jamais seuls dans nos tribulations – il y a toujours quelqu'un qui réfléchit davantage, se réjouit ou souffre pareillement, et cela nous donne la force de mieux affronter le défi qui se présente à nous.

— Cela comprend-il souffrir par amour ?

— Cela comprend tout. Si la souffrance est là, alors il vaut mieux l'accepter, elle ne disparaîtra pas simplement parce qu'on fait comme si elle n'existait pas. Si la joie est là, il vaut mieux l'accepter également, même si l'on a peur qu'elle finisse un jour. Il y a des gens qui ne parviennent à connaître la vie que par le sacrifice et le renoncement. Il y en a qui n'ont le sentiment de faire partie de l'humanité que lorsqu'ils se croient "heureux" Pourquoi me poses-tu ces questions ?

— Parce que je suis amoureuse et que j'ai peur de souffrir.

— N'aie pas peur. Le seul moyen d'éviter cette souffrance, ce serait de refuser d'aimer.

— Je sais qu'Esther est présente. À part la crise d'épilepsie du garçon, tu ne m'as rien dit de la rencontre à la pizzeria. C'est mauvais signe pour moi, même si cela peut être bon signe pour toi.

— C'est peut-être mauvais signe pour moi aussi.

— Sais-tu ce que j'aimerais te demander ? J'aimerais savoir si tu m'aimes comme je t'aime. Mais je n'en ai pas le courage. Pourquoi est-ce que je m'engage si souvent dans des relations frustrantes avec les hommes ?

« Parce que je pense que je dois toujours avoir une relation avec quelqu'un – ainsi je suis forcée d'être fantastique, intelligente, sensible, exceptionnelle. L'effort pour séduire m'oblige à donner le meilleur de moi-même, et cela m'aide. De plus, j'ai beaucoup de mal à vivre seule. Mais je ne sais pas si c'est le meilleur choix.

— Veux-tu savoir si, sachant qu'une femme m'a quitté sans la moindre explication, je suis encore capable de l'aimer ?

— J'ai lu ton livre. Je sais que tu en es capable.

— Veux-tu me demander si, malgré mon amour pour Esther, je suis également capable de t'aimer ?

— Je n'oserais pas poser cette question, parce que la réponse risque de me gâcher la vie.

— Veux-tu savoir si le cœur d'un homme, ou d'une femme, peut contenir de l'amour pour plus d'une personne ?

— Puisque cette question n'est pas aussi directe que la précédente, j'aimerais que tu me répondes.

— Je crois que oui. Sauf quand l'une d'elles devient...

— ... un Zahir. Mais je vais lutter pour toi, je pense que cela en vaut la peine. Un homme qui est capable d'aimer une femme comme tu as aimé – ou aimes – Esther mérite mon respect et mes efforts.

« Et maintenant, pour te prouver que j'ai envie de t'avoir à mes côtés, pour te montrer à quel point tu comptes dans ma vie, je vais faire ce que tu m'as demandé, même si c'est absurde : savoir pourquoi les rails de chemin de fer sont séparés par 4 pieds et 8,5 pouces. »

Le patron du restaurant arménien avait fait exactement ce qu'il avait annoncé la semaine précédente : dorénavant, ce n'était plus le salon du fond mais tout le restaurant qui était occupé. Marie regardait les gens avec curiosité et remarquait de temps en temps qu'ils étaient très différents.

« Comment peuvent-ils amener des enfants dans un endroit pareil ? C'est absurde !

— Ils n'ont peut-être personne à qui les laisser. »

À neuf heures pile, les six personnages – deux musiciens en costumes orientaux et les quatre jeunes gens portant leurs blouses blanches et leurs larges jupes – sont entrés en scène. Le service de restauration a été immédiatement suspendu, et le silence s'est fait.

« Dans le mythe mongol de la création du monde, la biche et le chien sauvage se rencontrent, a dit Mikhail, de nouveau d'une voix qui n'était pas la sienne. Deux êtres de nature différente : dans la nature, le chien sauvage tue la biche pour manger. Dans le mythe mongol, ils comprennent tous les deux que l'un a besoin des qualités de l'autre pour survivre dans un milieu hostile et qu'ils doivent s'unir.

« Pour cela, ils doivent d'abord apprendre à aimer. Et pour aimer, ils doivent cesser d'être ce qu'ils sont, ou bien ils ne pourront jamais vivre ensemble. Avec le temps, le chien sauvage commence à admettre que son instinct, toujours concentré sur la lutte pour la survie, sert alors un but supérieur : rencontrer quelqu'un avec qui reconstruire le monde. »

Il a fait une pause.

« Quand nous dansons, nous tournons autour de l'Énergie, qui monte jusqu'à la Maîtresse et revient vers nous de toute sa force, de même que l'eau s'évapore des fleuves, se transforme en nuage et redescend sous forme de pluie. Aujourd'hui mon histoire concerne le cercle de l'amour :

« Un matin, un paysan frappa un grand coup à la porte d'un couvent. Quand le frère portier vint ouvrir, il lui tendit une magnifique grappe de raisin.

« "Cher frère portier, voici le plus beau raisin que produit ma vigne. Et je viens ici te l'offrir.

— Merci ! Je vais le porter immédiatement à l'Abbé, qui se réjouira de ce présent.

— Mais non ! je l'ai apporté pour toi.

— Pour moi ? Je ne mérite pas si beau cadeau de la nature.

— Chaque fois que j'ai frappé à la porte, tu as ouvert. Quand j'ai eu besoin d'aide parce que la sécheresse avait détruit la récolte, tu m'as donné tous les jours un morceau de pain et un verre de vin. Je veux que cette grappe de raisin t'apporte un peu de l'amour du soleil, de la beauté de la pluie et du miracle de Dieu."

« Le frère portier posa la grappe de raisin devant lui et passa toute la matinée à l'admirer : elle était vraiment superbe. Pour cette raison, il décida de remettre le présent à l'Abbé, qui l'avait toujours encouragé par ses paroles de sagesse.

« L'Abbé fut très content de recevoir le raisin, mais il se rappela qu'il y avait dans le couvent un frère qui était malade, et il pensa : "Je vais lui donner cette grappe. Cela mettra peut-être un peu de joie dans sa vie."

« Mais le raisin ne demeura pas très longtemps dans la chambre du frère malade, car celui-ci réfléchit : "Le frère cuisinier prend soin de moi, il prépare pour moi la meilleure nourriture. Je suis certain que cela lui apportera beaucoup de bonheur." Quand le frère cuisinier se présenta à l'heure du déjeuner, apportant son repas, il lui offrit le raisin.

« "Il est pour toi. Comme tu es toujours en contact avec les produits que la nature nous offre, tu sauras quoi faire de cette œuvre de Dieu."

« Le frère cuisinier fut ébloui par la beauté de la grappe, et il fit observer à son adjoint la perfection du raisin. Si parfait que personne ne l'apprécierait mieux que le frère sacristain, responsable de la garde du saint sacrement, en qui beaucoup au monastère voyaient un saint homme.

« Le frère sacristain, à son tour, fit cadeau du raisin au plus jeune novice, afin qu'il comprît que l'œuvre de Dieu se trouve dans les plus petits détails de la Création. Quand le novice le reçut, son cœur s'emplit de la Gloire du Seigneur, car il n'avait jamais vu une grappe aussi belle. Il se rappela immédiatement le jour de son arrivée au monastère, et la personne qui lui avait ouvert la porte ; c'était grâce à ce geste qu'il se trouvait aujourd'hui dans cette communauté de personnes sachant valoriser les miracles.

« Ainsi, peu avant la tombée de la nuit, il porta la grappe de raisin au frère portier.

« "Mange et profites-en. Tu passes la plus grande partie du temps seul ici, ce raisin te fera beaucoup de bien."

« Le frère portier comprit que ce présent lui était vraiment destiné, il savoura chaque grain de cette grappe et s'endormit heureux. Ainsi, le cercle fut fermé ; un cercle de bonheur et de joie, qui s'étend toujours autour de celui qui est en contact avec l'Énergie de l'Amour. »

La femme qui répond au nom d'Alma a fait résonner les pièces de son plat en métal.

« Comme nous le faisons tous les jeudis, nous écoutons une histoire d'amour, et nous racontons des histoires de désamour. Voyons ce qu'il y a à la surface, et alors, petit à petit, nous comprendrons ce qu'il y a dessous : nos habitudes, nos valeurs. Et quand nous arriverons à traverser cette couche, nous serons capables de nous trouver nous-mêmes. Qui commence ? »

Plusieurs mains se sont levées, y compris la mienne, à la surprise de Marie. Le bruit a repris, les gens se sont agités sur leurs chaises. Mikhail a fait signe à une jolie femme, grande aux yeux bleus.

« La semaine dernière, je suis allée voir un ami qui vit seul à la montagne, près de la frontière française ; quelqu'un qui adore les plaisirs de la vie et a souvent affirmé que la vraie sagesse consistait justement à profiter de chaque instant.

« Dès le début, mon mari n'a pas aimé l'idée ; il savait qui était cet ami, que son passe-temps favori était de chasser les oiseaux et de séduire les femmes. Mais j'avais besoin de lui parler, je vivais un moment de crise dans lequel lui seul pouvait m'aider. Mon mari a suggéré un psychologue, un voyage, nous avons discuté, nous nous sommes disputés, mais malgré toutes ces pressions à la maison, je suis partie. Mon ami est venu me chercher à l'aéroport, nous avons parlé tout l'après-midi, nous avons dîné, bu, parlé encore un peu, et je suis allée me coucher. Quand je me suis réveillée, le lendemain, nous avons fait une promenade dans la région, et il m'a raccompagnée à l'aéroport.

« À peine étais-je rentrée à la maison que les questions ont commencé. Était-il seul ? Oui. Aucune maîtresse avec lui ? Non. Vous avez bu ? Nous avons bu. Pourquoi ne veux-tu pas en parler ? Mais j'en parle ! Vous étiez seuls dans une maison qui donne sur les montagnes, un cadre romantique, non ? En effet. Et pourtant il ne s'est rien passé d'autre qu'une conversation ? Il ne s'est rien passé. Et tu penses que je vais croire ça ? Pourquoi ne le croirais-tu pas ? Parce que cela va à l'encontre de la nature humaine – si un homme et une femme sont ensemble, boivent ensemble, partagent leur intimité, ils finissent au lit !

« Je suis d'accord avec mon mari. Cela va à l'encontre de ce que l'on nous a enseigné. Il ne croira jamais l'histoire que je lui ai racontée, qui est pourtant la pure vérité. Dès lors, notre vie est devenue un petit enfer. Cela passera, mais c'est une souffrance inutile, une souffrance causée par ce que l'on nous a raconté : un homme et une femme qui ont de l'admiration l'un pour l'autre, quand les circonstances le permettent, finissent par coucher ensemble. »

Applaudissements. Cigarettes qui s'allument. Bruits de bouteilles et de verres.

« Qu'est-ce que c'est ? a demandé Marie à voix basse. Une thérapie conjugale collective ?

— Cela fait partie de la "rencontre". On ne dit pas si l'on a raison ou tort, on raconte simplement des histoires.

118

— Et pourquoi font-ils cela en public, de cette manière irrespectueuse, avec des gens qui boivent et fument ?

— Peut-être pour que ce soit plus léger. Si c'est plus léger, c'est plus facile. Et si c'est plus facile, pourquoi pas ?

— Plus facile ? Au milieu d'inconnus qui demain peuvent raconter cette histoire au mari ? »

Une autre personne avait pris la parole, et je n'ai pas pu répondre à Marie que cela n'avait aucune importance : ils étaient tous là pour parler de désamour déguisé en amour.

« Je suis le mari de la femme qui vient de raconter l'histoire, a déclaré un homme qui devait avoir au moins vingt ans de plus que la jeune et jolie blonde. Tout ce qu'elle a dit est exact, mais il y a quelque chose qu'elle ne sait pas et que je n'ai pas eu le courage de lui expliquer. Je vais le faire maintenant.

« Quand elle est partie pour la montagne, je n'ai pas dormi de la nuit, et je me suis mis à imaginer – dans tous les détails – ce qui était en train de se passer. Elle arrive, le feu est allumé dans la cheminée, elle retire son manteau, elle retire son pull-over, elle ne porte pas de soutien-gorge sous son T-shirt léger. Il peut voir clairement le contour des seins.

« Elle feint de ne pas deviner son regard. Elle dit qu'elle va jusqu'à la cuisine chercher une autre bouteille de champagne. Elle porte un jean très étroit, elle marche lentement, et même sans se retourner, elle sait qu'il la regarde des pieds à la tête. Elle revient, ils discutent de choses vraiment intimes et cela leur donne une sensation de complicité.

« Ils épuisent le sujet qui l'a amenée là. Le téléphone mobile sonne – c'est moi, je veux savoir si tout va bien. Elle s'approche de lui, place le téléphone sur son oreille, ils écoutent tous les deux ce que je dis, en faisant attention car je sais qu'il est trop tard pour exercer la moindre pression ; mieux vaut feindre de ne pas m'inquiéter, lui suggérer de profiter de son séjour à la montagne, parce que le lendemain elle doit revenir à Paris, s'occuper des enfants, faire des courses pour la maison.

« Je raccroche, sachant qu'il a écouté la conversation. Ils étaient tous les deux sur des sofas séparés, maintenant ils sont assis très près l'un de l'autre.

« À ce moment-là, j'ai cessé de penser à ce qui se passait à la montagne. Je me suis levé, je suis allé jusqu'à la chambre de mes enfants, puis jusqu'à la fenêtre, j'ai regardé Paris, et savez-vous ce que j'ai constaté ? Que cette pensée m'avait excité. Énormément excité. L'idée que ma femme pouvait être, à ce moment-là, en train d'embrasser un homme, de faire l'amour avec lui...

« Je me suis senti terriblement mal. Comment cela pouvait-il m'exciter ? Le lendemain, j'ai parlé avec deux amis : évidemment, je ne me suis pas pris comme exemple, mais je leur ai demandé si, à un moment de leurs vies, ils avaient trouvé érotique de surprendre, dans une fête, le regard d'un autre homme sur le décolleté de leur femme. Ils ont tous les deux éludé la question, parce que c'est un tabou. Mais ils ont dit l'un et l'autre qu'ils trouvaient formidable de savoir que leur femme était désirée par un autre homme : ils ne sont pas allés au-delà. Serait-ce un fantasme secret, caché dans le cœur de tous les hommes ? Je ne sais pas. Nous avons passé une semaine d'enfer parce que je ne comprends pas ce que j'ai ressenti. Et comme je ne comprends pas, je la rends coupable de provoquer chez moi quelque chose qui déséquilibre mon univers. »

Cette fois, beaucoup de cigarettes se sont allumées, mais il n'y a pas eu d'applaudissements. Comme si le thème restait tabou, même dans cet endroit.

Tandis que je gardais la main levée, je me suis demandé si j'étais d'accord avec ce que ce monsieur venait de dire. Oui, j'étais d'accord : j'avais déjà imaginé une situation semblable avec Esther et les soldats sur le champ de bataille, mais je n'osais même pas me l'avouer.

Mikhail a regardé dans ma direction, et il a fait un signe.

Je ne sais pas comment j'ai réussi à me lever, à regarder cette assistance visiblement abasourdie par l'histoire de l'homme excité à l'idée que sa femme est possédée par un autre. Personne ne semblait prêter attention à moi et cela m'a aidé à commencer.

« Je vous demande pardon de ne pas être aussi direct que les deux personnes qui m'ont précédé, mais j'ai quelque chose à dire. Aujourd'hui je suis allé dans une gare, et j'ai découvert que la distance qui sépare les rails est de

143,5 centimètres, ou 4 pieds et 8,5 pouces. Pourquoi cette dimension absurde ? J'ai demandé à ma petite amie d'en chercher la raison, et voici le résultat :

« Parce qu'au début, quand on a construit les premiers wagons de chemin de fer, on a utilisé les mêmes outils que ceux dont on se servait pour la construction des voitures.

« Pourquoi cette distance entre les roues des voitures ? Parce que les anciennes routes avaient été faites pour cette dimension, et que les voitures n'auraient pas pu circuler autrement.

« Qui a décidé que les routes devaient être faites à cette dimension ? Et là nous voilà revenus dans un passé très lointain : les Romains, premiers grands constructeurs de routes, en ont décidé ainsi. Pour quelle raison ? Les chars de guerre étaient conduits par deux chevaux ; et quand on met côte à côte les animaux de la race dont ils se servaient à l'époque, ils occupent 143,5 centimètres.

« Ainsi, la distance entre les rails que j'ai vus aujourd'hui, utilisés par notre très moderne train à grande vitesse, a été déterminée par les Romains. Quand les immigrants sont partis aux États-Unis construire des voies ferrées, ils ne se sont pas demandé s'il vaudrait mieux modifier la largeur et ils ont conservé le même modèle. Cela a même influencé la construction des navettes spatiales : des ingénieurs américains pensaient que les réservoirs de combustible auraient dû être plus larges, mais ils étaient fabriqués dans l'Utah, ils devaient être transportés par train jusqu'au Centre spatial en Floride, et les tunnels ne comportaient pas de système différent. Conclusion : ils ont dû se résigner à la décision que les Romains avaient arrêtée concernant la dimension idéale.

« Qu'est-ce que cela a à voir avec le mariage ? »

J'ai fait une pause. Certaines personnes ne s'intéressaient pas du tout aux rails de chemin de fer et commençaient à causer entre elles. D'autres m'écoutaient avec une grande attention – parmi eux Marie et Mikhail.

« Cela a tout à voir avec le mariage et avec les deux histoires que nous venons d'entendre. À un moment donné, quelqu'un s'est présenté et a dit : "Quand deux personnes se marient, elles doivent demeurer figées pour le restant de leur vie. Vous marcherez l'un à côté de l'autre comme deux rails, respectant exactement ce modèle. Si parfois l'un a besoin de s'éloigner ou de se rapprocher un peu, cela va à l'encontre des règles. Les règles disent : 'Soyez raisonnables, pensez à l'avenir, aux enfants. Vous ne pouvez plus bouger, vous devez être comme les rails : il y a entre eux la même distance dans la gare de départ, au milieu du chemin, ou dans la gare de destination. Ne laissez pas l'amour changer, ni grandir au début, ni s'affaiblir au milieu – ce serait extrêmement risqué.' Par conséquent, passé l'enthousiasme des premières années, conservez la même distance, la même solidité, la même fonctionnalité. Vous servez à ce que le train de la survie de l'espèce passe et se dirige vers le futur : vos enfants ne seront heureux que si vous restez, comme vous l'avez toujours été, à 143,5 centimètres de distance l'un de l'autre. Si vous n'êtes pas contents de quelque chose qui ne change jamais, pensez à eux, aux enfants que vous avez mis au monde.

« "Pensez aux voisins. Montrez que vous êtes heureux, faites un barbecue le dimanche, regardez la télévision, venez en aide à la communauté. Pensez à la société : comportez-vous de manière que tout le monde sache qu'il n'y a pas de conflits entre vous. Ne tournez pas la tête, quelqu'un pourrait vous regarder, et ce serait une tentation, cela pourrait signifier divorce, crises et dépression.

« "Souriez sur les photos. Mettez les photos dans le salon, pour que tout le monde les voie. Tondez le gazon, faites du sport – surtout faites du sport, pour pouvoir rester figés dans le temps. Quand le sport ne suffira plus, passez à la chirurgie esthétique. Mais n'oubliez jamais : un jour, ces règles ont été établies et vous devez les respecter. Qui a établi ces règles ? Peu importe, ne posez jamais ce genre de question, car elles resteront valables à tout jamais, même si vous n'êtes pas d'accord." »

Je me suis assis. Quelques applaudissements enthousiastes, un peu d'indifférence, et moi ne sachant pas si j'étais allé trop loin. Marie me regardait avec une admiration mêlée de surprise.

La femme sur l'estrade a frappé le plat.

J'ai dit à Marie de rester là, pendant que j'allais dehors fumer une cigarette.

« Maintenant ils vont danser au nom de l'amour, de la "Maîtresse".

— Tu peux fumer ici.

— J'ai besoin d'être seul. »

Bien que ce fût le début du printemps, il faisait encore très froid, mais j'avais besoin d'air pur. Pourquoi avais-je raconté toute cette histoire ? Mon mariage avec Esther n'avait jamais été ce que je venais de décrire : deux rails, toujours l'un à côté de l'autre, ne s'écartant jamais, bien droits et bien alignés. Nous avions eu des hauts et des bas, très souvent l'un de nous avait menacé de partir pour toujours, et pourtant nous étions restés ensemble.

Jusqu'à il y a deux ans de cela.

Ou jusqu'au moment où elle avait commencé à vouloir savoir pourquoi j'étais malheureux.

Personne ne doit se poser cette question : Pourquoi suis-je malheureux ? Elle porte en elle le virus de la destruction totale. Si nous nous posons cette question, nous voulons découvrir ce qui nous rend heureux. Si ce qui nous rend heureux est différent de ce que nous sommes en train de vivre, ou bien nous changeons pour de bon, ou bien nous sommes encore plus malheureux.

Et moi à présent je me trouvais dans cette situation : une maîtresse qui avait de la personnalité, le travail qui commençait à avancer, et la possibilité que les choses finissent par s'équilibrer avec le temps. Mieux valait me résigner. Accepter ce que la vie m'offrait, ne pas suivre l'exemple d'Esther, ne pas faire attention au regard des gens, me souvenir des paroles de Marie, fonder une nouvelle vie à ses côtés.

Non, je ne peux pas penser ainsi. Si je réagis comme les gens attendent que je le fasse, je deviens leur esclave. Il faut un énorme contrôle pour éviter cela, car la tendance, c'est d'être toujours prêt à faire plaisir à quelqu'un – surtout à soi-même. Et si je fais cela, non seulement j'aurai perdu Esther, mais je perdrai aussi Marie, mon travail, mon avenir, le respect de moi-même et de tout ce que j'ai dit et écrit.

Je suis rentré en voyant que les gens avaient commencé à sortir. Mikhail est venu vers moi, déjà rhabillé.

« Ce qui s'est passé au restaurant...

— Ne vous en faites pas, ai-je répondu. Allons nous promener au bord de la Seine. »

Marie a compris le message et dit qu'elle devait se coucher tôt ce soir-là. Je lui ai demandé de nous déposer en taxi jusqu'au pont qui se trouve face à la tour Eiffel – ainsi je pourrais rentrer chez moi à pied. J'ai pensé demander à Mikhail où il vivait, mais je me suis dit qu'il risquait d'interpréter la question comme une tentative pour vérifier de mes propres yeux si Esther n'était pas avec lui.

En chemin, Marie a plusieurs fois demandé à Mikhail ce qu'était la « rencontre », et il a répondu invariablement : « Une manière de regagner l'amour. » Il en a profité pour dire qu'il avait aimé mon histoire sur les rails de chemin de fer.

« C'est comme cela que l'amour s'est perdu, a-t-il ajouté. Quand on a commencé à établir des règles précises pour qu'il puisse se manifester.

— Et quand est-ce arrivé ? a demandé Marie.

— Je ne sais pas. Mais je sais qu'il est possible de faire revenir cette Énergie. Je le sais parce que, quand je danse, ou quand j'entends la voix, l'Amour me parle. »

Marie ne savait pas ce qu'était « entendre la voix », mais nous étions arrivés au pont. Nous sommes descendus et nous avons commencé à marcher dans le froid de la nuit parisienne.

« Je sais que vous avez été effrayé par ce que vous avez vu. Le pire danger c'est que la langue s'enroule et que l'on étouffe ; le patron du restaurant savait quoi faire, cela veut dire que cela avait déjà dû se produire dans sa pizzeria. Ce n'est pas si rare. Mais votre diagnostic est faux, je ne suis pas épileptique. C'est le contact avec l'Énergie. »

Bien sûr qu'il était épileptique, mais cela n'avançait à rien de le contrarier. Je m'efforçais de me comporter normalement. Je devais garder le contrôle de la situation – j'étais surpris qu'il ait accepté aussi facilement cette fois de m'accompagner.

« J'ai besoin de vous. J'ai besoin que vous écriviez quelque chose sur l'importance de l'amour, a dit Mikhail.

— Tout le monde sait l'importance de l'amour. Presque tous les livres écrits traitent de cela.

— Alors, je vais reformuler ma demande : je veux que vous écriviez quelque chose sur la nouvelle Renaissance.

— Qu'est-ce que la nouvelle Renaissance ?

— Un moment semblable à ce qui s'est passé en Italie aux XVe et XVIe siècles, quand des génies comme Érasme, Vinci, Michel-Ange ont cessé de subir les limitations de leur temps, l'oppression de ses conventions, pour se tourner vers le passé. Comme à cette époque, nous retrouvons le langage de la magie, l'alchimie, l'idée de la Déesse Mère, la liberté de faire selon nos convictions, et non selon ce qu'exigent l'Église ou le gouvernement. Comme à Florence en 1500, nous redécouvrons que le passé contient les réponses pour l'avenir.

« Voyez cette histoire de train que vous avez racontée : dans combien d'autres circonstances obéissons-nous à des modèles que nous ne comprenons pas ? Comme les gens lisent ce que vous écrivez, ne pourriez-vous aborder ce thème ?

— Je n'ai jamais négocié un livre, ai-je répondu, me souvenant de nouveau que je devais garder le respect de moi-même. Si le sujet est intéressant, s'il se trouve dans mon âme, si le bateau nommé Parole me conduit jusqu'à cette île, j'écrirai peut-être. Mais cela n'a rien à voir avec ma quête d'Esther.

— Je le sais et je ne vous impose aucune condition ; je suggère simplement ce que je juge important.

— Vous a-t-elle parlé de la Banque des Faveurs ?

— Oui, mais il ne s'agit pas de Banque des Faveurs. Il s'agit d'une mission que je ne peux pas accomplir seul.

— Votre mission, c'est ce que vous faites au restaurant arménien ?

— Ce n'est qu'une petite partie. Nous faisons la même chose le vendredi avec les clochards. Nous travaillons le mercredi avec les nouveaux nomades. »

Les nouveaux nomades ? Mieux valait ne pas l'interrompre ; le Mikhail qui me parlait alors avait perdu son arrogance de la pizzeria, son charisme du restaurant, son anxiété de la soirée de signatures. C'était une personne normale, le compagnon avec qui l'on termine toujours la nuit en parlant des problèmes du monde.

« Je ne peux écrire que sur ce qui touche vraiment mon âme, ai-je insisté.

— Aimeriez-vous venir avec nous causer avec les clochards ? »

Je me suis rappelé le commentaire d'Esther, et la fausse tristesse dans les yeux de ceux qui devaient être les plus misérables du monde.

« Laissez-moi réfléchir un peu. »

Nous approchions du musée du Louvre. Il s'est arrêté, s'est penché au-dessus du parapet qui borde le fleuve, et nous avons regardé les bateaux qui passaient, avec leurs projecteurs qui nous aveuglaient.

« Voyez ce qu'ils sont en train de faire, ai-je dit, car je devais dire n'importe quoi, de peur qu'il ne s'ennuie et ne décide de rentrer chez lui. Ils regardent les monuments que la lumière éclaire. Quand ils rentreront chez eux, ils diront qu'ils connaissent Paris. Demain ils doivent voir Mona Lisa, et ils diront qu'ils ont visité le Louvre. Ils ne connaissent pas Paris et ils ne sont pas allés au Louvre – ils n'ont fait que prendre un bateau et regarder un tableau, un seul tableau. Quelle est la différence entre voir un film pornographique et faire l'amour ? La même qu'entre regarder une ville et essayer de savoir ce qui s'y passe, aller dans les bars, emprunter des rues qui ne sont pas dans les guides touristiques, se perdre pour se trouver soi-même.

— J'admire votre contrôle. Vous parlez des bateaux sur la Seine, et vous attendez le bon moment pour poser la question qui vous a mené jusqu'à moi. Vous vous sentez libre maintenant de parler ouvertement de ce que vous voulez savoir. »

Il n'y avait aucune agressivité dans sa voix, et j'ai décidé d'aller plus loin.

« Où est Esther ?

— Physiquement très loin, en Asie centrale. Spirituellement, tout près, son sourire et le souvenir de ses paroles pleines d'enthousiasme m'accompagnent jour et nuit. C'est elle qui m'a mené jusqu'ici, moi pauvre jeune homme de vingt et un ans, sans avenir, que les gens de mon village considéraient comme une aberration, un malade, ou un sorcier qui avait fait un pacte avec le diable, et que ceux de la ville considéraient comme un simple paysan à la recherche d'un emploi.

« Un autre jour, je vous raconterai mieux mon histoire, mais le fait est que je parlais anglais, et j'ai commencé à travailler pour elle comme interprète. Nous étions à la frontière d'un pays où elle devait entrer : les Américains construisaient là-bas de nombreuses bases militaires, ils se préparaient pour la guerre en Afghanistan, il était impossible d'obtenir un visa. Je l'ai aidée à traverser les montagnes illégalement. Durant la semaine que nous avons passée ensemble, elle m'a laissé entendre que je n'étais pas seul, qu'elle me comprenait.

« Je lui ai demandé ce qu'elle faisait si loin de chez elle. Après quelques réponses évasives, elle m'a finalement raconté ce qu'elle a dû vous raconter : elle cherchait l'endroit où le bonheur s'était caché. Je lui ai parlé de ma mission : obtenir que l'Énergie de l'Amour se répande de nouveau sur la Terre. Au fond, nous cherchions tous les deux la même chose.

« Esther est allée à l'ambassade de France et elle m'a obtenu un visa – comme interprète de langue kazakh, bien que tout le monde dans mon pays ne parle que le russe. Je suis venu vivre ici. Nous nous voyions chaque fois qu'elle revenait de ses missions à l'étranger ; nous sommes retournés deux fois ensemble au Kazakhstan ; elle s'intéressait beaucoup à la culture du Tengri et à un nomade qu'elle avait rencontré – et qui croyait avoir réponse à tout. »

J'aurais aimé savoir ce qu'était le Tengri, mais la question pouvait attendre. Mikhail a continué à parler, et j'ai lu dans ses yeux qu'Esther lui manquait autant qu'à moi.

« Nous commençons à faire un travail ici à Paris – c'est elle qui m'a donné l'idée de réunir les gens une fois par semaine. Elle disait : "Dans toute relation humaine, le plus important est la conversation, mais les gens ne font plus cela – s'asseoir pour parler et écouter les autres. Ils vont au théâtre, au cinéma, ils regardent la télévision, écoutent la radio, lisent des livres, mais ils ne se parlent plus ou presque. Si nous voulons changer le monde, nous devons retourner à l'époque où les guerriers se réunissaient autour du feu et racontaient des histoires." »

Je me suis souvenu qu'Esther disait que toutes les choses importantes dans nos vies étaient nées de longs dialogues à une table de bar, ou au cours de promenades dans les rues et les parcs.

« L'idée que ce soit le jeudi vient de moi, parce que la tradition dans laquelle j'ai été élevé le veut ainsi. Mais l'idée de sortir de temps en temps dans la nuit parisienne est d'elle : seuls les clochards, disait-elle, ne font pas semblant d'être contents – au contraire, ils feignent la tristesse.

« Elle m'a donné vos livres à lire. J'ai compris que vous aussi, peut-être de manière inconsciente, vous imaginiez le même monde que nous deux. J'ai compris que je n'étais pas seul, bien que j'entendisse seulement la voix. Peu à peu, à mesure que les gens fréquentaient ma rencontre, j'ai commencé à croire que je pouvais accomplir ma mission, aider l'Énergie à revenir, même s'il fallait pour cela retourner au passé, au moment où elle était partie – ou s'était cachée.

— Pourquoi Esther m'a-t-elle quitté ? »

N'arrivais-je donc pas à changer de sujet ? La question a un peu agacé Mikhail.

« Par amour. Aujourd'hui vous avez pris l'exemple des rails : eh bien, elle n'est pas un rail à côté de vous. Elle ne suit pas les règles, et j'imagine que vous non plus. J'espère que vous savez qu'elle me manque à moi aussi.

— Alors…

— Alors, si vous voulez la rencontrer, je peux vous dire où elle se trouve. J'ai ressenti la même impulsion, mais la voix dit que ce n'est pas le moment, que personne ne doit la perturber dans sa rencontre avec l'Énergie de l'Amour. Je respecte la voix, la voix nous protège : moi, vous, et Esther.

— Quand sera-ce le moment ?

— Peut-être demain, dans un an, ou plus jamais – et dans ce cas, nous devons respecter sa décision. La voix c'est l'Énergie : c'est pourquoi elle ne met deux personnes ensemble que lorsqu'elles sont vraiment préparées pour ce moment. Pourtant, nous voulons tous aller trop vite – uniquement pour entendre la phrase que nous ne voulions pas entendre : "Va-t'en." Celui qui ne respecte pas la voix et arrive trop tôt ou trop tard n'obtiendra jamais ce qu'il prétend obtenir.

— Je préfère l'entendre dire "va-t'en" que de rester avec le Zahir qui occupe mes nuits et mes jours. Si elle disait cela, elle cesserait d'être une idée fixe pour devenir une femme qui maintenant vit et pense différemment.

— Ce ne sera plus le Zahir, mais ce sera une grande perte. Si un homme et une femme parviennent à manifester l'Énergie, ils aident réellement tous les hommes et toutes les femmes du monde.

— Vous me faites peur. Je l'aime. Vous savez que je l'aime, et vous me dites qu'elle m'aime encore. Je ne sais pas ce que c'est qu'être préparé, je ne peux pas vivre en fonction de ce que les autres – même Esther – attendent de moi.

— D'après ce que j'ai compris de mes conversations avec elle, à un certain moment vous vous êtes perdu. Le monde s'est mis à tourner autour de vous, de vous exclusivement.

— Ce n'est pas vrai. Elle était libre de faire son propre chemin. Elle a décidé de devenir correspondante de guerre contre ma volonté. Elle pensait qu'elle devait chercher la raison du malheur des hommes, même si je faisais valoir qu'elle était introuvable. Désire-t-elle que je redevienne un rail à côté d'un autre rail, gardant cette distance stupide seulement parce que les Romains en ont décidé ainsi ?

— Au contraire. »

Mikhail s'est remis en marche, et je l'ai suivi.

« Croyez-vous que j'entends une voix ?

— À vrai dire, je ne sais pas. Et puisque nous sommes ici, laissez-moi vous montrer quelque chose.

— Tout le monde pense que je suis pris de crises d'épilepsie, et je les laisse croire, c'est plus facile. Mais cette voix me parle depuis que je suis enfant, quand j'ai vu la femme.

— Quelle femme ?

— Je vous raconterai plus tard.

— Chaque fois que je vous pose une question, vous répondez : "Je vous raconterai plus tard."

— La voix me dit quelque chose. Je sais que vous êtes angoissé ou inquiet. Dans la pizzeria, quand j'ai senti le vent chaud et vu les lumières, je savais que c'étaient les symptômes de ma connexion avec le Pouvoir. Je savais qu'elle était là pour nous aider tous les deux.

« Si vous pensez que je ne vous raconte rien d'autre que les inepties d'un garçon épileptique qui cherche à tirer profit des sentiments d'un écrivain célèbre, alors demain je vous donne une carte avec le lieu où elle se trouve, et vous irez la chercher. Mais la voix nous dit quelque chose.

— Puis-je savoir quoi, ou vous me raconterez plus tard ?

— Je vous raconterai bientôt : je n'ai pas encore très bien compris le message.

— Promettez-moi tout de même que vous me donnerez l'adresse et la carte.

— Je vous le promets. Au nom de l'Énergie divine de l'Amour, je vous le promets. Que vouliez-vous me montrer ? »

J'ai désigné du doigt une statue dorée – une jeune femme à cheval.

« Ceci. Elle, elle entendait des voix. Tant que l'on a respecté ce qu'elle disait, tout s'est bien passé. Quand on a commencé à douter, le vent de la victoire a changé de camp.

« Jeanne d'Arc, la vierge d'Orléans, l'héroïne de la guerre de Cent Ans, qui à dix-sept ans avait été nommée commandant des troupes parce que… elle entendait des voix, et ces voix lui indiquaient la meilleure stratégie pour mettre les Anglais en déroute. Deux ans plus tard, elle était condamnée à mort sur le bûcher, accusée de sorcellerie. J'avais utilisé dans l'un de mes livres une partie de l'interrogatoire, datée du 24 février 1431 :

« *Elle fut alors questionnée par le docteur Jean Beaupère. Lorsqu'il lui demanda si elle avait entendu une voix, elle répondit :*

« *"Je l'ai entendue trois fois, hier et aujourd'hui. Le matin, à l'heure des vêpres, et quand on a entonné l'Ave Maria…"*

« *Lorsqu'il lui demanda si la voix se trouvait dans la chambre, elle répondit qu'elle ne le savait pas, mais qu'elle avait été réveillée par elle. Elle n'était pas dans la chambre, mais elle était dans le château.*

« *Elle demanda à la voix ce qu'elle devait faire, et la voix lui dit de se lever de son lit et de joindre les paumes des mains.*

« *Alors* [Jeanne d'Arc] *dit à l'évêque qui l'interrogeait :*

« *"Vous affirmez que vous êtes mon juge. Alors, faites très attention à ce que vous allez faire, parce que je suis envoyée de Dieu, et vous êtes en danger. La voix me fait des révélations que je dois dire au roi, mais pas à vous. Cette voix que j'entends (depuis très longtemps) vient de Dieu, et j'ai peur davantage de contrarier les voix que de vous contrarier."*

— Vous n'êtes pas en train d'insinuer que…

— Que vous êtes une incarnation de Jeanne d'Arc ? Je ne crois pas. Elle est morte à dix-neuf ans, et vous en avez vingt-cinq. Elle a commandé l'armée française et, d'après ce que vous m'avez dit, vous n'arrivez même pas à gouverner votre vie. »

Nous sommes retournés nous asseoir sur le mur qui s'étend le long de la Seine.

« Je crois aux signes, ai-je insisté. Je crois au destin. Je crois que les gens peuvent tous les jours savoir quelle est la meilleure décision à prendre dans tout ce qu'ils font. Je crois que j'ai échoué, que j'ai perdu à un certain moment le contact avec la femme que j'aimais. Et maintenant, je dois simplement clore ce cycle ; donc je veux la carte, je veux aller jusqu'à elle. »

Il m'a regardé, et il ressemblait au garçon en transe qui se présentait sur l'estrade du restaurant. J'ai pressenti une nouvelle crise d'épilepsie – en pleine nuit, dans un endroit pratiquement désert.

« La vision m'a donné un pouvoir. Ce pouvoir est quasi visible, palpable. Je peux le gérer, mais je ne peux pas le dominer.

— Il est tard pour ce genre de conversation. Je suis fatigué, et vous aussi. J'aimerais que vous me donniez la carte et l'endroit.

« — La voix... Je vous donnerai la carte demain après-midi. Où puis-je vous la remettre ? »

Je lui ai donné mon adresse, surpris qu'il ne sache pas où j'avais vécu avec Esther.

« Vous pensez que j'ai couché avec votre femme ?

— Je ne poserais jamais cette question. Cela ne me concerne pas.

— Mais vous l'avez posée quand nous étions dans la pizzeria. »

J'avais oublié. Bien sûr que cela me concernait, mais à présent sa réponse ne m'intéressait plus.

Le regard de Mikhail a changé. J'ai cherché dans ma poche quelque chose à mettre dans sa bouche en cas de crise, mais il paraissait calme, contrôlant la situation.

« En ce moment, j'entends la voix. Demain je prendrai la carte, les annotations, les vols, j'irai chez vous. Je crois qu'elle vous attend. Je crois que le monde sera plus heureux si deux personnes, seulement deux personnes, sont plus heureuses. Mais il se trouve que la voix me dit que nous ne parviendrons pas à nous voir demain.

— J'ai seulement un déjeuner avec un acteur qui est arrivé des États-Unis, que je ne peux pas annuler. Je vous attendrai le restant de la journée.

— Mais la voix dit cela.

— Vous interdit-elle de m'aider à retrouver Esther ?

— Je ne le crois pas. C'est la voix qui m'a encouragé à me rendre à votre soirée de signatures. Dès lors, je savais plus ou moins que les choses allaient se dérouler comme elles se sont déroulées – parce que j'avais lu *Un temps pour déchirer et un temps pour coudre*.

— Alors – et je mourais de peur qu'il ne changeât d'avis – faisons ce que nous avons combiné. Je suis libre à partir de deux heures de l'après-midi.

— Mais la voix dit que ce n'est pas encore le moment.

— Vous m'avez promis.

— C'est bien. »

Il m'a tendu la main, et il a dit que le lendemain il passerait chez moi en fin de journée. Ses derniers mots cette nuit-là ont été :

« La voix dit qu'elle le permettra quand l'heure sera venue. »

Quant à moi, tandis que je regagnais mon appartement, la seule voix que j'entendais était celle d'Esther, parlant d'amour. Et tandis que je me rappelais la conversation, je comprenais qu'elle se rapportait à notre mariage.

« À quinze ans, j'avais une envie folle de découvrir le sexe. Mais c'était un péché, c'était interdit. Et je ne comprenais pas pourquoi c'était un péché. Peux-tu me dire pourquoi toutes les religions, partout au monde, considèrent le sexe comme quelque chose d'interdit – même les religions et les cultures les plus primitives ?

— Voilà que tu me fais penser à des choses très bizarres. Pourquoi le sexe est-il interdit ?

— À cause de l'alimentation.

— L'alimentation ?

— Il y a des milliers d'années, les tribus voyageaient, on faisait l'amour librement, on avait des enfants, et plus une tribu était peuplée, plus elle risquait de disparaître – on se battait entre soi pour la nourriture, tuant les enfants après avoir tué les femmes, qui étaient les plus fragiles. Seuls restaient les forts, mais c'étaient tous des hommes. Et les hommes, sans femmes, ne pouvaient pas perpétuer l'espèce.

« Alors, voyant ce qui était arrivé dans la tribu voisine, quelqu'un décida d'empêcher que cela n'arrive dans la sienne. Il inventa une histoire : les dieux interdisaient que les hommes fassent l'amour avec toutes les femmes. Ils pouvaient le faire avec une seule, ou deux au maximum. Certains hommes étaient impuissants, certaines femmes stériles, une partie de la tribu n'avait pas d'enfants pour des raisons naturelles, mais personne ne pouvait changer de partenaires.

« Tous l'ont cru, parce que celui qui tenait ces propos parlait au nom des dieux et devait avoir un certain type de comportement différent – une difformité, une maladie qui provoque des convulsions, un don particulier, quelque chose qui le distinguait des autres, car ainsi étaient apparus les premiers chefs. En quelques années, cette tribu devint plus puissante – un certain nombre d'hommes capables de nourrir tout le monde, des femmes capables de reproduire, des enfants capables d'accroître lentement le nombre des chasseurs et des reproducteurs. Sais-tu ce qui donne le plus de plaisir à une femme dans le mariage ?

— Le sexe.

— Faux : nourrir. Voir son homme manger. C'est le moment de gloire de la femme, qui passe toute sa journée à penser au dîner. Et c'est peut-être pour cette raison, à cause d'une histoire enfouie dans le passé – la faim, la menace d'extinction de l'espèce, et la voie de la survie.

— Es-tu en manque d'enfants ?

— Je n'en ai pas eu, n'est-ce pas ? Comment puis-je être en manque de quelque chose que je n'ai pas eu ?

— Crois-tu que cela aurait transformé notre mariage ?

— Comment le saurais-je ? Je vois mes amis hommes et femmes : sont-ils plus heureux à cause des enfants ? Certains oui, d'autres pas vraiment. Ils peuvent être heureux avec les enfants, mais cela n'a ni amélioré ni aggravé la relation qu'ils ont entre eux. Ils continuent à se croire le droit de contrôler l'autre. Ils continuent à penser que la promesse d'"être heureux pour toujours" doit être tenue, serait-ce au prix du malheur quotidien.

— La guerre te fait du mal, Esther. Elle te met en contact avec une réalité très différente de la vie que nous vivons ici. Oui, je sais que je vais mourir ; c'est pourquoi je vis chaque jour comme si c'était un miracle. Mais cela ne m'oblige pas à penser à l'amour, au bonheur, au sexe, à l'alimentation, au mariage.

— La guerre ne me laisse pas penser. J'existe simplement, point final. Quand je comprends qu'à tout moment je peux être traversée par une balle perdue, je me dis : "Tant mieux, je n'ai pas à m'inquiéter de ce qui arrivera à mon enfant." Mais je me dis également : "C'est dommage, je vais mourir et il ne restera rien de moi. Je n'ai été capable que de perdre la vie, je n'ai pas su la mettre au monde."

— Il y a un problème entre nous ? Je te demande cela parce que parfois il me semble que tu veux me dire des choses, mais finalement tu ne laisses pas la conversation continuer.

— Oui, il y a un problème. Nous sommes dans l'obligation d'être heureux ensemble. Tu penses que tu me dois tout ce que tu es, et moi, je pense que je dois me sentir privilégiée d'avoir un homme comme toi à mes côtés.

— J'ai la femme que j'aime, même si je ne le reconnais pas toujours, et je finis par me demander : "Quel est mon problème ?"

— C'est formidable que tu comprennes cela. Tu n'as pas un problème, et je n'ai pas un problème, moi qui me pose la même question. Ce qui ne va pas, c'est la manière dont nous manifestons maintenant notre amour. Si nous acceptions que cela crée des difficultés, nous pourrions vivre avec ces difficultés, et nous serions heureux. Ce serait une lutte constante, et cela nous permettrait de rester actifs, vivants, courageux, avec de nombreux univers à conquérir. Mais nous marchons vers un point où les choses s'accommodent. Où l'amour cesse de créer des problèmes et des confrontations, pour n'être plus qu'une solution.

— Qu'est-ce qui ne va pas là-dedans ?

— Tout. Je sens que l'énergie de l'amour, ce que l'on appelle la passion, a cessé de traverser ma chair et mon âme.

— Mais il reste quelque chose.

— Vraiment ? Est-ce que tous les mariages doivent se terminer comme cela, la passion laissant place à ce que l'on appelle "une relation mûre" ? J'ai besoin de toi. Il arrive que tu me manques ou que je sois jalouse. J'aime penser à ce que sera ton dîner, même si parfois tu ne fais pas attention à ce que tu manges. Mais il manque la joie.

— Ce n'est pas vrai. Quand tu es loin, j'aimerais que tu sois près de moi. J'imagine les conversations que nous aurons quand l'un de nous rentrera de voyage. Je téléphone pour savoir si tout va bien, j'ai besoin d'entendre ta voix tous les jours. Je peux t'assurer que je suis toujours amoureux.

— Moi aussi, mais que se passe-t-il quand nous sommes l'un près de l'autre ? Nous discutons, nous nous querellons pour des sottises, chacun veut changer l'autre, imposer sa manière de voir la réalité. Tu me reproches des choses qui n'ont aucun sens et j'en fais autant. De temps à autre, dans le secret de nos cœurs, nous nous disons : "Qu'il serait bon d'être libre, de n'avoir aucun engagement."

— Tu as raison. Et dans ces moments-là je me sens perdu, parce que je sais que je suis avec la femme que je désire.

— Moi aussi je suis avec l'homme que j'ai toujours voulu avoir à mes côtés.

— Crois-tu que cela puisse changer ?

— Plus je vieillis, moins les hommes me regardent, et plus je pense : "Mieux vaut tout laisser en l'état." Je suis certaine que je peux me tromper pour le restant de ma vie. Cependant, chaque fois que je vais à la guerre, je vois qu'il existe un amour plus grand, beaucoup plus grand que la haine qui fait que les hommes s'entre-tuent. Et dans ces moments-là, et seulement dans ces moments-là, je pense que je peux changer cela.

— Tu ne peux pas vivre tout le temps dans la guerre.

— Je ne peux pas non plus vivre tout le temps dans cette espèce de paix que je trouve à tes côtés. Elle détruit la seule chose qui compte pour moi : ma relation avec toi. Même si l'intensité de l'amour demeure.

— Des millions de personnes dans le monde entier se posent ces questions, résistent bravement et laissent passer ces moments de dépression. Ils supportent une, deux, trois crises, et finalement recouvrent leur sérénité.

— Tu sais que ce n'est pas bien. Ou tu n'aurais pas écrit les livres que tu as écrits. »

J'avais décidé que mon déjeuner avec l'acteur américain aurait lieu à la pizzeria de Roberto – je devais y retourner immédiatement pour dissiper une mauvaise impression que j'aurais pu causer. Avant de sortir, j'ai averti ma bonne et le concierge de mon immeuble : si par hasard je n'étais pas rentré à l'heure prévue et qu'un jeune homme aux traits mongols se présentait pour me remettre un message, il était extrêmement important qu'on l'invitât à monter, qu'il m'attendît dans le salon et qu'on lui servît tout ce qu'il désirait. Si le jeune homme ne pouvait pas attendre, ils devaient alors lui demander de donner à l'un d'eux ce qu'il était venu m'apporter.

Il ne devait en aucun cas repartir sans avoir laissé de message.

J'ai pris un taxi et j'ai demandé au chauffeur de s'arrêter au coin du boulevard Saint-Germain et de la rue des Saints-Pères. Il tombait une pluie fine, mais je n'avais que trente mètres à parcourir pour arriver au restaurant – avec son enseigne discrète et le sourire généreux de Roberto qui de temps en temps sortait fumer une cigarette. Une femme poussant un landau marchait dans ma direction sur le trottoir étroit, et comme il n'y avait pas de place pour deux, je suis descendu du bord du trottoir pour lui permettre de passer.

C'est alors que, au ralenti, le monde a fait un immense tour : le sol est devenu ciel, le ciel est devenu sol, j'ai aperçu quelques détails de la partie supérieure de l'édifice du coin – j'étais déjà passé par là très souvent et je n'avais jamais levé les yeux. Je me souviens de la sensation de surprise, du vent soufflant violemment dans mon oreille, et de l'aboiement d'un chien au loin ; aussitôt tout s'est assombri.

J'ai été poussé à grande vitesse dans un trou noir, au bout duquel je pouvais distinguer une lumière. Avant que j'y parvienne, des mains invisibles m'ont tiré en arrière avec une grande violence et j'ai été réveillé par des voix et des cris que j'entendais autour de moi : le tout n'avait pas dû durer plus de quelques secondes. J'ai senti le goût du sang dans ma bouche, l'odeur de l'asphalte mouillé, et j'ai compris aussitôt que j'avais été victime d'un accident. J'étais conscient et inconscient en même temps, j'ai tenté de bouger sans y parvenir, j'ai distingué une autre personne étendue sur le sol à côté de moi. Je pouvais sentir son odeur, son parfum, j'ai imaginé – mon Dieu ! – que c'était la femme qui arrivait avec le bébé sur le trottoir.

Quelqu'un s'est approché pour tenter de me relever, j'ai hurlé pour que l'on ne me touche pas, il était dangereux de déplacer mon corps ; j'avais appris au cours d'une conversation sans importance dans une soirée sans importance qu'en cas de fracture au cou, tout faux mouvement risque de vous paralyser à tout jamais.

J'ai lutté pour demeurer conscient, j'ai attendu une douleur qui n'arrivait pas, j'ai essayé de bouger et j'ai pensé qu'il valait mieux ne pas le faire – j'avais une sensation de contraction, de torpeur. J'ai demandé de nouveau que l'on ne me touche pas, j'ai entendu au loin la sirène et j'ai compris que je pouvais m'endormir, je n'avais plus besoin de lutter pour sauver ma vie, elle était perdue ou elle était gagnée, la décision ne dépendait plus de moi, mais des médecins, des infirmiers, de la chance, de la « chose », de Dieu.

J'ai entendu la voix d'une petite fille – elle me disait son nom, que je ne parvenais pas à enregistrer – me priant de rester calme, m'assurant que je n'allais pas mourir. J'aurais voulu la croire, je l'ai implorée de rester plus longtemps à côté de moi, mais elle a aussitôt disparu ; j'ai vu que l'on plaçait un objet en plastique sur mon cou, un masque sur mon visage, et je me suis endormi, cette fois sans aucune sorte de rêve.

Quand j'ai repris conscience, il n'y avait plus qu'un horrible bourdonnement dans mes oreilles : le reste était silence et obscurité totale. Soudain, j'ai senti que tout bougeait et j'ai eu la certitude que l'on était en train de transporter mon cercueil, que j'allais être enterré vivant !

J'ai tenté de frapper aux murs qui m'entouraient, mais je ne pouvais pas déplacer un seul muscle de mon corps. Pendant un temps qui m'a paru infini, je me sentais poussé en avant, je ne pouvais plus rien contrôler, et alors, rassemblant toutes les forces qui me restaient, j'ai poussé un cri qui a résonné en écho dans cet espace fermé, puis est revenu à mes oreilles, m'assourdissant presque – mais je savais que par ce cri j'étais sauvé, car aussitôt une lumière est apparue sur mes pieds : ils avaient découvert que je n'étais pas mort !

La lumière – la lumière bénie qui me sauvait du pire des supplices, l'asphyxie – a éclairé peu à peu mon corps, ils retiraient enfin le couvercle du cercueil, j'avais des sueurs froides, je ressentais une immense douleur, mais j'étais content, soulagé, ils s'étaient rendu compte de leur erreur, et la joie pouvait revenir dans ce monde !

La lumière a enfin atteint mes yeux. Une main douce a touché la mienne, un visage angélique a essuyé la sueur de mon front :

« Ne vous inquiétez pas, a dit le visage angélique aux cheveux blonds, tout habillé de blanc. Je ne suis pas un ange, vous n'êtes pas mort, ceci n'est pas un cercueil mais un appareil d'imagerie par résonance magnétique, permettant de détecter d'éventuelles lésions. Apparemment, il n'y

140

a rien de grave, mais vous allez devoir rester ici en observation.

— Même pas un os brisé ?

— Des égratignures partout. Si j'apportais un miroir, vous seriez horrifié par votre apparence : mais cela passera en quelques jours. »

J'ai tenté de me lever, elle m'en a empêché avec douceur. Et alors j'ai ressenti un mal de tête très violent, et j'ai gémi.

« Vous avez eu un accident, c'est naturel, vous ne croyez pas ?

— Je crois que vous me trompez, ai-je dit avec difficulté. Je suis adulte, j'ai vécu ma vie intensément, je peux accepter certaines informations sans paniquer. Un vaisseau dans ma tête est sur le point d'éclater. »

Deux infirmiers sont apparus et ils m'ont mis sur un brancard. J'ai compris que je portais un appareil orthopédique autour du cou.

« Quelqu'un a expliqué que vous aviez demandé que l'on ne vous déplace pas, a dit l'ange. Excellente décision. Il faut que vous gardiez ce collier quelque temps, mais s'il n'y a aucune surprise désagréable – parce qu'on ne connaît jamais d'avance les suites possibles – bientôt tout cela n'aura été qu'une grosse frayeur, et on pourra dire que vous avez eu beaucoup de chance.

— Combien de temps ? Je ne peux pas rester ici. »

Personne n'a répondu. Marie m'attendait en souriant à l'extérieur de la salle de radiologie – apparemment les médecins lui avaient expliqué qu'en principe il n'y avait rien de grave. Elle a passé la main dans mes cheveux et dissimulé l'horreur que devait lui inspirer mon apparence.

Le petit cortège – elle, deux infirmiers qui poussaient le brancard, et l'ange en blanc – s'est engagé dans le couloir de l'hôpital. Ma tête me faisait de plus en plus mal.

« Infirmière, la tête…

— Je ne suis pas infirmière, je suis votre médecin pour le moment, nous attendons l'arrivée de votre médecin personnel. Quant à la tête, ne vous inquiétez pas : grâce à un mécanisme de défense, l'organisme ferme tous les vaisseaux sanguins au moment d'un accident, de façon à éviter l'épanchement du sang. Quand il comprend qu'il n'y a plus de danger, ils se rouvrent, le sang se remet à couler, et c'est douloureux. Rien de plus. Si vous voulez, je peux vous donner quelque chose pour dormir. »

J'ai refusé. Et comme surgissant d'un coin sombre de mon âme, il m'est revenu une phrase que j'avais entendue la veille :

« La voix dit qu'elle le permettra quand l'heure sera venue. »

Il ne pouvait pas savoir. Il n'était pas possible que tout ce qui s'était passé au croisement du boulevard Saint-Germain et de la rue des Saints-Pères fût le résultat d'une conspiration universelle, un événement prédéterminé par les dieux qui, sans doute très occupés à veiller sur cette planète en situation précaire et en voie de destruction, avaient cessé de travailler simplement pour m'empêcher d'aller à la rencontre du Zahir. Le garçon n'avait pas la moindre chance de prévoir l'avenir, à moins que... il n'entendît réellement une voix, qu'il n'y eût ce plan et que les choses ne fussent beaucoup plus sérieuses que je ne l'imaginais.

Cela devenait trop pour moi : le sourire de Marie, la possibilité que quelqu'un entende une voix, la douleur de plus en plus insupportable.

« Docteur, j'ai changé d'avis : je veux dormir, je ne peux pas supporter la douleur. »

Elle a dit quelque chose à l'un des infirmiers qui poussaient le brancard, qui est parti et revenu avant même que nous ne soyons arrivés à la chambre. J'ai senti une piqûre au bras, et aussitôt je me suis endormi.

À mon réveil, j'ai voulu savoir ce qui s'était passé, si la femme qui venait près de moi s'en était sortie elle aussi, ce qui était arrivé à son bébé. Marie a dit que je devais me reposer, mais le docteur Louit, mon médecin et ami, était arrivé, et selon lui cela ne posait aucun problème de raconter. J'avais été renversé par une motocyclette : le corps que j'avais vu à terre était celui du garçon qui la conduisait, qui avait été conduit au même hôpital et qui avait eu autant de chance que moi – seulement des égratignures généralisées. L'enquête policière diligentée peu après l'accident faisait apparaître que je me trouvais au milieu de la rue quand l'accident s'était produit, mettant ainsi en danger la vie du motocycliste.

J'étais apparemment le seul coupable, mais le garçon avait décidé de ne pas porter plainte. Marie était allée lui rendre visite, ils avaient bavardé un peu, elle avait appris qu'il était immigré, qu'il travaillait illégalement et avait peur de s'adresser à la police. Il était sorti de l'hôpital au bout de vingt-quatre heures, vu qu'au moment de l'accident il portait un casque, ce qui réduisait le risque que le cerveau soit atteint.

« Vous dites qu'il est sorti au bout de vingt-quatre heures ? Cela veut dire que je suis ici depuis plus d'une journée ?

— Trois jours. Quand vous êtes sorti de l'appareil d'IRM, la doctoresse m'a téléphoné et m'a demandé la permission de vous maintenir sous sédatifs. Comme je pense que vous avez été très tendu, irrité, déprimé, je lui en ai donné l'autorisation.

— Et que peut-il m'arriver maintenant ?

— En principe, encore deux jours à l'hôpital et trois semaines avec cet appareil au cou : les quarante-huit heures critiques sont déjà passées. Cependant, il se peut qu'une partie de votre corps se rebelle contre l'idée de continuer à bien se comporter, et nous aurons un problème à résoudre. Mais mieux vaut n'y penser que si le cas se présente – ce n'est pas la peine de souffrir par anticipation.

— Cela veut dire que je peux encore mourir ?

— Comme vous devez le savoir, nous tous non seulement pouvons, mais allons mourir.

— Je veux dire : puis-je encore mourir à cause de l'accident ? »

Le docteur Louit a fait une pause.

« Oui. Il est toujours possible que se soit formé un caillot de sang que les appareils n'ont pas réussi à localiser, et qui peut se libérer à tout moment et provoquer une embolie. Le risque existe également qu'une cellule soit devenue folle et commence à former un cancer.

— Vous ne devriez pas faire ce genre de commentaire, a interrompu Marie.

— Nous sommes amis depuis cinq ans. Il m'a posé une question, je lui réponds. Et maintenant, je vous prie de m'excuser, je dois retourner à mon cabinet. La médecine, ce n'est pas ce que vous croyez. Dans le monde où nous vivons, si un gamin sort pour acheter cinq pommes mais n'en rapporte que deux à la maison, on en conclut qu'il a mangé les trois qui manquent.

« Dans mon monde, il y a d'autres possibilités : il a pu les manger, mais il a pu aussi se les faire voler ou manquer d'argent pour en acheter cinq comme il le pensait, il les a perdues en chemin, quelqu'un avait faim et il a décidé de partager les fruits avec cette personne, etc. Dans mon monde, tout est possible, et tout est relatif.

— Que savez-vous de l'épilepsie ? »

Marie a compris immédiatement que je faisais allusion à Mikhail – et son tempérament a laissé transparaître un certain déplaisir. Elle a déclaré sur-le-champ qu'elle devait partir, car un tournage l'attendait.

Le docteur Louit, bien qu'il eût déjà ramassé ses affaires pour s'en aller, s'est arrêté pour répondre à ma question.

« Il s'agit d'un excès d'impulsions électriques dans une région déterminée du cerveau, qui provoque des convulsions plus ou moins graves. Il n'y a aucune étude définitive sur le sujet, on croit que les crises se produisent quand la personne est soumise à une grande tension. Mais ne vous inquiétez pas : bien que le premier symptôme de la maladie puisse apparaître à n'importe quel âge, elle pourrait difficilement être causée par un accident de motocyclette.

— Et quelle en est la cause ?

— Je ne suis pas spécialiste, mais si vous le souhaitez, je peux me renseigner.

— Oui, je le souhaite. Et j'ai une autre question, mais je vous en prie, ne pensez pas que mon cerveau a été atteint à cause de l'accident. Est-il possible que les épileptiques entendent des voix et aient la prémonition de l'avenir ?

— Quelqu'un vous a dit que cet accident allait arriver ?

— Pas exactement. Mais c'est ce que j'ai compris.

— Excusez-moi, mais je ne peux pas rester plus longtemps, je vais déposer Marie. Quant à l'épilepsie, j'essaierai de me renseigner. »

Pendant les deux jours où Marie s'est éloignée, et malgré la frayeur causée par l'accident, le Zahir a repris sa place. Je savais que si le garçon avait réellement tenu parole, une enveloppe m'attendrait chez moi, avec l'adresse d'Esther – mais à présent j'avais peur.

Et si Mikhail disait vrai au sujet de la voix ?

J'ai commencé à tenter de me souvenir des détails : je suis descendu du trottoir, j'ai regardé comme un automate, j'ai vu qu'une voiture passait, mais j'ai vu également qu'elle était à bonne distance. Pourtant j'ai été touché, peut-être par une moto qui tentait de dépasser cette voiture et qui se trouvait hors de mon champ de vision.

Je crois aux signes. Depuis le chemin de Saint-Jacques, tout était complètement différent : ce que nous devons apprendre se trouve toujours devant nos yeux, il suffit de regarder autour de nous avec respect et attention pour découvrir où Dieu désire nous mener, et quel pas il faut faire dans la minute qui suit. J'ai appris également à respecter le mystère : comme le disait Einstein, Dieu ne joue pas aux dés avec l'Univers, tout est lié et tout a un sens. Bien que ce sens demeure caché tout le temps ou presque, nous savons que nous approchons de notre vraie mission sur terre quand l'énergie de l'enthousiasme se transmet à tout ce que nous faisons. Si elle est là, tout va bien. Si elle n'est pas là, mieux vaut changer tout de suite de direction.

Quand nous sommes sur le bon chemin, nous suivons les signes, et quand de temps à autre nous faisons un faux pas, la Divinité vient à notre secours et nous empêche de commettre une erreur. L'accident était-il un signe ? Mikhail avait-il eu ce jour-là l'intuition d'un signe qui m'était destiné ?

J'ai décidé que la réponse à cette question était « oui ».

Et peut-être à cause de cela, parce que j'acceptais mon destin et me laissais guider par une force supérieure, j'ai noté qu'à mesure que cette journée avançait, le Zahir perdait de son intensité Je savais que je n'avais rien d'autre à faire qu'ouvrir une enveloppe, lire son adresse, et sonner à sa porte.

Mais les signes indiquaient que ce n'était pas le moment. Si vraiment Esther comptait autant dans ma vie que je l'imaginais, si elle m'aimait toujours (comme l'avait dit le garçon), pourquoi aller trop vite au risque de reproduire mes erreurs passées ?

Comment éviter de les répéter ?

En sachant mieux qui j'étais, ce qui avait changé, ce qui avait provoqué cette coupure subite sur un chemin qui avait toujours été marqué par la joie.

Cela suffisait-il ?

Non, je devais également savoir qui était Esther – par quelles transformations elle était passée tout le temps que nous vivions ensemble.

Suffisait-il de répondre à ces deux questions ?

Il en restait une troisième : pourquoi le destin nous avait-il réunis ?

Ayant beaucoup de temps libre dans cette chambre d'hôpital, j'ai fait une récapitulation générale de ma vie. J'avais toujours cherché l'aventure et la sécurité en même temps, sachant pourtant qu'elles ne faisaient pas bon ménage. Même si j'étais certain de mon amour pour Esther, je tombais rapidement amoureux d'autres femmes, simplement parce que le jeu de la séduction est ce qu'il y a de plus intéressant au monde.

Avais-je su démontrer mon amour pour ma femme ? Peut-être un certain temps, mais pas toujours. Pourquoi ? Parce que je pensais que ce n'était pas nécessaire, elle devait savoir, elle ne pouvait pas mettre en doute mes sentiments.

Je me rappelle que quelqu'un, il y a des années, m'a demandé ce qu'avaient en commun toutes les maîtresses qui avaient traversé ma vie. La réponse a été aisée : MOI. Et comprenant cela, j'ai vu que j'avais perdu beaucoup de temps à la recherche de la femme idéale – les femmes changeaient, je restais le même, et je ne profitais pas du tout de ce que nous vivions ensemble. J'ai eu de nombreuses maîtresses, mais j'attendais toujours la personne idéale. J'ai contrôlé, j'ai été contrôlé, et la relation n'allait pas plus loin – jusqu'au jour où Esther est arrivée et a totalement transformé le tableau.

Je pensais à mon ex-femme avec tendresse : la rencontrer, savoir pourquoi elle avait disparu sans explications n'était plus une obsession. Même si *Un temps pour déchirer et un temps pour coudre* était un véritable traité sur mon mariage, le livre était surtout un certificat que je m'adressais : je suis capable d'aimer, de sentir l'absence de quelqu'un. Esther méritait beaucoup plus que des mots, mais même les mots, les simples mots, n'avaient jamais été prononcés pendant que nous étions ensemble.

Il faut toujours savoir quand une étape arrive à son terme. Clore des cycles, fermer des portes, finir des chapitres – peu importe comment nous appelons cela, l'important est de laisser dans le passé les moments de la vie qui sont achevés. Peu à peu, j'ai compris que je ne pouvais pas revenir en arrière et faire que les choses redeviennent ce qu'elles étaient : ces deux ans, qui m'avaient paru un enfer sans fin, je commençais maintenant à en entrevoir la vraie signification.

Et cette signification allait bien au-delà de mon mariage : tous les hommes, toutes les femmes sont connectés à l'énergie que beaucoup appellent amour, mais qui en réalité est la matière première avec laquelle a été construit l'univers. Cette énergie ne peut pas être manipulée ; c'est elle qui nous conduit doucement, c'est en elle que réside tout notre apprentissage dans cette vie. Si nous tentons de l'orienter vers ce que nous voulons, nous finissons désespérés, frustrés, abusés, car elle est libre et sauvage. Nous passerons le restant de notre vie à dire que nous aimons telle personne ou telle chose, alors qu'en réalité nous souffrons simplement parce qu'au lieu d'accepter sa force nous essayons de la réduire, pour qu'elle s'adapte au monde que nous imaginons vivre.

Plus je réfléchissais, plus le Zahir perdait sa force, et plus je m'approchais de moi-même. Je me suis préparé pour un long travail, qui allait exiger de moi beaucoup de silence, de méditation et de persévérance. L'accident m'avait aidé à comprendre que je ne pouvais pas faire venir plus vite une chose pour laquelle le « temps pour coudre » n'était pas encore arrivé.

Je me suis souvenu de ce que le docteur Louit m'avait dit : après un traumatisme comme celui-là, la mort pouvait survenir d'une minute à l'autre. Et si c'était le cas ? Si dans dix minutes mon cœur cessait de battre ?

Un infirmier est entré dans la chambre pour me servir le dîner, et je lui ai demandé :

« Avez-vous déjà pensé à vos funérailles ?

— Ne vous en faites pas, a-t-il répondu. Vous allez survivre, vous avez bien meilleur aspect.

— Je ne m'en fais pas. Je sais que je vais survivre parce qu'une voix me l'a dit. »

J'ai parlé de la « voix » à dessein, simplement pour le provoquer. Il m'a regardé avec méfiance, pensant qu'il était peut-être temps de demander un nouvel examen et de vérifier si mon cerveau n'avait pas été atteint pour de bon.

« Je sais que je vais survivre, ai-je poursuivi. Peut-être encore un jour, un an, trente ou quarante ans. Mais un jour, malgré tous les progrès de la science, je quitterai ce monde, et j'aurai des funérailles. J'y pensais à l'instant, et j'aimerais savoir si vous avez une fois réfléchi au sujet.

— Jamais. Et je ne veux pas y penser ; d'ailleurs, ce qui m'effraie le plus, c'est justement de savoir que tout va finir.

— Que vous le vouliez ou non, que vous soyez d'accord ou pas, c'est une réalité à laquelle personne n'échappe. Et si nous en causions un peu ?

— Je dois voir d'autres patients », a-t-il dit, laissant le repas sur la table et sortant le plus vite possible, comme s'il essayait de fuir mes propos.

Si l'infirmier ne voulait pas aborder le sujet, pourquoi ne pas prolonger tout seul cette réflexion ? Je me suis rappelé un passage d'un poème que j'avais appris enfant :

Quand arrivera l'indésirable
J'aurai peut-être peur.
Peut-être dirai-je en souriant :
J'ai passé une bonne journée, la nuit peut tomber.
Elle trouvera le champ labouré, la table mise,
La maison propre, chaque chose à sa place.

J'aimerais que cela fût vrai : chaque chose à sa place. Et quelle serait mon épitaphe ? Esther comme moi nous avions fait un testament dans lequel, entre autres choses, nous avions choisi la crémation – mes cendres seraient éparpillées par le vent dans un lieu appelé Cebreiro, sur le chemin de Saint-Jacques, et ses cendres à elle jetées dans l'eau de la mer. Par conséquent, je n'aurais pas cette fameuse pierre avec une inscription.

Mais si je pouvais choisir une phrase ? Alors je demanderais qu'il fût gravé :

« Il est mort tandis qu'il était en vie. »

Cela pouvait sembler un contresens, mais je connaissais beaucoup de gens qui avaient déjà cessé de vivre, même s'ils continuaient à travailler, à manger et à vaquer à leurs activités habituelles. Ils faisaient tout comme des automates, sans appréhender le moment magique que chaque jour porte en lui, sans s'arrêter pour penser au miracle de la vie, sans comprendre que la minute suivante pouvait être pour eux la dernière sur cette planète.

Il était inutile d'essayer d'expliquer cela à l'infirmier – surtout que celui qui est venu reprendre l'assiette de nourriture n'était pas le même. Il s'est mis à me parler frénétiquement, peut-être sur ordre d'un médecin. Il voulait savoir si je me souvenais de mon nom, si je savais en quelle année nous étions, le nom du président des États-Unis, toutes ces choses que l'on vous demande pour s'assurer de votre santé mentale.

Tout cela parce que j'avais posé une question que tout être humain devait se poser : « Avez-vous déjà pensé à vos funérailles ? » Savez-vous que vous allez mourir tôt ou tard ?

Cette nuit-là, je me suis endormi en souriant. Le Zahir disparaissait, Esther revenait, et si je devais mourir aujourd'hui, malgré tout ce qui m'était arrivé dans la vie, malgré mes défaites, la disparition de la femme aimée, les injustices que j'avais subies ou que j'avais fait subir, j'étais resté en vie jusqu'à la dernière minute, et en toute certitude je pouvais affirmer :

J'ai passé une bonne journée, la nuit peut tomber.

Deux jours plus tard j'étais chez moi. Marie est allée préparer le déjeuner et j'ai jeté un œil sur le courrier qui s'était accumulé. L'interphone a sonné, c'était le concierge disant que l'enveloppe que j'attendais la semaine précédente avait été remise et devait se trouver sur ma table.

Je l'ai remercié et, contrairement à tout ce que j'avais imaginé auparavant, je ne me suis pas précipité pour l'ouvrir. Nous avons déjeuné, j'ai demandé à Marie comment s'étaient passés ses tournages, elle a voulu connaître mes projets – puisque, avec le collier orthopédique, je ne pouvais pas sortir facilement. Elle a dit que, s'il le fallait, elle resterait avec moi le temps nécessaire.

« J'ai une petite présentation pour une chaîne de télévision coréenne, mais je peux reporter, ou tout simplement annuler. Bien sûr, si tu as besoin de ma compagnie.

— J'ai besoin de ta compagnie, et je suis très content de savoir que tu peux rester près de moi. »

Un sourire sur le visage, elle s'est emparée immédiatement du téléphone, a appelé son agence et a demandé que l'on déplace ses rendez-vous. Je l'ai entendue expliquer : « Ne dites pas que j'ai été malade, je suis superstitieuse et chaque fois que j'ai utilisé cette excuse, je me suis retrouvée au lit ; dites que j'ai besoin de m'occuper de la personne que j'aime. »

Il y avait toute une série de choses dont je devais rapidement m'occuper : interviews reportées, invitations auxquelles je devais répondre, cartes de remerciements pour les divers coups de téléphone et bouquets de fleurs que j'avais reçus, des textes, des préfaces, des recommandations... Marie passait toute la journée en contact avec mon agent, à réorganiser mon agenda de façon à ne laisser personne sans réponse. Tous les soirs nous dînions à la maison, parlant tantôt de sujets intéressants, tantôt de banalités – comme n'importe quel couple. Au cours de l'un de ces dîners, après quelques verres de vin, elle m'a fait remarquer que j'avais changé.

« On dirait que la proximité de la mort t'a un peu rendu la vie, a-t-elle dit.

— Cela arrive à tout le monde.

— Mais, si tu me permets – je ne veux pas commencer à discuter et je ne suis pas en train de provoquer une scène de jalousie –, depuis que tu es rentré à la maison, tu ne parles plus d'Esther. Cela s'était déjà produit quand tu as terminé *Un temps pour déchirer et un temps pour coudre* : le livre a fonctionné comme une espèce de thérapie, qui malheureusement n'a pas duré longtemps.

— Tu veux dire que l'accident a peut-être induit quelque changement dans mon cerveau ? »

Bien que mon ton ne fût pas agressif, elle a décidé de changer de sujet et elle a commencé à me raconter la peur qu'elle avait ressentie lors d'un voyage en hélicoptère entre Monaco et Cannes. À la fin de la soirée, nous étions au lit, faisant l'amour avec beaucoup de difficultés à cause de mon collier orthopédique – mais tout de même faisant l'amour et nous sentant très proches l'un de l'autre.

Quatre jours plus tard, la monstrueuse pile de papier qui s'élevait sur ma table avait disparu. Il ne restait qu'une grande enveloppe blanche, avec mon nom et le numéro de mon appartement. Marie a proposé de l'ouvrir, mais j'ai refusé, disant que cela pouvait attendre.

Elle ne m'a rien demandé – peut-être s'agissait-il d'informations concernant mes comptes bancaires, ou d'un courrier confidentiel, peut-être d'une femme amoureuse. Je n'ai rien expliqué non plus, je l'ai retirée de la table et je l'ai rangée entre des livres. Si je la regardais tout le temps, le Zahir finirait par revenir.

À aucun moment l'amour que je ressentais pour Esther n'avait diminué ; mais chaque jour passé à l'hôpital avait réveillé le souvenir d'une chose intéressante : non pas nos conversations, mais les moments où nous restions ensemble en silence. Je revoyais les yeux de la petite fille enthousiasmée par l'aventure, de la femme fière du succès de son mari, de la journaliste intéressée par tous les thèmes qu'elle traitait et, à partir d'un certain moment, de l'épouse qui semblait ne plus avoir de place dans ma vie. Ce regard de tristesse était apparu avant qu'elle ne veuille devenir correspondante de guerre ; il se transformait en joie chaque fois qu'elle revenait du champ de bataille, mais au bout de quelques jours il réapparaissait.

Un après-midi, le téléphone a sonné.

« C'est le garçon, a dit Marie en me passant le téléphone. »

À l'autre bout de la ligne, j'ai entendu la voix de Mikhail, me déclarant d'abord qu'il était désolé de ce qui m'était arrivé, et me demandant aussitôt si j'avais reçu l'enveloppe.

« Oui, elle est ici avec moi.

— Et vous avez l'intention d'aller à sa rencontre ? »

Marie écoutait la conversation, j'ai jugé préférable de changer de sujet.

« Nous en parlerons personnellement.

— Je ne vous réclame rien, mais vous avez promis de m'aider.

— Moi aussi je tiens mes promesses. Dès que je serai rétabli, nous nous verrons. »

Il m'a laissé le numéro de son téléphone mobile, nous avons raccroché, et j'ai vu que Marie ne semblait plus la même femme.

« Alors, c'est toujours la même chose, a-t-elle remarqué.

— Non, tout a changé. »

J'aurais dû être plus clair, dire que j'avais encore envie de la voir, que je savais où elle se trouvait. L'heure venue, j'irais prendre un train, un taxi, un avion, n'importe quel moyen de transport, seulement pour être près d'elle Mais cela signifiait perdre la femme qui se trouvait près de moi à cette minute, acceptant tout, faisant son possible pour me prouver à quel point je comptais pour elle.

Une attitude lâche, évidemment. J'ai eu honte de moi, mais la vie était ainsi, et d'une manière que je ne parvenais pas à bien m'expliquer, moi aussi j'aimais Marie.

Je suis également resté muet parce que j'avais toujours cru aux signes et, me souvenant des moments de silence près de ma femme, je savais que – avec voix ou sans voix, avec ou sans explications – l'heure des retrouvailles n'était pas arrivée. Plus que toutes nos conversations réunies, c'était sur notre silence que je devais me concentrer à présent, parce qu'il me donnerait toute liberté pour comprendre le monde dans lequel les choses avaient marché, et le moment où elles s'étaient mises à ne plus aller.

Marie était là, qui me regardait. Pouvais-je continuer à être déloyal envers une femme qui faisait tout pour moi ? Je commençais à éprouver un malaise, mais il était impossible de tout raconter, à moins... À moins que je ne trouve un moyen de dire indirectement ce que je ressentais.

« Marie, supposons que deux pompiers entrent dans une forêt pour éteindre un petit incendie. À la fin, quand ils en sortent, ils vont au bord d'un ruisseau, l'un a le visage tout couvert de cendres, et l'autre est d'une propreté immaculée. Je demande : lequel des deux va se laver le visage ?

— C'est une question idiote : il est évident que ce sera celui qui est couvert de cendres.

— Faux : celui dont le visage est sale va regarder l'autre et penser qu'il est dans le même état. Et vice versa : celui qui a le visage propre va voir que son compagnon a de la suie partout, et il se dira : "Je dois être sale moi aussi, j'ai besoin de me laver."

— Que veux-tu dire ?

— Je veux dire que pendant mon séjour à l'hôpital j'ai compris que c'était toujours moi que je cherchais dans les femmes que j'aimais. Je regardais leurs beaux visages propres et je me voyais reflété en elles. De leur côté, elles me regardaient, voyaient les cendres qui recouvraient ma face, et malgré toute leur intelligence et leur assurance, elles finissaient aussi par se voir reflétées en moi et se croire pires qu'elles n'étaient. Il ne faut pas que cela t'arrive, je t'en prie. »

J'aurais aimé ajouter que c'était ce qui s'était passé avec Esther. Et je l'ai compris seulement quand je me suis rappelé les changements dans son regard. J'absorbais toujours sa lumière, cette énergie qui me rendait heureux, sûr de moi, capable d'aller de l'avant. Elle me regardait, se sentait laide, diminuée, parce qu'à mesure que les années passaient, ma carrière – cette carrière qu'elle avait tant aidée à devenir réalité – faisait passer notre relation au second plan.

Ainsi, pour la revoir, j'avais besoin que mon visage soit aussi propre que le sien. Avant de la rencontrer, je devais me rencontrer.

LE FIL D'ARIANE

« Je nais dans un petit village, distant de quelques kilomètres d'un village un peu plus grand, où se trouvent une école et un musée consacré à un poète qui a vécu là des années auparavant. Mon père a presque soixante-dix ans, ma mère vingt-cinq. Ils se sont connus récemment, quand il est venu de Russie pour vendre des tapis, l'a rencontrée et a décidé de tout abandonner pour elle. Elle pourrait être sa fille, mais en réalité elle se comporte comme sa mère, elle l'aide à dormir – il a perdu le sommeil depuis que, à dix-sept ans, on l'a envoyé se battre contre les Allemands à Stalingrad, l'une des plus longues et des plus sanglantes batailles de la Seconde Guerre mondiale. De son bataillon de trois mille hommes, seuls trois ont survécu. »

Il est curieux qu'il n'utilise pas le passé : « Je suis né dans un petit village. » On dirait que tout cela se passe ici et maintenant.

« Mon père à Stalingrad : de retour d'une patrouille de reconnaissance, lui et son meilleur ami, un gosse aussi, sont surpris par un échange de tirs. Ils se couchent dans un trou creusé par l'explosion d'une bombe et passent là deux jours sans manger, sans rien pour se réchauffer, allongés dans la boue et la neige. Ils entendent les Russes qui discutent dans un bâtiment à proximité, savent qu'ils doivent se traîner jusque-là, mais les tirs ne cessent pas, l'odeur du sang empuantit l'atmosphère, les blessés appellent au secours jour et nuit. Soudain, tout devient silencieux. L'ami de mon père, croyant que les Allemands se

157

sont retirés, se relève. Mon père tente de le retenir par les jambes, hurle "baisse-toi !". Mais il est trop tard : une balle lui a perforé le crâne.

« Deux jours passent, mon père est seul avec le cadavre de son ami à côté de lui. Il ne peut pas cesser de répéter "baisse-toi !". Finalement quelqu'un vient le délivrer et l'emmène dans le bâtiment. Il n'y a pas de nourriture, seulement des munitions et des cigarettes. Ils mangent les feuilles de tabac. Au bout d'une semaine, ils commencent à manger la chair de leurs compagnons morts et gelés. Un troisième bataillon arrive, tirant pour ouvrir la voie, les survivants sont délivrés et les blessés aussitôt soignés retournent au front – Stalingrad ne peut pas tomber, c'est l'avenir de la Russie qui est en jeu. Après quatre mois de combats furieux, de cannibalisme, de membres amputés à cause du froid, les Allemands se rendent – c'est le début de la fin pour Hitler et son troisième Reich. Mon père retourne à pied dans son village, à près de mille kilomètres de Stalingrad. Il découvre qu'il a perdu le sommeil, il rêve toutes les nuits du compagnon qu'il aurait pu sauver.

« Deux ans plus tard la guerre est finie. Il reçoit une médaille, mais il ne trouve pas d'emploi. Il participe à des commémorations, mais il n'a presque rien à manger. Considéré comme l'un des héros de Stalingrad, il ne peut survivre que de petits boulots, qui lui rapportent quelques sous. Finalement on lui offre un emploi de marchand de tapis. Comme il a des problèmes d'insomnie et voyage toujours la nuit, il rencontre des contrebandiers, parvient à gagner leur confiance, et l'argent commence à rentrer.

« Il est découvert par le gouvernement communiste, qui l'accuse de faire des affaires avec des criminels, et bien qu'il soit un héros de la guerre, il passe dix ans en Sibérie comme "traître à la patrie". Déjà âgé, il est enfin libéré, et la seule chose qu'il connaisse bien, ce sont les tapis. Il parvient à rétablir ses anciens contacts, quelqu'un lui donne quelques pièces à vendre, mais personne ne veut acheter : les temps sont difficiles. Il décide de repartir très loin, en route il demande l'aumône, et il se retrouve au Kazakhstan.

« Il est vieux, seul, mais il a besoin de travailler pour se nourrir. Le jour il fait des petits boulots, et la nuit il se réveille sans cesse en hurlant "baisse-toi !". Curieusement, malgré tous ses malheurs, l'insomnie, l'alimentation insuffisante, les frustrations, le mauvais état physique, les cigarettes qu'il fume chaque fois qu'il le peut, il a une santé de fer.

« Dans un petit village, il rencontre une jeune fille. Elle vit avec ses parents, elle l'emmène chez elle – la tradition de l'hospitalité est ce qu'il y a de plus important dans cette région. Ils lui font une place pour dormir dans le salon, mais il réveille tout le monde quand il se met à crier "baisse-toi !". La fille s'approche alors de lui, fait une prière, lui passe la main sur le front, et pour la première fois depuis des décennies, il dort en paix.

« Le lendemain, elle lui dit que petite, elle a fait un rêve – un homme très vieux lui donnerait un enfant. Elle a attendu pendant des années, elle a eu quelques prétendants, mais elle a toujours été déçue. Ses parents sont très inquiets, ils ne veulent pas voir leur fille unique rester célibataire et se retrouver rejetée par la communauté.

« Elle demande s'il désire l'épouser. Il est surpris, elle pourrait être sa petite-fille, il ne répond pas. Quand le soleil se couche, dans le petit salon de visites de la famille, elle veut passer la main sur son front avant qu'il ne s'endorme. Il dort paisiblement cette nuit encore.

« La conversation au sujet du mariage reprend le lendemain matin, cette fois devant les parents, qui semblent tout à fait d'accord – pourvu que leur fille trouve un mari, et ainsi ne devienne pas un motif de honte pour la famille. Ils répandent le bruit qu'il s'agit d'un vieil homme qui est venu de loin, mais qui est en réalité un marchand de tapis richissime, lassé de vivre dans le luxe et le confort, qui a tout abandonné pour partir à l'aventure. Les gens sont impressionnés, ils imaginent une grosse dot, d'énormes comptes bancaires, et ils se disent que ma mère a de la chance d'avoir rencontré quelqu'un qui pourra enfin l'emmener loin de ce bout du monde. Mon père écoute ces histoires émerveillé et surpris, comprenant que durant toutes ces années il a vécu seul, voyagé, souffert, qu'il n'a jamais retrouvé sa famille et que pour la première fois de sa vie il peut avoir un foyer. Il accepte la proposition, participe au mensonge concernant son passé. Ils se marient selon les coutumes de la tradition musulmane. Deux mois plus tard, elle est enceinte de moi.

« Je vis avec mon père jusqu'à l'âge de sept ans : il dormait bien, travaillait aux champs, allait à la chasse, parlait avec les autres habitants du village de ses possessions et de ses fermes, regardait ma mère comme si elle était son seul bonheur. Je pense que je suis le fils d'un homme riche, et puis un soir, devant la cheminée, il me raconte son passé, la raison de son mariage, et il me demande de garder le secret. Il dit qu'il va mourir bientôt – ce qui arrive quatre mois plus tard. Il rend le dernier soupir dans les bras de ma mère, souriant, comme si toutes les tragédies de son existence n'avaient jamais existé. Il meurt heureux. »

Mikhail raconte son histoire par une nuit de printemps très froide, mais certainement pas aussi glacée qu'à Stalingrad, où la température pouvait descendre à – 35 °C. Nous sommes assis avec des clochards qui se réchauffent autour d'un feu improvisé. J'ai atterri là après un second coup de téléphone du garçon – accomplissant ma part de la promesse. Au cours de notre conversation, il ne m'a rien demandé au sujet de l'enveloppe qu'il avait laissée chez moi, comme s'il savait – peut-être par la « voix » – que j'avais finalement décidé de suivre les signes, de laisser les choses arriver quand l'heure serait venue, et de me libérer ainsi du pouvoir du Zahir.

Quand il m'a demandé de le retrouver dans l'une des banlieues les plus violentes de Paris, j'ai eu peur. En temps ordinaire, j'aurais dit que j'avais beaucoup de choses à faire, ou j'aurais tenté de le convaincre qu'il valait beaucoup mieux aller dans un bar, où nous aurions le confort nécessaire pour discuter de choses importantes. Bien sûr, je redoutais toujours une nouvelle crise d'épilepsie devant les autres, mais dorénavant je savais quoi faire, et je préférais cela au risque de me faire agresser avec un collier orthopédique, sans la moindre possibilité de me défendre.

Mikhail a insisté : il était important que je rencontre les clochards, ils faisaient partie de sa vie et de celle d'Esther. À l'hôpital, j'avais fini par comprendre que quelque chose n'allait pas dans ma vie et que je devais changer de toute urgence.

Pour changer, que devais-je faire ?

Différentes choses. Aller dans des quartiers à risques, rencontrer des marginaux, par exemple.

Une histoire raconte qu'un héros grec, Thésée, entre dans un labyrinthe pour tuer un monstre. Son aimée, Ariane, lui donne une pelote de fil, qu'il devra dérouler petit à petit pour ne pas se perdre au retour. Assis au milieu de ces gens, écoutant une histoire, je me suis rendu compte que je n'avais rien éprouvé de semblable depuis longtemps – le goût de l'inconnu, de l'aventure. Le fil d'Ariane m'attendait peut-être justement dans des endroits où je ne serais jamais allé si je n'étais pas absolument convaincu que je devais faire un grand, un formidable effort pour transformer mon histoire et ma vie.

Mikhail a poursuivi son récit – et j'ai vu que tout le groupe l'écoutait attentivement : les meilleures rencontres n'ont pas toujours lieu autour de tables élégantes, dans des restaurants bien chauffés.

« Tous les jours je dois marcher presque une heure pour atteindre l'endroit où je suis des cours. Je regarde les femmes qui vont chercher de l'eau, la steppe sans fin, les soldats russes qui passent en longs convois, les montagnes enneigées qui, d'après ce que l'on me raconte, cachent un pays gigantesque, la Chine. Le village comprend un musée consacré à son poète, une mosquée, l'école, et trois ou quatre rues. Nous apprenons qu'il existe un rêve, un idéal : nous devons lutter pour la victoire du communisme et pour l'égalité entre tous les êtres humains. Je ne crois pas à ce rêve, car même dans cet endroit misérable, il y a de grandes différences – les représentants du parti communiste sont au-dessus des autres et parfois ils vont jusqu'à la grande ville, Almaty, d'où ils reviennent chargés de paquets contenant des nourritures bizarres, des cadeaux pour leurs enfants, des vêtements luxueux.

« Un après-midi, sur le chemin de la maison, je sens un vent violent, je vois des lumières autour de moi, et je perds conscience quelques instants. À mon réveil, je suis assis par terre, et une petite fille blanche, portant des vêtements blancs et une ceinture bleue, flotte dans l'air. Elle sourit, ne dit rien, puis disparaît.

« Je me précipite chez moi, j'interromps ma mère dans ses activités, et je lui conte l'histoire. Affolée, elle me prie de ne jamais répéter ce que je viens de lui dire. Elle m'explique – du mieux que l'on puisse expliquer une chose aussi compliquée à un gamin de huit ans – que tout cela n'est qu'une hallucination. J'insiste, j'ai vu la petite fille, je peux la décrire en détail. J'ajoute que je n'ai pas eu peur et que je suis rentré rapidement parce que je voulais qu'elle sache tout de suite ce qui m'était arrivé.

« Le lendemain, revenant de l'école, je cherche la petite fille, mais elle n'est pas là. Rien ne se passe pendant une semaine, et je commence à croire que ma mère a raison : j'ai dû m'endormir sans le vouloir et rêver tout cela.

« Cependant, un jour où je me mets en route très tôt le matin pour me rendre en classe, je vois de nouveau la petite fille flottant dans l'air, entourée d'une lumière blanche : je ne tombe pas par terre, je ne vois pas de lumières. Nous nous regardons quelque temps, elle sourit, je souris à mon tour, je lui demande son nom, je n'obtiens aucune réponse. Quand j'arrive au collège, je demande à mes camarades s'ils ont déjà vu une petite fille flottant dans l'air. Ils se mettent tous à rire.

« Pendant le cours, le directeur me fait appeler dans son bureau. Il m'explique que je dois avoir un problème mental – les visions n'existent pas : le monde n'est que la réalité que nous voyons et la religion a été inventée pour tromper le peuple. Je l'interroge sur la mosquée de la ville ; il dit que seuls de vieux superstitieux la fréquentent, des ignorants, des désœuvrés qui manquent d'énergie pour aider à reconstruire le monde socialiste. Et il me menace : si je répète cela, je serai expulsé. Je suis effrayé, je le supplie de ne rien dire à ma mère ; il promet, à condition que je dise à mes camarades que j'ai inventé l'histoire.

« Il tient sa promesse et je tiens la mienne. Mes amis n'accordent pas grande importance à l'événement, du moins ne me demandent-ils pas de les mener là où se trouve la petite fille. Mais à partir de ce jour-là, durant tout un mois, elle continue d'apparaître. Parfois je m'évanouis avant, parfois il ne se passe rien. Nous ne nous parlons pas, nous restons seulement ensemble le temps qu'elle décide de demeurer là. Ma mère commence à s'inquiéter, je ne rentre plus à la maison toujours à la même heure. Un soir, elle me force à dire ce que je fais entre l'école et la maison : je répète l'histoire de la petite fille.

« À ma surprise, au lieu de me réprimander une fois de plus, elle dit qu'elle va venir avec moi. Le lendemain, nous nous levons de bonne heure, nous nous rendons à l'endroit, la petite fille apparaît, mais ma mère ne la voit pas. Elle me prie de lui demander des nouvelles de mon père. Je ne comprends pas sa question, mais je m'exécute : et alors, pour la première fois, j'entends la "voix". La petite ne remue pas les lèvres, mais je sais qu'elle me parle : elle dit que mon père va très bien, qu'il nous protège, et que les souffrances qu'il a endurées tout le temps qu'il a passé sur terre sont maintenant récompensées. Elle suggère que je parle à ma mère de l'histoire du poêle. Je lui répète ce que j'ai entendu, ma mère se met alors à pleurer et m'explique que ce que mon père aimait le plus dans la vie, c'était avoir un poêle à côté de lui, à cause de toutes ses années de guerre. La petite me prie, la prochaine fois que je passerai par là, d'accrocher à un petit arbuste un ruban de tissu, avec une requête.

« Les visions ont lieu pendant toute une année. Ma mère en parle à ses amies de confiance, qui en parlent à d'autres amies, et maintenant quantité de rubans sont accrochés au petit arbuste. Tout est fait dans le plus grand secret : les femmes s'enquièrent de leurs chers disparus, j'écoute les réponses de la "voix" et je transmets les messages. Le plus souvent, ils vont tous bien – dans deux cas seulement la petite "demande" que le groupe se rende sur une colline proche et fasse, au moment du lever du soleil, une prière muette pour les âmes. On me raconte que quelquefois j'entre en transe : je tombe sur le sol, je tiens des propos insensés – je ne m'en souviens jamais. Je sais seulement quand la transe approche : je remarque un vent chaud et je vois des boules de lumière autour de moi.

« Un jour où je conduis un groupe à la rencontre de la petite fille, un cordon de policiers nous barre la route. Les femmes protestent, poussent des cris, mais nous ne parvenons pas à passer. On m'escorte jusqu'à l'école, où le directeur m'annonce que je suis expulsé pour avoir provoqué une rébellion et encouragé la superstition.

« Au retour, je vois l'arbuste détruit, les rubans répandus sur le sol. Je m'assieds, seul et en pleurs, car ces jours ont été les plus heureux de ma vie. À ce moment, la petite fille réapparaît. Elle me dit de ne pas m'inquiéter, que tout était écrit d'avance, même la destruction de l'arbuste, et que désormais elle m'accompagnera pour le restant de mes jours et me dira toujours ce que je dois faire. »

« Elle ne vous a jamais dit son nom ? demande l'un des clochards.

— Jamais. Cela n'a pas d'importance : je sais quand elle me parle.

— Pourrions-nous avoir à notre tour des nouvelles de nos morts ?

— Non. Ça, c'était à cette époque, aujourd'hui ma mission est différente. Puis-je poursuivre l'histoire ?

— Vous devez poursuivre, dis-je. Mais d'abord je veux que vous sachiez une chose. Dans le sud-ouest de la France, il existe un endroit appelé Lourdes ; il y a très longtemps, une bergère a vu une petite fille qui semble correspondre à votre vision.

— Vous vous trompez, affirme un vieux clochard qui porte une jambe de métal. Cette bergère, qui s'appelait Bernadette, elle a vu la Vierge Marie.

— Comme j'ai écrit un livre sur les apparitions, j'ai dû étudier de près la question, je réponds. J'ai lu tout ce qui a été publié à la fin du XIXe siècle, j'ai eu accès aux nombreuses dépositions de Bernadette auprès de la police, de l'Église, des chercheurs. À aucun moment elle n'affirme qu'elle a vu une femme : elle persiste à déclarer que c'était une petite fille. Elle a répété la même histoire toute sa vie et a été profondément agacée par la statue qui a été élevée dans la grotte, qui selon elle n'avait aucune ressemblance avec la vision – elle avait vu une enfant, et non une femme. Cependant, l'Église s'est approprié l'histoire, les visions, le lieu, elle a fait de l'apparition la Mère de Jésus et la vérité a été oubliée ; un mensonge répété à de nombreuses reprises finit par devenir une vérité pour tout le monde. La seule différence est que cette "petite gamine" – comme le répétait Bernadette – a dit son nom.

— Et quel était-il ? demande Mikhail.

— "Je suis l'Immaculée Conception." Ce qui n'est pas un nom comme Béatrice, Marie ou Isabelle. Elle se décrit comme un fait, un acte, un événement, ce que nous pourrions traduire par "Je suis l'enfantement sans sexe". Je vous en prie, poursuivez votre histoire.

— Avant qu'il ne poursuive l'histoire, puis-je vous poser une question ? demande un clochard qui doit avoir à peu près mon âge. Vous venez de dire que vous aviez écrit un livre : quel en est le titre ?

— J'en ai écrit beaucoup. »

Et je cite le titre du livre dans lequel je mentionne l'histoire de Bernadette et sa vision.

« Alors vous êtes le mari de la journaliste ?

— Vous êtes le mari d'Esther ? » Une clocharde affublée d'une toilette tapageuse, d'un chapeau vert et d'un manteau pourpre, écarquille les yeux.

Je ne sais que répondre.

« Pourquoi n'est-elle pas revenue ici ? observe un autre. J'espère qu'elle n'est pas morte ! Elle vivait toujours dans des endroits dangereux, plus d'une fois je lui ai dit qu'elle ne devait pas faire cela ! Regardez voir ce qu'elle m'a donné ! »

Et il montre le morceau de tissu taché de sang : une partie de la chemise du soldat mort.

« Elle n'est pas morte, je réponds. Mais je m'étonne qu'elle soit venue par ici.

— Pourquoi ? Parce que nous sommes différents ?

— Vous n'avez pas compris : je ne vous juge pas. Je suis surpris, je suis heureux de le savoir. »

Mais la vodka pour résister au froid nous fait à tous de l'effet.

« Vous êtes ironique, dit un type robuste qui porte les cheveux longs et une barbe de plusieurs jours. Fichez le camp, puisque vous vous croyez en si mauvaise compagnie. »

Il se trouve que j'ai bu aussi, et cela me donne du courage.

« Qui êtes-vous ? C'est quoi ce genre de vie que vous avez choisi ? Vous êtes en bonne santé, vous pouvez travailler, mais vous préférez rester à ne rien faire !

— Nous avons choisi de rester à l'extérieur, comprenez-vous ? À l'extérieur de ce monde qui se déchire, de ces gens qui ont tout le temps peur de perdre quelque chose, qui passent dans la rue comme si tout allait bien alors que tout va mal, très mal ! Et vous, vous ne mendiez pas ? Vous ne demandez pas l'aumône à votre patron, au propriétaire de votre immeuble ?

— Vous n'avez pas honte de gaspiller votre vie ? demande la femme vêtue de pourpre.

— Qui a dit que je gaspillais ma vie ? Je fais ce que je veux ! »

Le type robuste intervient :

« Qu'est-ce que vous voulez ? Vivre au sommet du monde ? Qui vous garantit que la montagne vaut mieux que la plaine ? Vous pensez que nous ne savons pas vivre, n'est-ce pas ? Votre femme, elle, comprenait que nous savons par-fai-te-ment ce que nous désirons de la vie ! Savez-vous ce que nous désirons ? La paix ! Et du temps libre ! Et ne pas être obligés de suivre la mode – ici, nous avons nos propres modèles ! Nous buvons quand nous en avons envie, nous dormons où ça nous plaît ! Personne parmi nous n'a choisi l'esclavage, et nous en sommes très fiers, même si vous nous prenez pour de pauvres malheureux ! »

Les voix deviennent agressives. Mikhail les interrompt :

« Voulez-vous entendre la fin de mon histoire, ou souhaitez-vous que nous nous retirions maintenant ?

— C'est lui qui nous critique ! s'exclame l'homme à la jambe de métal. Il est venu ici pour nous juger, comme s'il était Dieu ! »

On entend quelques grognements, quelqu'un me tape sur l'épaule, m'offre une cigarette, la bouteille de vodka me repasse dans la main. Les esprits s'apaisent peu à peu, je reste surpris et abasourdi que ces personnes aient connu Esther – à ce que je vois, ils la connaissaient mieux que moi, ils avaient eu droit à un morceau du vêtement taché de sang.

Mikhail poursuit son histoire :

« Je n'ai plus d'endroit où étudier et je suis encore trop petit pour m'occuper des chevaux, l'orgueil de notre région et de notre pays, alors je vais travailler comme berger. La première semaine, une brebis meurt et le bruit court que je suis un enfant maudit, le fils d'un homme qui est venu de loin, a promis des richesses à ma mère, et nous a finalement laissés sans rien. Bien que les communistes affirment que la religion n'est qu'un moyen de donner de faux espoirs aux désespérés, bien que tous ici soient élevés dans la certitude que seule existe la réalité et que tout ce que nos yeux ne peuvent pas voir n'est que le fruit de l'imagination humaine, les vieilles traditions de la steppe demeurent intactes et se transmettent oralement d'une génération à l'autre.

« Depuis la destruction de l'arbuste, je ne peux plus voir la petite fille, mais je continue d'entendre sa voix ; je la prie de m'aider à prendre soin des troupeaux, elle me conseille d'être patient, des temps difficiles se préparent, mais avant mes vingt-deux ans, une femme viendra de loin et m'emmènera à la découverte du monde. Elle me dit aussi que j'ai une mission à accomplir, aider à répandre la véritable énergie de l'amour sur toute la surface de la terre.

« Le propriétaire des brebis est impressionné par les bruits qui circulent avec de plus en plus de force – et leurs auteurs, ceux qui tentent de détruire ma vie, ce sont justement les gens que la petite fille avait aidés pendant un an. Un jour, il décide de se rendre au bureau du parti communiste, au village voisin, et il découvre que nous sommes considérés, ma mère et moi, comme des ennemis du peuple. Je suis immédiatement renvoyé. Mais cela ne change pas grand-chose à notre vie puisque ma mère travaille comme brodeuse pour une manufacture dans la grande ville de la région, où personne ne sait que nous sommes ennemis du peuple et de la classe ouvrière ; tout ce que désirent les directeurs de l'usine, c'est qu'elle continue à produire ses broderies de l'aube au couchant.

« Comme j'ai tout le temps libre du monde, je marche dans la steppe, j'accompagne les chasseurs – ils connaissent eux aussi mon histoire mais ils m'attribuent des pouvoirs magiques, car ils trouvent toujours des renards quand je suis près d'eux. Je passe des jours entiers au musée du poète, à regarder ses objets, à lire ses livres, à écouter les personnes qui viennent là répéter ses vers. De temps à autre, je sens le vent, je vois les lumières, je tombe par terre – et dans ces moments-là, la voix m'annonce toujours des choses assez concrètes : les périodes de sécheresse, les épidémies qui s'abattent sur les animaux, l'arrivée de commerçants, par exemple. Je n'en dis mot à personne, sauf à ma mère, qui est de plus en plus affligée et inquiète pour moi.

« Un jour, un médecin passe dans la région, et elle me conduit à la consultation ; après avoir écouté attentivement mon histoire, pris des notes, observé le fond de mes yeux avec un appareil, ausculté mon cœur, donné un coup de marteau sur mon genou, il diagnostique une forme d'épilepsie. Il dit que ce n'est pas contagieux, que les crises vont diminuer avec l'âge.

« Je sais qu'il ne s'agit pas d'une maladie, mais je fais semblant de le croire, pour tranquilliser ma mère. Le directeur du musée, remarquant que je fais des efforts désespérés pour apprendre, me prend en pitié et commence à remplacer les maîtres d'école : j'apprends la géographie, la littérature. J'apprends ce qui sera le plus important pour moi à l'avenir : à parler anglais. Un après-midi, la voix me prie de dire au directeur qu'il occupera bientôt un poste important. Quand je lui en parle, il part d'un rire timide avant de m'expliquer que c'est tout à fait impossible, car il ne s'est jamais inscrit au parti communiste ; il est musulman convaincu.

« J'ai quinze ans. Deux mois après notre conversation, je sens que quelque chose se prépare dans la région : les vieux fonctionnaires, toujours si arrogants, se font soudain plus gentils et me demandent si je voudrais reprendre mes études. De grands convois militaires russes prennent la direction de la frontière. Un après-midi, tandis que j'étudie au pupitre qui a appartenu au poète, le directeur entre en courant, me regarde étonné et mal à l'aise ; il me dit que la dernière chose qui aurait pu arriver au monde – l'effondrement du régime communiste – est en train de se produire à une vitesse incroyable. Les anciennes républiques soviétiques devenaient des pays indépendants, les informations qui arrivaient d'Almaty parlaient de la formation d'un nouveau gouvernement, et il avait été désigné pour diriger la province !

« Au lieu de m'embrasser et de se réjouir, il me demande comment je savais tout cela : avais-je entendu quelqu'un parler de quelque chose ? Avais-je été contacté par les services secrets pour l'espionner, vu qu'il n'appartenait pas au parti ? Ou – ce qui était pire que tout – avais-je fait à un certain moment de ma vie un pacte avec le diable ?

« Je lui réponds qu'il connaît mon histoire : les apparitions de la petite fille, la voix, les crises qui me permettent d'entendre des choses que les autres ne savent pas. Il dit que tout cela n'est qu'une maladie, qu'il n'existe qu'un prophète, Mahomet, et que tout ce qui devait être dit a déjà été révélé. Mais malgré cela, poursuit-il, le démon demeure dans ce monde et il use de toutes sortes d'artifices – y compris la prétendue capacité de voir l'avenir – pour tromper les faibles et éloigner les gens de la vraie foi. Il m'avait donné un emploi parce que l'islam exige que les hommes pratiquent la charité, mais maintenant il s'en repentait profondément : ou bien j'étais un instrument des services secrets, ou bien j'étais un envoyé du démon.

« Je suis renvoyé sur-le-champ.

« Les temps, qui n'étaient déjà pas faciles, sont devenus encore plus difficiles. L'usine de tissus pour laquelle ma mère travaille, qui appartenait auparavant à l'État, passe aux mains de particuliers – les nouveaux patrons ont d'autres idées sur l'organisation de l'entreprise, et finalement elle est licenciée. Au bout de deux mois nous n'avons plus de quoi subvenir à nos besoins, nous n'avons plus qu'à quitter le village où j'ai grandi, et à aller chercher du travail.

« Mes grands-parents refusent de partir ; ils préfèrent mourir de faim plutôt que de quitter la terre où ils sont nés et ont passé leur vie. Ma mère et moi, nous allons à Almaty et je connais ma première grande ville : je suis impressionné par les voitures, les édifices gigantesques, les publicités lumineuses, les escaliers roulants et, surtout, les ascenseurs. Maman trouve un emploi de réceptionniste dans un magasin, et je vais travailler comme aide-mécanicien dans une station-service. Une grande partie de notre argent est envoyée à mes grands-parents, mais il reste assez pour manger et voir des choses que je n'avais jamais vues : cinéma, parc d'attractions, matchs de football…

« Avec le déménagement, les crises cessent, mais la voix et la présence de la petite fille disparaissent aussi. Je pense que c'est mieux ainsi, l'amie invisible qui m'accompagnait depuis mes huit ans ne me manque pas, je suis fasciné par Almaty et occupé à gagner ma vie ; j'apprends qu'avec un peu d'intelligence je pourrai enfin devenir quelqu'un.

« Et puis un dimanche soir, je suis assis à l'unique fenêtre de notre petit appartement, regardant ma ruelle sans asphalte, et très nerveux parce que la veille j'ai cabossé une voiture au moment où je la faisais entrer dans le garage ; j'ai peur d'être renvoyé, tellement peur que je n'ai rien mangé de la journée. Quand soudain, je sens de nouveau le vent, je vois les lumières.

« D'après ce que ma mère m'a raconté plus tard, je suis tombé par terre, j'ai parlé dans une langue étrange, et la transe a paru durer anormalement longtemps ; je me souviens que c'est à ce moment-là que la voix m'a rappelé que j'avais une mission.

« Lorsque je me réveille, je sens de nouveau la présence, et bien que je ne voie rien, je peux lui parler. Mais cela ne m'intéresse plus : en quittant mon village, j'ai aussi quitté un monde. Tout de même, je m'enquiers de ma mission : la voix me répond que c'est la mission de tous les êtres humains, imprégner le monde de l'énergie de l'amour total. Je pose la seule question qui m'intéresse vraiment à ce moment-là : la voiture cabossée et la réaction du patron. Elle me dit de ne pas m'inquiéter – je n'ai qu'à dire la vérité, et il saura comprendre.

« Je travaille pendant cinq ans à la station-service. Je finis par me faire des amis, je me trouve mes premières petites copines, je découvre le sexe, je participe à des bagarres de rue – enfin, je vis ma jeunesse le plus normalement possible. J'ai quelques crises : au début mes amis sont surpris, mais après que j'ai inventé que c'est la conséquence de "pouvoirs supérieurs", ils se mettent à me respecter. Ils m'appellent au secours, me font part de leurs problèmes amoureux ou des relations difficiles avec leur famille, mais je ne demande rien à la voix – l'expérience de l'arbuste m'ayant traumatisé et fait comprendre que quand on aide quelqu'un, on ne reçoit en échange que l'ingratitude.

« Si les amis insistent, j'invente que j'appartiens à une "société secrète" – et à cette époque, après des décennies de répression religieuse, le mysticisme et l'ésotérisme sont très en vogue à Almaty. Plusieurs livres sont publiés au sujet de ces "pouvoirs supérieurs", des gourous et des maîtres commencent à venir d'Inde et de Chine, il existe une grande variété de cours de développement personnel. J'en fréquente quelques-uns, je me rends compte que je n'apprends rien, je ne me fie vraiment qu'à la voix, mais je suis trop occupé pour prêter attention à ce qu'elle dit.

« Un jour, une femme dans un 4 x 4 s'arrête au garage où je travaille et me prie de lui faire le plein. Elle me parle en russe, avec un accent prononcé et beaucoup de difficultés, et je réponds en anglais. Elle paraît soulagée et me demande si je connais un interprète, parce qu'elle doit se rendre dans l'intérieur du pays.

« Au moment où elle dit cela, la présence de la petite fille emplit tout l'espace, et je comprends qu'elle est la personne que j'ai attendue toute ma vie. Là se trouve l'issue, je ne peux pas perdre cette opportunité : je dis que je peux le faire, si elle me le permet. La femme répond que j'ai un travail et qu'elle a besoin de quelqu'un de plus âgé, plus expérimenté et libre de voyager. Je dis que je connais tous les chemins dans la steppe, dans les montagnes, je mens en affirmant que cet emploi est temporaire. Je l'implore de me donner une chance ; avec réticence, elle me fixe rendez-vous pour un entretien dans l'hôtel le plus luxueux de la ville.

« Nous nous retrouvons dans le salon ; elle teste mes connaissances de la langue, pose une série de questions sur la géographie de l'Asie centrale, veut savoir qui je suis et d'où je viens. Méfiante, elle ne dit pas exactement ce qu'elle fait, ni où elle veut aller. J'essaie de jouer mon rôle le mieux possible, mais je vois qu'elle n'est pas convaincue.

« Et je me surprends à constater que, sans me l'expliquer, je suis amoureux de cette femme que je ne connais que depuis quelques heures. Je contrôle mon anxiété et je reprends confiance dans la voix ; j'implore l'aide de la petite fille invisible, je lui demande de m'éclairer, je promets que j'accomplirai la mission qui m'a été confiée si j'obtiens cet emploi : elle m'a dit un jour qu'une femme viendrait pour m'emmener loin d'ici, la présence était à mes côtés quand cette femme s'est arrêtée pour faire remplir son réservoir, j'ai besoin d'une réponse positive.

« Après son questionnaire serré, je pense que je commence à gagner sa confiance : elle me prévient que ce qu'elle a l'intention de faire est complètement illégal. Elle m'explique qu'elle est journaliste, qu'elle désire faire un reportage sur les bases américaines qui sont en cours de construction dans un pays voisin, pour servir d'appui à une guerre sur le point de commencer. Comme son visa lui a été refusé, nous devrons traverser la frontière à pied, par des points non surveillés. Ses contacts lui ont donné une carte et lui ont montré par où nous devions passer, mais elle dit qu'elle n'en révélera rien jusqu'à ce que nous soyons loin d'Almaty. Si je suis toujours prêt à l'accompagner, je dois me trouver à l'hôtel dans deux jours, à onze heures du matin. Elle ne me promet rien d'autre qu'une semaine de salaire, sans savoir que j'ai un emploi fixe, que je gagne suffisamment pour aider ma mère et mes grands-parents, que mon patron a confiance en moi bien que j'aie présenté trois ou quatre convulsions ou "crises d'épilepsie", ainsi qu'il appelle les moments où je suis en contact avec un monde inconnu.

« Avant de prendre congé, la femme me dit qu'elle s'appelle Esther et me prévient que si je décide d'aller voir la police et de la dénoncer, elle sera arrêtée et expulsée. Elle dit aussi qu'il y a des moments dans la vie où l'on doit faire confiance aveuglément à l'intuition, et que c'est ce qu'elle fait maintenant. Je la prie de ne pas s'inquiéter, je me sens tenté de parler de la voix et de la présence, mais je préfère

172

me taire. Je rentre chez moi, je parle à ma mère, j'affirme que j'ai trouvé un nouvel emploi d'interprète et que je serai mieux payé – même si je dois m'absenter quelque temps. Elle ne semble pas s'inquiéter ; les choses autour de moi se déroulent comme si elles étaient planifiées depuis très longtemps et que nous attendions seulement tous le bon moment.

« Je dors mal, le lendemain je suis plus tôt que d'habitude à la station-service. Je présente mes excuses, expliquant que j'ai trouvé un nouvel emploi. Mon patron dit que tôt ou tard on découvrira que je suis malade, qu'il est très risqué de lâcher la proie pour l'ombre ; mais comme ma mère, il finit par accepter sans trop de problème, comme si la voix interférait dans la volonté de chacune des personnes à qui je dois parler ce jour-là, m'aidant à faire le premier pas.

« Quand nous nous retrouvons à l'hôtel, je lui explique que tout ce qui peut lui arriver si l'on nous attrape c'est qu'elle soit expulsée vers son pays, mais que moi je finirai en prison, peut-être pour des années. Je cours un risque plus grand, elle doit me faire confiance. Elle semble me comprendre, nous marchons pendant deux jours, un groupe d'hommes l'attend de l'autre côté de la frontière, elle disparaît et revient peu après, frustrée et irritée : la guerre est sur le point d'éclater, tous les chemins sont surveillés, il est impossible d'aller plus loin sans se faire arrêter pour espionnage.

« Nous commençons à rebrousser chemin. Esther, jusque-là si confiante, paraît maintenant triste et confuse. Pour la distraire, je récite des vers du poète qui vivait près de mon village, pensant en même temps que dans quarante-huit heures tout sera terminé. Mais je dois faire confiance à la voix, je dois tout faire pour qu'elle ne parte pas aussi subitement qu'elle est venue ; peut-être dois-je lui démontrer que je l'ai toujours attendue, qu'elle compte pour moi.

« Cette nuit-là, après que nous avons étendu nos sacs de couchage près des rochers, j'essaie de lui prendre la main. Elle l'écarte doucement, dit qu'elle est mariée. Je sais que j'ai fait un faux pas, j'ai agi sans réfléchir. Comme je n'ai plus rien à perdre, je parle des visions de mon enfance, de la mission de répandre l'amour, du diagnostic du médecin : épilepsie.

« À ma surprise, elle comprend parfaitement ce que je dis. Elle me raconte un peu sa vie, dit qu'elle aime son mari, que lui aussi l'aime, mais qu'avec le temps quelque chose d'important s'est perdu, qu'elle préfère être loin plutôt que de voir son mariage se défaire peu à peu. Elle avait tout dans la vie, mais elle était malheureuse ; elle aurait pu faire jusqu'à la fin de ses jours comme si ce malheur n'existait pas, mais elle mourait de peur d'entrer en dépression et de ne jamais en sortir.

« Donc elle avait décidé de tout abandonner et d'aller chercher l'aventure, pour ne pas penser à l'amour qui tombait en ruine ; plus elle se cherchait, plus elle se perdait, et plus elle se sentait seule. Elle pensait qu'elle avait perdu pour toujours sa route, et l'expérience que nous venions de vivre lui montrait qu'elle devait se tromper, qu'il valait mieux retourner à sa routine quotidienne.

« Je lui dis que nous pouvons essayer un autre sentier moins surveillé, je connais des contrebandiers à Almaty qui peuvent nous aider ; mais elle me paraît sans énergie, elle n'a plus envie de continuer.

« À ce moment-là, la voix me prie de la consacrer à la Terre. Sans savoir exactement ce que je fais, je me lève, j'ouvre mon sac à dos, je trempe mes doigts dans la petite bouteille d'huile que nous avons apportée pour faire la cuisine, je pose la main sur son front, je prie en silence, et à la fin je demande qu'elle poursuive sa quête, parce qu'elle est importante pour nous tous. La voix me disait, et je répétais pour elle, que la transformation d'une seule personne signifie la transformation de toute l'espèce humaine. Elle me serre contre elle, sentant que la Terre la bénit, et nous restons ainsi, ensemble, les heures suivantes.

« À la fin, je demande si elle croit ce que je lui ai raconté au sujet de la voix que j'entends. Elle dit "oui et non". Elle croit que nous avons tous un pouvoir que nous n'utilisons jamais, et en même temps elle pense que je suis entré en contact avec ce pouvoir à cause de mes crises d'épilepsie, et que nous pouvons le vérifier ensemble. Elle pensait in-

174

terviewer un nomade qui vit au nord d'Almaty, dont tout le monde dit qu'il a des pouvoirs magiques ; si je veux l'accompagner, je serai le bienvenu. Quand elle me dit son nom, je me rends compte que je connais son petit-fils, et je pense que cela va faciliter les choses.

« Nous traversons Almaty, nous arrêtant seulement pour faire le plein d'essence et acheter quelques provisions, nous poursuivons en direction d'un hameau situé près d'un lac artificiel construit par le régime soviétique. Je vais jusqu'à l'endroit où vit le nomade, et bien que je dise à l'un de ses assistants que je connais son petit-fils, nous devons attendre des heures, une foule de gens attendent leur tour pour écouter les conseils de celui qu'ils considèrent comme un saint.

« Enfin, nous sommes reçus : en traduisant l'interview et en lisant ensuite plusieurs fois le reportage publié, j'apprends plusieurs choses que je désirais savoir.

« Esther demande pourquoi les gens sont tristes.

« "C'est simple, répond le vieillard. Ils sont prisonniers de leur histoire personnelle. Tout le monde est convaincu que le but de cette vie est de suivre un plan. Personne ne se demande si ce plan est le sien ou s'il a été inventé par quelqu'un d'autre. Tous accumulent des expériences, des souvenirs, des objets, des idées qui ne sont pas les leurs, et c'est plus qu'ils ne peuvent porter. Et c'est ainsi qu'ils oublient leurs rêves."

« Esther fait observer que beaucoup de gens lui disent : "Vous avez de la chance, vous savez ce que vous voulez dans la vie : moi, je ne sais pas ce que je désire faire."

« "Bien sûr qu'ils savent, répond le nomade. Combien en connaissez-vous qui passent leur vie à déclarer : 'Je n'ai rien fait de ce que je désirais, mais c'est cela la réalité.' S'ils disent qu'ils n'ont pas fait ce qu'ils désiraient c'est bien qu'ils savaient ce qu'ils voulaient. Quant à la réalité, c'est seulement l'histoire que les autres nous ont racontée sur le monde et la façon dont nous devions nous y comporter.

— Et combien disent pire : 'Je suis content parce que je sacrifie ma vie pour ceux que j'aime.'

— Croyez-vous que les gens qui nous aiment désirent nous voir souffrir pour eux ? Croyez-vous que l'amour soit source de souffrance ?

— Pour être sincère, je le crois.

— Eh bien, il ne devrait pas l'être.

— Si j'oublie l'histoire que l'on m'a racontée, j'oublierai aussi des choses très importantes que la vie m'a enseignées. Pourquoi ai-je fait des efforts pour apprendre tout cela ? Pourquoi ai-je fait des efforts pour acquérir de l'expérience et savoir m'y prendre avec mon activité professionnelle, mon mari et mes crises ?

— Les connaissances accumulées sont utiles pour faire la cuisine, ne pas dépenser plus que l'on ne gagne, être à l'abri en hiver, respecter certaines limites, savoir où vont certaines lignes d'autocar et de chemin de fer. Mais croyez-vous que vos amours passées vous ont appris à mieux aimer ?

— Elles m'ont appris à savoir ce que je désirais.

— Ce n'était pas ma question. Vos amours passées vous ont-elles aidée à mieux aimer votre mari ?

— Au contraire. Pour pouvoir me donner complètement à lui, j'ai dû oublier les cicatrices laissées par d'autres hommes. Est-ce de cela que vous parlez ?

— Pour que la véritable énergie de l'amour puisse traverser votre âme, elle doit vous trouver comme si vous veniez de naître. Pourquoi les gens sont-ils malheureux ? Parce qu'ils veulent emprisonner cette énergie, ce qui est impossible. Oublier l'histoire personnelle, c'est garder ce canal pur, laisser chaque jour cette énergie se manifester comme elle le désire, se laisser guider par elle.

— Très romantique, mais très difficile, parce que cette énergie est toujours prisonnière de beaucoup de choses : les engagements, les enfants, les obligations sociales...

— ... et au bout de quelque temps, le désespoir, la peur, la solitude, la volonté de contrôler l'incontrôlable. Selon la tradition des steppes, appelée Tengri, pour vivre dans la plénitude, il fallait être constamment en mouvement, ainsi chaque jour était différent de l'autre. Quand ils traversaient les villes, les nomades pensaient : 'Pauvres de ceux qui vivent ici, pour eux tout est pareil !' Peut-être que les

176

habitants de la ville regardaient les nomades et pensaient : 'Les pauvres, ils n'ont aucun endroit où vivre !' Les nomades n'avaient pas de passé, seulement un présent, c'est pourquoi ils étaient toujours heureux – jusqu'au moment où les dirigeants communistes les ont obligés à cesser de voyager, et les ont retenus dans des fermes collectives. Dès lors, ils se sont mis peu à peu à croire l'histoire dont la société disait qu'elle était la vraie. De nos jours, ils ont perdu leur force.

— Personne, de nos jours, ne peut passer sa vie à voyager.

— Si l'on ne peut pas voyager physiquement, on peut le faire sur le plan spirituel. Aller de plus en plus loin, prendre ses distances avec son histoire personnelle, avec ce que l'on nous a forcés à être.

— Que faire pour abandonner cette histoire que l'on nous a racontée ?

— La répéter à haute voix, dans ses moindres détails. À mesure que nous racontons, nous nous séparons de ce que nous avons été, et – vous le verrez, si vous décidez d'essayer – nous faisons de la place pour un monde nouveau et inconnu. Répéter cette histoire ancienne très souvent, jusqu'à ce qu'elle n'ait plus d'importance pour nous.

— C'est tout ?

— Il reste un détail : à mesure que les espaces sont inoccupés, pour éviter que cela ne nous cause un sentiment de vide, il faut les remplir rapidement, même si c'est provisoire.

— Comment ?

— Avec des histoires différentes, des expériences que nous n'osons pas faire, ou que nous ne voulons pas faire. C'est ainsi que nous changeons. C'est ainsi que l'amour grandit. Et quand l'amour grandit, nous grandissons avec lui.

— Cela signifie également que nous pouvons perdre des choses qui sont importantes.

— Jamais. Les choses importantes demeurent toujours – ce qui disparaît, ce sont celles que nous jugions importantes, mais qui sont inutiles, comme le faux pouvoir de contrôler l'énergie de l'amour."

« Le vieux dit qu'elle a utilisé son temps et qu'il doit recevoir d'autres visiteurs. J'ai beau insister, il se montre inflexible. Il suggère cependant qu'Esther revienne un jour, il lui en apprendra alors davantage.

« Esther reste à Almaty encore une semaine, et elle promet de revenir. Pendant ce temps, je lui raconte plusieurs fois mon histoire, et elle me raconte plusieurs fois sa vie ; et nous comprenons que le vieillard a raison, quelque chose sort de nous, nous sommes plus légers, même si nous ne pouvons pas dire que nous sommes plus heureux.

« Mais le vieux a donné un conseil : remplir rapidement l'espace vide. Avant de partir, elle demande si je ne veux pas aller en France, pour que nous puissions poursuivre le processus d'oubli. Elle n'a personne avec qui partager cela, elle ne peut pas parler avec son mari, elle n'a pas confiance dans ses collègues de travail ; elle a besoin d'un étranger, de quelqu'un qui n'ait pas pris part jusque-là à son histoire personnelle.

« J'accepte, et à ce moment seulement je mentionne la prophétie de la voix. Je dis aussi que je ne parle pas la langue, et que mon expérience se résume à m'occuper de brebis et de postes d'essence.

« À l'aéroport, elle me conseille de suivre un cours intensif de français. Je demande pourquoi elle m'a fait cette invitation. Elle répète ce qu'elle m'a déjà dit, elle avoue qu'elle a peur de l'espace qui s'ouvre à mesure qu'elle oublie son histoire personnelle, elle redoute que tout ne revienne avec une intensité redoublée, et cette fois elle ne parviendrait plus à se libérer de son passé. Elle me prie de ne pas me préoccuper du billet ou des visas, elle s'occupera de tout. Avant de présenter son passeport au contrôle, elle me regarde en souriant et elle dit qu'elle aussi m'attendait, même si elle ne le savait pas : elle venait de vivre les jours les plus heureux de ces trois dernières années.

« Je me mets à travailler la nuit comme garde du corps dans un club de strip-tease, et je consacre mes journées à l'apprentissage du français. Curieusement, les crises diminuent, mais la présence aussi s'éloigne. J'explique à ma mère que j'ai été invité à me rendre dans un pays étranger, elle dit que je suis très ingénu, que cette femme ne donnera plus jamais de nouvelles.

« Un an plus tard, Esther revient à Almaty : la guerre attendue a eu lieu, on avait déjà publié un article sur les bases secrètes américaines, mais l'entretien avec le vieux a eu beaucoup de succès, et maintenant ils veulent un grand reportage sur la disparition des nomades. "En outre, dit-elle, il y a longtemps que je ne raconte plus d'histoires à personne, je suis de nouveau au bord de la dépression."

« Je l'aide à entrer en contact avec les rares tribus qui voyagent encore, dans la tradition du Tengri, et avec les sorciers locaux. Je parle français couramment : au cours d'un dîner, elle me donne les papiers du consulat à remplir, elle obtient le visa, achète le billet, et je viens à Paris. À mesure que nous nous vidions la tête de vieilles histoires déjà vécues, nous avons constaté l'un comme l'autre qu'un nouvel espace s'ouvrait ; une joie mystérieuse entrait, l'intuition se développait, nous étions plus courageux, nous prenions plus de risques, nous faisions des choses que nous jugions bonnes ou mauvaises – mais nous faisions. Les jours étaient plus intenses, ils passaient lentement.

« En arrivant ici, je lui demande où je vais travailler, mais elle a déjà ses plans : elle a obtenu du patron d'un bar que je m'y présente une fois par semaine, elle lui a dit que dans mon pays existait une sorte de spectacle exotique, dans lequel les gens parlent de leur vie et se vident la tête.

« Au début il est très difficile de faire participer les rares habitués au jeu, mais les plus éméchés sont enthousiasmés, la rumeur circule dans le quartier. "Venez raconter votre vieille histoire et découvrir une histoire nouvelle", dit la petite annonce écrite à la main dans la vitrine, et le public, avide de nouveauté, commence à se présenter.

« Un soir, je fais une expérience étrange : ce n'est pas moi qui suis sur la petite scène improvisée dans le coin du bar, c'est la présence. Et au lieu de raconter les légendes de mon pays pour suggérer ensuite aux spectateurs de raconter leurs histoires, je transmets ce que la voix me demande.

À la fin, l'un d'eux en larmes commente des détails intimes de son mariage avec les étrangers présents.

« La même chose se répète la semaine suivante – la voix parle à travers moi, demande à l'assistance de raconter des histoires de désamour, et l'énergie dans l'air est tellement différente que ces Français, habituellement si discrets, commencent à discuter en public de leurs affaires personnelles. C'est à cette époque de ma vie que je parviens à mieux contrôler les crises : quand je suis sur scène, au moment où je vois les lumières et commence à sentir le vent, j'entre en transe, je perds conscience, sans que personne s'en rende compte. Je n'ai de "crises d'épilepsie" que dans des moments de grande tension nerveuse.

« D'autres personnes se joignent à moi : trois jeunes de mon âge qui n'avaient rien à faire d'autre que voyager – nomades du monde occidental. Un couple de musiciens du Kazakhstan, qui ont entendu parler du "succès" d'un garçon de leur pays, veulent participer au spectacle, parce qu'ils ne trouvent pas d'emploi. Nous incluons les instruments à percussion dans la rencontre. Le bar devient trop petit, nous obtenons un espace dans le restaurant où nous nous présentons à présent, mais qui est déjà trop petit lui aussi. Quand les gens racontent leurs histoires, cela leur donne du courage, ils sont touchés par l'énergie pendant qu'ils dansent, ils changent radicalement, la tristesse disparaît de leur vie, les aventures recommencent, l'amour – qui théoriquement devrait être menacé par tant de changements – devient plus solide, ils recommandent nos rencontres à leurs amis.

« Esther continue de voyager pour ses articles, mais elle assiste au spectacle chaque fois qu'elle se trouve à Paris. Un soir, elle me dit que le travail au restaurant ne suffit pas, qu'il ne touche que ceux qui ont les moyens de le fréquenter. Nous devons travailler avec les jeunes. Où sont ces jeunes ? je demande. Ils marchent, ils voyagent, ils ont tout abandonné, ils s'habillent comme des clochards ou des personnages de films de science-fiction.

« Elle dit aussi que les clochards n'ont pas d'histoire personnelle, pourquoi n'allons-nous pas voir auprès d'eux ce que nous avons appris ? Et c'est ainsi que je vous ai rencontrés ici.

« Voilà ce que j'ai vécu. Vous n'avez jamais demandé qui j'étais, ce que je faisais, parce que cela ne vous intéresse pas. Mais aujourd'hui, à cause de l'écrivain célèbre qui nous accompagne, j'ai décidé de vous le raconter. »

« Mais vous parlez de votre passé, a dit la femme au manteau et au chapeau dépareillés. Pourtant le vieux nomade...

— C'est quoi nomade ? interrompt quelqu'un.

— Des gens comme nous, répond-elle, fière de connaître la signification du mot. Des gens libres, qui vivent avec simplement ce qu'ils peuvent porter. »

Je corrige :

« Ce n'est pas exactement cela. Ils ne sont pas pauvres.

— Qu'est-ce que vous savez de la pauvreté ? » De nouveau le grand type agressif, cette fois un peu plus de vodka dans le sang, me regarde droit dans les yeux. « Croyez-vous que la pauvreté c'est ne pas avoir d'argent ? Pensez-vous que nous sommes misérables, simplement parce que nous demandons l'aumône à des gens comme des écrivains riches, des couples qui se sentent coupables, des touristes qui trouvent que Paris est une ville sale, des jeunes idéalistes qui pensent qu'ils peuvent sauver le monde ? Vous, vous êtes pauvre ! Vous ne contrôlez pas votre temps, vous n'avez pas le droit de faire ce que vous voulez, vous êtes obligé de suivre des règles que vous n'avez pas inventées et que vous ne comprenez pas. »

De nouveau Mikhail interrompt la conversation.

« Qu'est-ce que vous vouliez savoir, madame ?

— Je voulais savoir pourquoi vous avez raconté votre histoire, puisque le vieux nomade a dit qu'il fallait l'oublier.

— Ce n'est plus mon histoire : chaque fois que je parle des choses que j'ai vécues, c'est comme si je racontais quelque chose qui est très loin de moi. Dans le présent, il ne reste que la voix, la présence, la mission à accomplir. Je ne souffre pas des difficultés vécues, je pense que ce sont elles qui m'ont aidé à être ce que je suis maintenant. Je me sens comme doit se sentir un guerrier après des années d'entraînement : il ne se souvient pas des détails de tout ce qu'il a appris, mais il sait porter le coup au bon moment.

— Et pourquoi la journaliste et vous veniez-vous nous voir tout le temps ?

— Pour nous nourrir. Comme l'a dit le vieux nomade de la steppe, le monde que nous connaissons aujourd'hui n'est qu'une histoire que l'on nous a racontée, mais ce n'est pas la vraie. L'autre histoire comprend les dons, les pouvoirs, la capacité d'aller bien au-delà du connu. Je vivais avec la présence de cette enfant, qu'à un moment de ma vie j'ai même pu voir, et Esther m'a montré que je n'étais pas seul. Elle m'a présenté à des gens qui ont des dons particuliers, comme celui de tordre des fourchettes par la force de la pensée, ou de faire des opérations chirurgicales avec des bistouris rouillés, sans anesthésie, le patient pouvant repartir immédiatement après l'opération.

« J'apprends encore à développer mon potentiel méconnu, mais j'ai besoin d'alliés, de gens qui n'aient pas non plus d'histoire, comme vous. »

À mon tour j'ai eu envie de raconter mon histoire à ces inconnus et de me libérer de mon passé, mais il était tard et je devais me lever tôt le lendemain parce que le médecin allait me retirer le collier orthopédique.

J'ai demandé à Mikhail s'il voulait que je le dépose, il a dit qu'il préférait marcher un peu parce que cette nuit Esther lui manquait beaucoup. Nous avons laissé le groupe et nous nous sommes dirigés vers une avenue où je pourrais trouver un taxi.

« Je pense que cette femme a raison, ai-je commenté. Si vous racontez une histoire, ne vous en libérez-vous pas ?

— Je suis libre. Mais quand vous faites cela, vous comprenez également – là est le secret – que certaines histoires ont été interrompues en plein milieu. Elles demeurent présentes, et tant que nous ne fermons pas un chapitre, nous ne pouvons pas partir vers le suivant. »

Je me suis souvenu que j'avais lu à ce sujet sur l'Internet un texte qui m'était attribué (bien que je ne l'aie jamais écrit) :

C'est pourquoi il est tellement important de laisser certaines choses disparaître. De s'en libérer. De s'en défaire. Il faut comprendre que personne ne joue avec des cartes truquées, parfois on gagne, et parfois on perd. N'attendez pas que l'on vous rende quelque chose, n'attendez pas que l'on reconnaisse vos efforts, que l'on découvre votre génie, que l'on comprenne votre amour. Vous devez clore des cycles. Non par fierté, par incapacité, ou par orgueil, mais simplement parce que ce qui précède n'a plus sa place dans votre vie. Fermez la porte, changez de disque, faites le ménage, secouez la poussière. Cessez d'être ce que vous étiez, et devenez ce que vous êtes.

Mais il vaut mieux confirmer ce que dit Mikhail.

« Que sont les "histoires interrompues" ?

— Esther n'est pas ici. À un certain moment, elle n'a pas su se vider jusqu'au bout du malheur pour permettre le retour de la joie. Pourquoi ? Parce que son histoire, comme celle de millions de personnes, est liée à l'Énergie de l'Amour. Elle ne peut pas évoluer toute seule : ou bien elle cesse d'aimer, ou bien elle attend que son aimé l'atteigne.

« Dans les mariages brisés, quand l'un des deux n'avance plus, l'autre est forcé d'en faire autant. Et pendant qu'il attend se présentent amants et amantes, associations de bienfaisance, soins excessifs portés aux enfants, travail compulsif, etc. Il serait beaucoup plus facile d'aborder ouvertement le sujet, d'insister, de crier "allons de l'avant, nous mourons d'ennui, d'inquiétude, de peur".

— Vous venez de me dire qu'Esther ne parvenait pas à se libérer jusqu'au bout de la tristesse à cause de moi.

— Je n'ai pas dit cela : je ne crois pas qu'une personne puisse rendre l'autre coupable, en aucune circonstance. J'ai dit qu'elle avait le choix, cesser de vous aimer, ou vous faire venir à sa rencontre.

— C'est ce qu'elle fait.

— Je le sais. Mais si cela ne dépendait que de moi, nous n'irions à sa rencontre que quand la voix le permettrait. »

« Voilà, plus de collier orthopédique dans votre vie, et j'espère que c'est pour toujours. Je vous en prie, essayez d'éviter les mouvements trop brusques, parce que les muscles doivent se réhabituer. Au fait, et la fille aux prévisions ?

— Quelle fille ? Quelles prévisions ?

— Ne m'avez-vous pas raconté à l'hôpital que quelqu'un vous avait dit avoir entendu une voix annonçant qu'il allait vous arriver quelque chose ?

— Ce n'est pas une fille. Et vous, vous m'avez dit à l'hôpital que vous alliez vous renseigner au sujet de l'épilepsie.

— J'ai pris contact avec un spécialiste. Je lui ai demandé s'il connaissait des cas semblables. Sa réponse m'a un peu surpris, mais laissez-moi vous rappeler que la médecine a ses mystères. Vous souvenez-vous de l'histoire du gamin qui sort avec cinq pommes et revient avec deux ?

— Oui : il a pu les perdre, les offrir, elles coûtaient plus cher, etc. Ne vous inquiétez pas, je sais que rien n'a de réponse absolue. Tout d'abord, Jeanne d'Arc était-elle épileptique ?

— Mon ami l'a mentionnée dans notre conversation. Jeanne d'Arc a commencé à entendre des voix à l'âge de treize ans. Ses dépositions montrent qu'elle voyait des lumières – ce qui est un symptôme de crise. D'après une neurologiste, le docteur Lydia Bayne, ces expériences extatiques de la sainte guerrière étaient provoquées par ce que nous appelons "épilepsie musicogénique", causée par une certaine musique : dans le cas de Jeanne, c'était le son des cloches. Le garçon a-t-il eu une crise d'épilepsie devant vous ?

— Oui.

— Y avait-il de la musique ?

— Je ne m'en souviens pas. Et même si c'était le cas, le bruit des couverts et de la conversation ne nous aurait pas permis de l'entendre.

— Paraissait-il tendu ?

— Très tendu.

— C'est l'autre cause des crises. Le thème est plus ancien qu'il n'y paraît : déjà en Mésopotamie, il existe des textes extrêmement précis sur ce que l'on appelait "la maladie de la chute", suivie de convulsions. Nos ancêtres pensaient qu'elle était provoquée par la présence de démons qui envahissaient un corps ; ce n'est que beaucoup plus tard que le Grec Hippocrate allait relier les convulsions à un problème de dysfonctionnement cérébral. Tout de même, de nos jours encore, les épileptiques sont victimes de préjugés.

— Sans doute : quand c'est arrivé, j'ai été horrifié.

— Quand vous m'avez parlé de la prophétie, j'ai demandé à mon ami de concentrer ses recherches sur ce domaine. Selon lui, la plupart des scientifiques s'accordent sur le fait que, même si beaucoup de personnages connus ont souffert de ce mal, il ne confère aucun pouvoir à personne. Mais à cause des épileptiques célèbres, on a fini par voir une "aura mystique" autour des crises.

— Des épileptiques célèbres, par exemple...

— Napoléon, ou Alexandre le Grand, ou Dante. J'ai dû limiter la liste des noms, puisque ce qui vous intriguait, c'était la prophétie du garçon. Au fait, comment s'appelle-t-il ?

— Vous ne le connaissez pas, et comme chaque fois que vous venez me voir vous avez tout de suite une autre consultation, pourquoi ne pas poursuivre l'explication ?

— Des scientifiques qui étudient la Bible assurent que l'apôtre Paul était épileptique. Ils s'appuient sur le fait que, sur le chemin de Damas, il a vu à côté de lui une lumière brillante qui l'a jeté à terre, l'a aveuglé, et qu'il en a été incapable de manger et de boire pendant plusieurs jours. Dans la littérature médicale, on considère cela comme une "épilepsie du lobe temporal".

— Je ne crois pas que l'Église soit d'accord.

— Je pense que moi non plus je ne suis pas d'accord, mais c'est ce que dit la littérature médicale. Il y a aussi des épileptiques qui développent leur côté autodestructeur. Ce fut le cas de Van Gogh : il décrivait ses convulsions comme des "tempêtes intérieures". À Saint-Rémy, où il fut interné, un infirmier a assisté à une crise.

— Du moins a-t-il réussi à travers ses tableaux à transformer son autodestruction en une reconstruction du monde.

— On soupçonne Lewis Carroll d'avoir écrit *Alice au pays des merveilles* pour décrire ses propres expériences de la maladie. Le récit du début du livre, quand Alice entre dans un trou noir, est familier à la plupart des épileptiques. Dans son parcours à travers le pays des Merveilles, Alice voit souvent des objets qui volent, et elle sent son corps très léger – autre description très précise des effets de la crise.

— Alors, il semble que les épileptiques aient une propension à l'art.

— Absolument pas ; ce qui se passe, c'est que comme les artistes deviennent en général célèbres, on finit par associer les deux choses. La littérature abonde d'exemples d'écrivains dont on soupçonne qu'ils étaient atteints de la maladie ou pour lesquels existe un diagnostic confirmé : Molière, Edgar Allan Poe, Flaubert. Dostoïevski a eu sa première crise à neuf ans, et il dit que cela le conduisait à des moments de grande paix avec la vie, et à des moments de grande dépression. Je vous en prie, ne soyez pas impressionné, et ne commencez pas à penser que vous aussi pouvez en être victime après l'accident. Je ne me rappelle aucun cas d'épilepsie provoquée par une motocyclette.

— Je vous ai dit qu'il s'agissait de quelqu'un que je connais.

— Est-ce que ce garçon aux prévisions existe vraiment, ou avez-vous inventé tout cela simplement parce que vous pensez que vous vous êtes évanoui quand vous êtes descendu du trottoir ?

— Au contraire : je déteste connaître les symptômes des maladies. Chaque fois que je lis un livre de médecine, je commence à ressentir tout ce qui y est décrit.

— Je vais vous dire quelque chose, mais je vous en prie, comprenez-moi bien : je pense que cet accident vous a été vraiment bénéfique. Vous paraissez plus calme, moins obsessionnel. Bien sûr, la proximité de la mort nous aide toujours à mieux vivre : c'est ce que m'a dit votre femme quand elle m'a donné un tissu taché de sang, que je porte toujours avec moi – bien que, comme médecin, je côtoie la mort tous les jours.

— Vous a-t-elle expliqué pourquoi elle vous donnait ce tissu ?

— Elle a eu des mots généreux pour décrire mon activité professionnelle. Elle a dit que je savais combiner la technique et l'intuition, la discipline et l'amour. Elle m'a raconté qu'un soldat, avant de mourir, lui avait demandé de prendre sa chemise, de la couper en morceaux, et de la partager avec les gens qui s'efforçaient sincèrement de montrer le monde tel qu'il est. J'imagine que vous, avec vos livres, vous avez aussi un morceau de ce tissu.

— Je n'en ai pas.

— Et vous savez pourquoi ?

— Je le sais. Ou plus exactement, je suis en train de le découvrir.

— Et puisque, outre votre médecin, je suis aussi votre ami, me permettez-vous de vous donner un conseil ? Si ce garçon épileptique a dit qu'il pouvait deviner l'avenir, il n'entend rien à la médecine. »

Zagreb, Croatie.
6 h 30 du matin.

Nous sommes, Marie et moi, devant une fontaine gelée, le printemps cette année a décidé de ne pas arriver ; apparemment nous passerons directement de l'hiver à l'été. Au centre de la fontaine, une colonne surmontée d'une statue.

J'ai donné des interviews durant tout l'après-midi et je ne supporte plus de parler de mon nouveau livre. Les journalistes me demandent toujours la même chose : si ma femme a lu le livre (je réponds que je ne sais pas), si je pense que je suis injustement traité par la critique (comment ?), si le fait que j'aie écrit *Un temps pour déchirer et un temps pour coudre* a produit un choc sur mon public, puisque j'y révèle beaucoup de ma vie intime (un écrivain ne peut écrire que sur sa vie), si le livre deviendra un film (je répète pour la millième fois que le film se passe dans la tête du lecteur, que j'ai interdit la vente des droits de tous les titres), ce que je pense de l'amour, pourquoi j'ai écrit sur l'amour, que faire pour être heureux en amour, amour, amour...

Après les interviews vient le dîner avec les éditeurs – il fait partie du rituel. À la table toujours des personnalités importantes de la place, qui m'interrompent chaque fois que je réussis à approcher ma fourchette de ma bouche, pour demander en général la même chose : « D'où vient votre inspiration ? » J'essaie de manger, mais je me dois d'être sympathique, de converser, de jouer mon rôle de célébrité, de raconter quelques histoires intéressantes, de laisser une bonne impression. Je sais que l'éditeur est un héros, il ne sait jamais si un livre va marcher, il pourrait vendre des bananes ou des savonnettes – c'est plus sûr, elles n'ont ni vanité ni ego démesuré, elles ne se plaignent pas si la promotion est mal faite ou si l'on ne trouve pas le livre dans une librairie déterminée.

Après le dîner, le scénario habituel : on veut tout me montrer – monuments, sites historiques, bars à la mode. Toujours avec un guide qui connaît absolument tout et me bourre la tête d'informations, je dois manifester mon intérêt, poser une question de temps à autre. Je connais presque tous les monuments, musées et sites historiques des nombreuses villes que j'ai visitées pour promouvoir mon travail, mais je n'en ai absolument aucun souvenir. Il ne reste que les choses inattendues, les rencontres avec les lecteurs, les bars, les rues où je me suis promené par hasard et où, poussant plus loin, j'ai vu soudain un spectacle merveilleux.

Un jour, j'écrirai un guide de voyage qui ne contiendra que des cartes, des adresses d'hôtels, et pour le reste des pages blanches : les gens devront ainsi se faire leur itinéraire unique, découvrir par eux-mêmes les restaurants, les monuments et les choses magnifiques que chaque ville contient mais dont on ne parle jamais parce que « l'histoire que l'on nous a racontée » ne les a pas incluses à l'article « visites obligatoires ».

Je suis déjà venu à Zagreb. Et cette fontaine, qui n'apparaît dans aucun guide touristique local, a beaucoup plus d'importance que tout ce que j'ai vu ici : elle est belle, je l'ai découverte par hasard, et elle est liée à une histoire de vie. Voilà des années, quand j'étais un jeune courant le monde en quête d'aventure, je me suis assis là où je me trouve à ce moment avec un peintre croate qui avait fait avec moi une grande partie du voyage. J'allais continuer en direction de la Turquie, il rentrait chez lui. Nous nous sommes séparés à cet endroit, en buvant deux bouteilles de vin et en parlant de tout ce qui s'était passé tandis que nous étions ensemble – de religion, de femmes, de musique, du prix des hôtels, de drogues. Nous avons parlé de tout, sauf d'amour, parce que nous aimions sans avoir besoin de commenter le sujet.

Le peintre rentré chez lui, j'ai connu une fille, nous avons été amoureux trois jours, nous nous sommes aimés avec toute l'intensité possible, puisque nous savions l'un et l'autre que tout cela durerait très peu. Elle m'a fait comprendre l'âme de ce peuple, et je n'ai jamais oublié, comme je n'ai jamais oublié la fontaine et les adieux de mon compagnon de voyage.

Voilà pourquoi après les interviews, les autographes, le dîner, la visite des monuments et sites historiques, j'ai rendu mes éditeurs fous en leur demandant de me conduire à cette fontaine. Je ne savais pas où elle était, je ne savais pas non plus qu'il y avait à Zagreb autant de fontaines. Après une heure ou presque de recherches, nous l'avons enfin trouvée. J'ai demandé une bouteille de vin, nous avons pris congé de tout le monde, je me suis assis avec Marie, et nous sommes restés silencieux, serrés l'un contre l'autre, à boire en attendant le lever du soleil.

« Ton humeur s'améliore de jour en jour, a-t-elle déclaré, la tête sur mon épaule.

— Parce que j'essaie d'oublier qui je suis. Plus exactement, je n'ai pas besoin de porter le poids de toute mon histoire sur mon dos. »

Je lui raconte la conversation avec Mikhail au sujet du nomade.

« Il arrive la même chose aux acteurs, commente-t-elle. À chaque nouveau rôle, nous devons cesser d'être ce que nous sommes pour vivre le personnage. Mais à la fin, cela nous rend confus et névrosés. Crois-tu que ce soit vraiment une bonne idée de laisser de côté ton histoire personnelle ?

— N'as-tu pas dit que j'allais mieux ?

— Je te trouve moins égoïste. Cela m'a plu que tu rendes tout le monde fou pour trouver cette fontaine : mais cela va à l'encontre de ce que tu viens de me raconter, elle fait partie de ton passé.

— Elle est un symbole pour moi. Mais je ne porte pas cette fontaine avec moi, je n'y pense pas, je n'ai pas pris de photos pour montrer à mes amis, le peintre qui est parti ne me manque pas, ni la fille dont j'ai été amoureux. Il est bon d'être revenu ici une seconde fois, mais si cela n'était pas arrivé, cela n'aurait rien changé à ce que j'ai vécu.

— Je te comprends.

— Je suis content.

— Je suis triste, cela me fait penser que tu vas partir. Je le savais depuis notre première rencontre, pourtant c'est difficile parce que je me suis habituée.

— C'est là le problème : l'habitude.

— Mais c'est humain.

— C'est pour cette raison que la femme que j'ai épousée est devenue le Zahir. Jusqu'au jour de l'accident, je m'étais convaincu que je ne pourrais être heureux qu'avec elle, et pas parce que je l'aimais plus que tout au monde, mais parce que je pensais qu'elle seule me comprenait, connaissait mes goûts, mes manies, ma façon de voir la vie. Je lui étais reconnaissant de ce qu'elle avait fait pour moi, je pensais qu'elle devait m'être reconnaissante de ce que j'avais fait pour elle. J'étais habitué à regarder le monde avec ses yeux. Te rappelles-tu l'histoire des deux hommes qui sortent de l'incendie, l'un avec le visage couvert de cendres ? »

Elle a retiré sa tête de mon épaule ; j'ai noté qu'elle avait les yeux pleins de larmes.

« Eh bien le monde, c'était cela pour moi, ai-je poursuivi. Un reflet de la beauté d'Esther. Est-ce l'amour ? Ou est-ce une dépendance ?

— Je ne sais pas. Je pense qu'amour et dépendance vont ensemble.

— Peut-être. Mais supposons qu'au lieu d'écrire *Un temps pour déchirer et un temps pour coudre,* qui n'est en réalité qu'une lettre à une femme qui est loin, j'avais choisi un autre scénario, par exemple :

« Le mari et la femme sont ensemble depuis dix ans. Ils faisaient l'amour tous les jours, maintenant ils ne font l'amour qu'une fois par semaine, mais finalement ce n'est pas si grave : il y a la complicité, le soutien mutuel, la camaraderie. Lui est triste quand il doit dîner tout seul parce qu'elle a dû rester plus tard au travail. Elle, elle se plaint quand il part en voyage, mais comprend que cela fait partie de son métier. Ils sentent que quelque chose commence à manquer, mais ils sont adultes, ils ont atteint la maturité, ils savent à quel point il est important de maintenir une relation stable, ne serait-ce qu'au nom des enfants. Ils se consacrent de plus en plus à leur travail et à leurs enfants, pensent de moins en moins à leur mariage – apparemment il va très bien, il n'y a pas d'autre homme ou d'autre femme.

« Ils constatent qu'il y a un problème. Ils n'arrivent pas à le cerner. À mesure que le temps passe, ils sont de plus en plus dépendants l'un de l'autre, finalement l'âge arrive, les occasions de changer de vie s'éloignent. Ils cherchent à s'occuper de plus en plus – lecture, broderie, télévision, amis – mais il y a toujours la conversation au dîner, ou la conversation après le dîner. Lui s'irrite facilement, elle devient plus silencieuse que d'habitude. Chacun sait que l'autre est de plus en plus distant et ne comprend pas pourquoi. Ils parviennent à la conclusion que le mariage est ainsi mais se refusent à en parler avec leurs amis, ils donnent l'image d'un couple heureux, de deux personnes qui se soutiennent mutuellement, qui ont les mêmes intérêts. Apparaissent un amant par-ci, une maîtresse par-là, rien de grave, bien sûr. Ce qui est important, nécessaire, définitif, c'est d'agir comme si de rien n'était, il est trop tard pour changer.

— Je connais cette histoire, bien que je ne l'aie jamais vécue. Et je pense que nous nous entraînons toute notre vie à endurer des situations comme celle-là. »

J'enlève mon pardessus et je grimpe sur le rebord de la fontaine. Marie demande ce que je vais faire.

« Marcher jusqu'à la colonne.

— C'est de la folie. C'est déjà le printemps, la couche de glace doit être très fine.

— Je dois marcher jusque-là. »

Je mets le pied, toute la couche de glace se déplace, mais ne se brise pas. Pendant que je regardais le lever du soleil, j'ai fait une sorte de pari avec Dieu : j'ai parié que si je parvenais à atteindre la colonne sans que la glace se brise, ce serait signe que j'étais sur la bonne voie, que Sa main m'indiquait la route à suivre.

« Tu vas tomber dans l'eau.

— Et alors ? Au pire je risque de prendre un bain glacé, mais l'hôtel n'est pas loin et la souffrance ne durera pas longtemps. »

Je mets l'autre pied : maintenant je suis entièrement dans la fontaine, la glace se décolle sur les bords, un peu d'eau monte à la surface, mais elle ne se brise pas. Je marche dans la direction de la colonne, ce ne sont que quatre mètres si l'on considère l'aller et retour, et le seul danger, c'est que je tombe dans l'eau. Mais pas question de penser à ce qui peut arriver : j'ai fait le premier pas, je dois aller jusqu'au bout.

Je marche, j'atteins la colonne, je la touche de la main, j'entends tout craquer, mais je suis encore à la surface. Ma première réaction est de courir, mais quelque chose me dit que si je fais cela, mes pas deviendront plus fermes, plus lourds, et je tomberai à l'eau. Je dois revenir lentement, au même rythme.

Le soleil se lève devant moi et m'aveugle un peu, je vois seulement la silhouette de Marie et les contours des édifices et des arbres. La couche de glace bouge de plus en plus, l'eau continue de jaillir sur les bords, inondant la surface, mais je sais – j'ai la certitude absolue – que je vais réussir, parce que je suis en communion avec le jour, avec mes choix, je connais les limites de l'eau glacée, je sais comment la prendre, lui demander de m'aider, de ne pas me laisser tomber. Je commence à entrer dans une sorte de transe, d'euphorie ; je redeviens un enfant qui fait des choses interdites et des bêtises, mais y prend un immense plaisir. Quelle joie ! Des pactes fous avec Dieu, du genre « si je réussis ceci, il va se passer cela », des signes provoqués non par ce qui vient de l'extérieur, mais par l'instinct, par la capacité d'oublier les vieilles règles et de créer des situations nouvelles.

Je suis reconnaissant d'avoir rencontré Mikhail, l'épileptique qui pense entendre des voix. Je suis allé à sa rencontre en cherchant ma femme, et j'ai fini par découvrir que j'étais devenu un pâle reflet de moi-même. Esther compte-t-elle toujours autant ? Je le pense, c'est son amour qui a changé ma vie un jour et me transforme encore aujourd'hui. Mon histoire était vieille, de plus en plus lourde à porter, trop sérieuse pour que je me permette des risques comme celui de marcher dans une fontaine, faisant un pari avec Dieu, traquant un signe. J'avais oublié qu'il fallait toujours refaire le chemin de Saint-Jacques, jeter les bagages inutiles, ne garder que le nécessaire pour vivre chaque jour. Laisser l'énergie de l'amour circuler librement, du dehors au dedans, du dedans au dehors.

Un nouveau craquement, une fissure apparaît – mais je sais que je vais réussir, parce que je suis léger, très léger, je pourrais même marcher sur un nuage et je ne tomberais pas sur la terre. Je ne porte pas le poids de la renommée, des histoires racontées, des scénarios à venir ; je suis transparent, je laisse les rayons de soleil traverser mon corps et illuminer mon âme. Je comprends qu'il y a encore en moi beaucoup de zones d'ombre, mais elles s'éclaireront peu à peu, avec de la persévérance et du courage.

Encore un pas, et le souvenir d'une enveloppe sur ma table. Bientôt je l'ouvrirai, et au lieu de marcher sur la glace, je prendrai la route qui me conduira à Esther. Ce n'est plus parce que je la désire à mes côtés, elle est libre de rester là où elle se trouve. Ce n'est plus parce que je rêve jour et nuit du Zahir ; l'obsession amoureuse, destructrice, semble avoir disparu. Ce n'est plus parce que je me suis habitué à mon passé et désire ardemment y retourner.

Autre pas, autre craquement, mais le rebord salvateur de la fontaine approche.

J'ouvrirai l'enveloppe et j'irai à sa rencontre, car, comme le dit Mikhail l'épileptique, le voyant, le gourou du restaurant arménien, cette histoire doit se terminer. Alors, quand tout aura été raconté et re-raconté à maintes reprises, quand les lieux où je suis passé, les moments que j'ai vécus, les pas que j'ai faits à cause d'elle se transformeront en lointains souvenirs, il restera seulement, simplement, l'amour pur. Je ne sentirai pas que je « dois » quelque chose, je ne penserai pas que j'ai besoin d'elle parce qu'elle seule est capable de me comprendre, parce que je suis habitué à elle, parce qu'elle connaît mes défauts, mes qualités, les toasts que j'aime manger avant de me coucher, les informations internationales à la télévision quand je me réveille, les promenades obligatoires tous les matins, les livres sur la pratique du tir à l'arc, les heures passées devant l'écran de l'ordinateur, la colère que je ressens quand la bonne appelle plusieurs fois pour dire que le repas est sur la table.

Tout cela disparaîtra. Il restera l'amour qui déplace le ciel, les étoiles, les hommes, les fleurs, les insectes, qui nous pousse à marcher dangereusement sur la glace, nous emplit de joie et de crainte mais donne un sens à tout.

Je touche la murette de pierre, une main se tend, je la saisis, Marie m'aide à reprendre mon équilibre et à descendre.

« Je suis fière de toi. Jamais je n'aurais fait cela.

— Je crois qu'il y a quelque temps, moi non plus je ne l'aurais pas fait ; cela semble infantile, irresponsable, sans aucune raison concrète. Mais je suis en train de renaître, je dois prendre des risques nouveaux.

— La lumière du matin te fait du bien : tu parles comme un sage.

— Les sages ne font pas ce que je viens de faire. »

Je dois écrire un texte important pour un magazine qui a un gros crédit pour moi à la Banque des Faveurs. J'ai des centaines, des milliers d'idées, mais je ne sais pas quelle est celle qui mérite mes efforts, ma concentration, mon sang.

Ce n'est pas la première fois, mais je pense que j'ai déjà dit tout ce que j'avais à dire d'important, je perds la mémoire, oubliant qui je suis.

Je vais à la fenêtre, je regarde la rue, j'essaie de me convaincre que je suis un homme professionnellement accompli, plus rien à prouver, je peux me retirer dans une maison à la montagne, passer le restant de ma vie à lire, à me promener, à causer de gastronomie et du temps qu'il fait. Je dis et je répète que j'ai réussi ce que peu d'auteurs ont réussi : à être publié dans presque toutes les langues. Pourquoi m'inquiéter d'un simple texte pour un magazine, si important soit-il ?

À cause de la Banque des Faveurs. Alors je dois vraiment écrire, mais que vais-je dire aux gens ? Qu'ils doivent oublier les histoires qu'on leur a racontées et prendre un peu plus de risques ?

Ils vont tous répondre : « Je suis indépendant, je fais ce que j'ai choisi. »

Qu'ils doivent laisser circuler librement l'énergie de l'amour ?

Ils répondront : « J'aime. J'aime de plus en plus », comme s'ils pouvaient mesurer l'amour comme on mesure la distance entre les rails de chemin de fer, la hauteur des immeubles ou la quantité de levure nécessaire pour faire un gâteau.

Je retourne à la table. L'enveloppe que Mikhail a laissée est ouverte, je sais où Esther se trouve, j'ai besoin de savoir comment y arriver. Je lui téléphone et je lui raconte l'histoire de la fontaine. Il adore. Je demande ce qu'il va faire ce soir, il répond qu'il va sortir avec Lucrecia, sa petite amie. Puis-je les inviter à dîner ? Aujourd'hui non, mais la semaine prochaine, si je veux, nous sortirons ensemble avec ses amis.

Je dis que la semaine qui vient j'ai une conférence aux États-Unis. Cela ne presse pas, répond-il, nous attendrons donc deux semaines.

« Vous avez dû entendre une voix qui vous a fait marcher sur la glace, dit-il.

— Je n'ai entendu aucune voix.

— Alors pourquoi avez-vous fait cela ?

— Parce que j'ai senti qu'il fallait le faire.

— Eh bien, c'est une autre manière d'entendre la voix.

— J'ai fait un pari. Si je parvenais à traverser la glace, c'est que j'étais prêt. Et je pense que je suis prêt.

— Alors, la voix vous a donné le signe dont vous aviez besoin.

— La voix vous a-t-elle dit quelque chose là-dessus ?

— Non. Mais ce n'est pas nécessaire : quand nous étions au bord de la Seine, quand j'ai dit qu'elle nous avisait que le moment n'était pas venu, j'ai compris aussi qu'elle vous signalerait l'heure exacte.

— Je viens de vous dire que je n'avais entendu aucune voix.

— C'est ce que vous pensez. C'est ce que tout le monde pense. Et pourtant, d'après ce que la présence me répète, nous entendons tous des voix, tout le temps. Ce sont elles qui nous font comprendre quand nous sommes en présence d'un signe, comprenez-vous ? »

Je décide de ne pas discuter. Tout ce dont j'ai besoin, ce sont des détails techniques : savoir où louer une voiture, combien de temps dure le voyage, comment localiser la maison, parce que je n'ai devant moi, en plus de la carte, qu'une série d'indications imprécises – suivre le bord de tel lac, chercher la plaque d'une entreprise, tourner à droite, etc. Peut-être connaît-il quelqu'un qui pourrait m'aider.

Nous prenons date pour la prochaine rencontre, Mikhail me demande de venir habillé aussi discrètement que possible – la tribu va parcourir Paris.

Je demande qui est la « tribu ». « Ce sont les gens qui travaillent avec moi au restaurant », répond-il, sans entrer dans les détails. Je demande s'il désire que je lui rapporte quelque chose d'Amérique, il me demande un certain médicament pour les aigreurs d'estomac. Je pense qu'il y a des choses beaucoup plus intéressantes, mais je note sa requête.

Et l'article ?

Je retourne à la table, je réfléchis à ce que je pourrais écrire, je regarde de nouveau l'enveloppe ouverte et je conclus que je n'ai pas été surpris par ce que j'ai trouvé à l'intérieur. Au fond, après quelques rencontres avec Mikhail, je ne m'attendais pas à autre chose.

Esther est dans la steppe, dans un petit village en Asie centrale : plus précisément, dans un village au Kazakhstan.

Je ne suis plus du tout pressé : je continue de revoir mon histoire, que je narre en détail, compulsivement, à Marie ; elle a décidé d'en faire autant, je suis surpris par ce qu'elle me raconte, mais il semble que le processus donne des résultats – elle est plus sûre d'elle, moins anxieuse.

Je ne sais pas pourquoi je veux tellement rencontrer Esther, puisque mon amour pour elle illumine désormais ma vie, m'apprend des choses nouvelles, et que cela me suffit. Mais je me rappelle ce qu'a dit Mikhail – « l'histoire doit être terminée » – et je décide d'aller plus loin. Je sais que je vais découvrir le moment où la glace de notre mariage s'est brisée, et où nous avons continué à marcher dans l'eau froide, comme si rien ne s'était passé. Je sais que je vais le découvrir avant d'arriver dans ce village, pour clore un cycle, ou pour le prolonger.

L'article ! Esther serait-elle redevenue le Zahir, m'empêchant de me concentrer ?

Pas du tout : quand je dois faire quelque chose d'urgent, qui exige de l'énergie créatrice, c'est cela mon processus de travail ; j'atteins presque l'hystérie, je décide de renoncer, et alors le texte se manifeste. J'ai déjà essayé de m'y prendre différemment, de tout faire longtemps à l'avance, mais il semble que l'imagination ne fonctionne que de cette manière, sous le poids d'une énorme pression. Je ne peux pas manquer de respect à la Banque des Faveurs, je dois envoyer trois pages écrites sur – imaginez donc ! – les problèmes relationnels entre l'homme et la femme. Moi ! Mais les éditeurs pensent que celui qui a écrit *Un temps pour déchirer et un temps pour coudre* doit très bien comprendre l'âme humaine.

J'essaie de me connecter à l'Internet, qui ne fonctionne pas : depuis le jour où j'ai détruit la connexion, il n'a plus jamais été le même. J'ai appelé plusieurs techniciens qui, quand ils décidaient de venir, trouvaient l'ordinateur en parfait état. Ils demandaient de quoi je me plaignais, testaient pendant une demi-heure, modifiaient les configurations, m'assuraient que le problème ne venait pas de moi mais du fournisseur de services. Je me laissais convaincre, finalement tout était parfaitement en ordre, je me sentais ridicule d'avoir appelé au secours. Deux ou trois heures passaient, nouveau collapsus de la machine et de la connexion. Après des mois d'épuisement physique et psychologique, j'admets maintenant que la technologie est plus forte et plus puissante que moi : la machine travaille quand elle veut, et si elle n'en a pas envie, mieux vaut lire un journal, aller faire un tour, attendre que l'humeur des câbles et des liaisons téléphoniques change, et qu'elle décide de fonctionner de nouveau. Je n'en suis pas maître, j'ai découvert qu'elle avait une vie propre.

J'insiste encore deux ou trois fois et je sais par expérience qu'il vaut mieux laisser tomber la recherche. L'Internet, la plus grande bibliothèque du monde, me ferme en ce moment ses portes. Et si je lisais des magazines pour essayer de trouver l'inspiration ? J'en prends un dans le courrier qui est arrivé aujourd'hui, je vois une étrange interview, d'une femme qui vient de lancer un livre sur – vous imaginez quoi ? – l'amour. Le sujet semble me poursuivre partout.

Le journaliste demande si le seul moyen pour l'être humain d'atteindre le bonheur est de rencontrer la personne aimée. La femme dit que non :

L'idée que l'amour mène au bonheur est une invention moderne, de la fin du XVIIe siècle. Dès lors, les gens apprennent à croire que l'amour doit durer toujours et que le mariage est le meilleur cadre pour l'exercer. Auparavant ils n'avaient pas un tel optimisme quant à la longévité de la passion. Roméo et Juliette *n'est pas une histoire heureuse, c'est une tragédie. Dans les dernières décennies, l'idée que le mariage était la voie de la réalisation personnelle a beaucoup progressé. La déception et l'insatisfaction se sont accrues en même temps.*

C'est une opinion assez courageuse, mais inutile pour mon article, surtout que je ne suis pas absolument d'accord avec ce qu'elle dit. Je cherche sur l'étagère un livre qui n'a rien à voir avec les relations entre hommes et femmes : *Pratiques magiques dans le nord du Mexique.* Je dois me rafraîchir les idées, me détendre, car l'obsession ne va pas m'aider à écrire cet article.

Je commence à feuilleter le livre et soudain je lis quelque chose qui me surprend :

L'« accommodateur » : il existe toujours un événement dans nos vies qui est responsable du fait que nous avons cessé de progresser. Un traumatisme, une défaite particulièrement amère, une désillusion amoureuse, ou même une victoire que nous n'avons pas bien comprise finit par nous rendre lâches, et nous n'avançons plus. Le sorcier, dans le processus de croissance de ses pouvoirs occultes, doit d'abord se délivrer de ce « point d'accommodation », et pour cela il doit revoir sa vie et découvrir où il se trouve.

L'accommodateur ! Cela allait avec mon apprentissage de l'arc et de la flèche – le seul sport qui m'attirait – où le maître dit qu'on ne peut jamais répéter un coup, qu'il n'avance à rien d'essayer d'apprendre grâce aux coups réussis ou manqués. Ce qui est intéressant c'est de recommencer des centaines, des milliers de fois, jusqu'à ce que nous soyons débarrassés de l'idée d'atteindre la cible, et que nous devenions la flèche, l'arc et l'objectif. À ce moment-là, l'énergie de la « chose » (mon maître de kyudo, le tir à

l'arc japonais que je pratiquais, n'utilisait jamais le mot
« Dieu ») guide nos mouvements et nous commençons à
libérer la flèche non pas quand nous le désirons mais
quand la « chose » pense que l'heure est venue.

L'accommodateur. Une autre part de ma vie personnelle
commence à se montrer, il serait bon que Marie soit là en
ce moment ! J'ai besoin de parler de moi, de mon enfance,
de raconter que quand j'étais petit, je me bagarrais tout le
temps et je battais les autres parce que j'étais le plus vieux
de la bande. Un jour mon cousin m'a donné une correction, je me suis convaincu que désormais je ne gagnerais
plus jamais une bagarre, et dès lors j'ai évité toute confrontation physique, même si très souvent je suis passé pour
un lâche et me suis laissé humilier devant des petites copines et des amis.

L'accommodateur. J'ai tenté pendant deux ans d'apprendre à jouer du violon : j'ai fait beaucoup de progrès au début, puis est arrivé un point où je ne pouvais plus avancer ;
découvrant que d'autres apprenaient plus vite que moi, je
me suis senti médiocre, j'ai décidé de ne pas me laisser
déshonorer et j'ai décrété que cela ne m'intéressait plus.
Ce fut la même chose avec le billard, le football, la course
cycliste : j'en apprenais assez pour faire tout raisonnable-
ment, mais arrivait un moment où je ne pouvais pas aller
plus loin.

Pourquoi ?

Parce que l'histoire que l'on nous a racontée dit qu'à un
moment déterminé de nos vies « nous atteignons notre limite ». Une fois de plus, je me souvenais que j'avais lutté
pour me dérober à mon destin d'écrivain, et comment Esther n'avait jamais accepté que l'accommodateur dictât les
règles de mon rêve. Ce simple paragraphe que je venais de
lire allait bien avec l'idée d'oublier son histoire personnelle
et de ne retenir que l'instinct développé par les tragédies
et les difficultés que nous traversons : ainsi agissaient les
sorciers au Mexique, ainsi prêchaient les nomades dans
les steppes de l'Asie centrale.

L'accommodateur : *Il existe toujours un événement dans
nos vies qui est responsable du fait que nous avons cessé de
progresser.*

Cela s'appliquait en genre, en nombre et en degré aux mariages en général et à ma relation avec Esther en particulier.

Oui, je pouvais écrire l'article pour ce magazine. Je suis allé devant l'ordinateur, en une demi-heure le brouillon était prêt, et j'étais content du résultat. J'ai raconté une histoire en forme de dialogue, comme si elle était fictive, mais la conversation avait eu lieu dans une chambre d'hôtel à Amsterdam, après une journée d'intense promotion, le dîner habituel, la visite des sites touristiques, etc.

Dans mon article, j'omets totalement le nom des personnages et la situation dans laquelle ils se trouvent. Dans la vie réelle, Esther porte un gilet et regarde le canal qui passe devant notre fenêtre. Elle n'est pas encore correspondante de guerre, son regard est encore gai, elle adore son travail, voyage avec moi chaque fois qu'elle le peut, et la vie demeure une grande aventure. Je suis allongé sur le lit, en silence, j'ai la tête ailleurs, pensant au programme du lendemain.

« Je suis allée interviewer la semaine dernière un spécialiste en interrogatoires de police. Il m'a raconté comment il parvenait à arracher la plus grande partie des informations : en recourant à une technique que l'on appelle le "chaud et froid". On commence toujours avec un policier violent, qui menace de ne respecter aucune règle, hurle, frappe sur la table. Quand le détenu est terrifié, entre le "bon flic", qui exige que l'on arrête cela, offre une cigarette, se fait complice du suspect, et obtient ainsi ce qu'il désire.

— Je savais cela.

— Mais il m'a raconté quelque chose qui m'a effrayée. En 1971, un groupe de chercheurs de l'université de Stanford, aux États-Unis, a conçu une simulation de prison pour étudier la psychologie des interrogatoires : ils ont sélectionné vingt-quatre étudiants volontaires, qu'ils ont séparés entre "gardiens" et "criminels".

« Au bout d'une semaine, ils ont dû interrompre l'expérience : les "gardiens", des garçons et des filles qui avaient des valeurs normales, élevés dans de bonnes familles, s'étaient transformés en véritables monstres. L'usage de la torture était devenu courant, les abus sexuels sur les "prisonniers" étaient perçus comme une pratique normale. Les étudiants qui avaient participé au projet – aussi bien les "gardiens" que les "criminels" – étaient si gravement traumatisés qu'ils ont eu besoin de soins médicaux pendant une longue période, et l'expérience n'a jamais été répétée.

— Intéressant.

— Que veux-tu dire par "intéressant" ? Je parle de quelque chose qui est d'une suprême importance : la capacité qu'a l'homme de faire le mal chaque fois qu'il en a l'occasion. Je parle de mon travail, des choses que j'ai apprises !

— C'est cela que je trouve intéressant. Pourquoi es-tu irritée ?

— Irritée ? Comment puis-je être irritée par quelqu'un qui ne prête pas la moindre attention à ce que je dis ? Comment puis-je m'énerver avec une personne qui ne me provoque pas, qui est simplement allongée là à regarder le vide ?

— Tu as bu aujourd'hui ?

— Alors même cette question, tu ne sais pas y répondre, n'est-ce pas ? J'étais à côté de toi toute la soirée, et tu n'as pas vu si je buvais ou non ! Tu ne t'adressais à moi que lorsque tu désirais que je confirme tes propos, ou quand tu avais besoin que je raconte une belle histoire te concernant !

— Est-ce que tu ne comprends pas que je travaille depuis ce matin et que je suis épuisé ? Pourquoi ne te couches-tu pas, allons dormir et nous causerons demain.

— Parce que c'est ce que j'ai fait pendant des semaines, des mois, ces deux dernières années ! J'essaie de parler, tu es fatigué, nous allons dormir et nous causerons demain ! Et le lendemain, il y a d'autres choses à faire, une autre journée de travail, des dîners, nous allons dormir et nous causerons le jour suivant. Je passe ma vie à cela : à attendre un jour où je pourrais t'avoir de nouveau à mes côtés, jusqu'à ce que je me lasse, que je ne demande plus rien, que je me crée un monde où je puisse me réfugier chaque fois que c'est nécessaire : un monde pas trop lointain pour ne pas donner l'impression d'avoir une vie indépendante, et pas trop proche pour ne pas paraître envahir ton univers.

— Que désires-tu que je fasse ? Que je cesse de travailler ? Que j'abandonne tout ce que nous avons eu tant de mal à obtenir, et que nous fassions une croisière dans les îles de la Caraïbe ? Ne comprends-tu pas que j'aime ce que je fais et que je n'ai pas la moindre intention de changer de vie ?

— Dans tes livres, tu parles de l'importance de l'amour, de la nécessité de l'aventure, de la joie de se battre pour ses rêves. Et qui ai-je maintenant devant moi ? Quelqu'un qui ne lit pas ce qu'il écrit. Qui confond amour et convenance, aventure et risques inutiles, joie et obligation. Où est l'homme que j'ai épousé, qui écoutait ce que je disais ?

— Où est la femme que j'ai épousée ?

— Celle qui t'apportait toujours son soutien, sa tendresse et ses encouragements ? Son corps est ici, regardant le canal Singel, à Amsterdam, et je pense qu'il restera près de toi le restant de sa vie ! Mais l'âme de cette femme est à la porte de cette chambre, prête à partir.

— Pour quelle raison ?

— À cause de la maudite phrase "Nous causerons demain". Est-ce suffisant ? Si cela ne suffit pas, pense que la femme que tu as épousée était enthousiasmée par la vie, pleine d'idées, de gaieté, de désirs, et maintenant elle est en bonne voie de se transformer rapidement en ménagère.

— C'est ridicule.

— Très bien, c'est ridicule ! Une blague ! Une chose sans importance, surtout si nous pensons que nous avons tout, que nous avons réussi, que nous avons de l'argent, que nous ne parlons pas d'éventuels amants ou maîtresses, que nous n'avons jamais eu une scène de jalousie. En outre, il y a des millions d'enfants qui crèvent de faim dans le monde, il y a des guerres, des maladies, des ouragans, des tragédies qui ont lieu à chaque seconde. Alors, de quoi puis-je me plaindre ?

— Ne crois-tu pas qu'il est temps que nous ayons un enfant ?

— C'est comme cela que tous les couples que j'ai connus résolvaient leurs problèmes : en ayant un enfant ! Toi qui appréciais tellement ta liberté, qui pensais que nous devions toujours remettre à plus tard, voilà que tu as changé d'avis ?

— Je pense que c'est le bon moment.

— Eh bien, à mon avis, rien n'est plus faux ! Non, je ne veux pas un enfant de toi, je veux un enfant de l'homme que j'ai connu, qui avait des rêves, qui était à mes côtés ! Si un jour je décidais d'être enceinte, ce serait d'un homme qui me comprend, m'accompagne, m'écoute, me désire vraiment !

— Je suis certain que tu as bu. Je le promets, nous causerons demain, mais viens te coucher, je t'en prie, je suis très fatigué.

— Alors causons demain. Et si mon âme, qui est à la porte de cette chambre, décide de s'en aller, cela ne changera pas grand-chose dans notre vie.

— Elle ne s'en ira pas.

— Tu as très bien connu mon âme, mais cela fait des années que tu ne lui parles plus, tu ne sais pas à quel point elle a changé, à quel point elle te demande dé-ses-pé-ré-ment de l'écouter. Même si elle te parle de banalités, par exemple des expériences dans les universités américaines.

— Si ton âme a tellement changé, pourquoi es-tu toujours la même ?

— Par lâcheté. Parce que je crois que nous causerons demain. Pour tout ce que nous avons construit ensemble, et que je ne veux pas voir détruit. Ou pour la raison la plus grave de toutes : je me suis résignée.

— Il y a peu, tu m'accusais de tout cela.

— Tu as raison. Je t'ai observé, j'ai pensé que c'était toi, mais en réalité c'est moi. Ce soir je vais prier de toutes mes forces et de toute ma foi : je vais prier Dieu qu'il ne me permette pas de passer le restant de mes jours de cette manière. »

J'écoute les applaudissements, le théâtre est bondé. Je vais me lancer dans une activité qui me cause toujours des insomnies la veille : une conférence.

Le présentateur commence en disant qu'il n'a pas besoin de me présenter – ce qui est une absurdité, puisqu'il est là pour cela et qu'il ne tient pas compte du fait que beaucoup de gens dans la salle, venus avec des amis, ne savent peut-être pas exactement qui je suis. Mais malgré son commentaire, il finit par donner quelques données biographiques, parle de mes qualités, de mes prix, des millions de livres vendus. Il remercie les sponsors, me salue et me donne la parole.

Je remercie à mon tour. Je dis que les choses les plus importantes que j'ai à dire je les mets dans mes livres, mais je pense que j'ai une obligation envers mon public : montrer l'homme qui existe derrière ses phrases et ses paragraphes. J'explique que la condition humaine nous fait partager seulement ce que nous avons de meilleur, parce que nous sommes toujours en quête d'amour et d'acceptation. Par conséquent, mes livres seront toujours la pointe visible d'une montagne entre les nuages, ou une île dans l'océan : la lumière frappe là, tout semble à sa place, mais sous la surface il y a l'inconnu, les ténèbres, la quête incessante de soi-même.

Je raconte qu'il m'a été difficile d'écrire *Un temps pour déchirer et un temps pour coudre* et qu'il y a beaucoup de parties de ce livre que je ne comprends qu'aujourd'hui, à mesure que je le relis, comme si la création était toujours plus généreuse et plus grande que le créateur.

Je dis qu'il n'y a rien de plus ennuyeux que de lire des interviews ou d'assister à des conférences d'auteurs expliquant les personnages de leurs livres : ou bien ce qui est écrit s'explique par soi-même, ou bien c'est un livre qui ne doit pas être lu. Quand l'écrivain apparaît en public, il doit s'efforcer de montrer son univers, et non tenter d'expliquer son œuvre ; et pour cette raison je commence à parler d'un sujet plus personnel :

« Il y a quelque temps, j'étais à Genève pour une série d'interviews. À la fin d'une journée de travail, comme une amie avait annulé le dîner, je suis sorti me promener dans la ville. La nuit était particulièrement agréable, les rues désertes, les bars et les restaurants débordants de vie, tout paraissait absolument serein, en ordre, joli, et soudain...

« ... soudain, je me suis rendu compte que j'étais absolument seul.

« Évidemment, j'avais déjà été seul très souvent cette année. Évidemment, quelque part, à deux heures d'avion, ma compagne m'attendait. Évidemment, après une journée agitée comme celle-là, rien ne valait une promenade dans les rues et les ruelles de la vieille ville, sans avoir besoin de parler à personne, à contempler la beauté qui m'entourait. Mais la sensation qui est apparue était un sentiment de solitude oppressant, angoissant ; je n'avais personne avec qui partager la ville, la promenade, les commentaires que j'aurais aimé faire.

« J'ai attrapé le mobile que j'avais sur moi, finalement j'avais un bon nombre d'amis dans cette ville, mais il était trop tard pour appeler qui que ce soit. J'ai envisagé la possibilité d'entrer dans un bar, de commander un verre ; j'étais quasi certain que quelqu'un allait me reconnaître et m'inviter à m'asseoir à sa table. Mais j'ai résisté à la tentation et j'ai voulu vivre ce moment jusqu'au bout, découvrant qu'il n'est rien de pire que de sentir que personne ne s'intéresse à notre existence ou à nos commentaires sur la vie, que le monde peut parfaitement continuer à marcher sans notre présence encombrante.

« J'ai commencé à penser aux millions de personnes qui à ce moment-là se sentaient inutiles, misérables – si riches, charmantes, séduisantes soient-elles – parce que cette nuit elles étaient seules, qu'elles l'étaient hier et qu'elles le seraient probablement demain. Des étudiants qui n'ont trouvé personne avec qui sortir, des personnes âgées devant la télévision comme si c'était l'ultime salut, des hommes d'affaires dans leurs chambres d'hôtel, se demandant si ce qu'ils font a un sens, des femmes qui ont passé l'après-midi à se maquiller et à se coiffer pour aller dans un bar et faire semblant de ne pas être à la recherche d'une compagnie, voulant simplement se confirmer qu'elles sont encore attirantes ; les hommes les regardent, engagent la conversation, et elles rejettent toute approche d'un air supérieur, car elles se sentent inférieures, elles ont peur que l'on ne découvre qu'elles sont mères célibataires, qu'elles ont un emploi minable, qu'elles sont incapables de parler de ce qui se passe dans le monde vu qu'elles travaillent du matin au soir pour subvenir à leurs besoins et n'ont pas le temps de lire les nouvelles du jour.

« Des personnes qui se sont regardées dans le miroir et se trouvent laides, pensent que la beauté est fondamentale et se résignent à passer leur temps à regarder les magazines dans lesquels tout le monde est beau, riche et célèbre. Des maris et des femmes qui viennent de dîner et aimeraient causer comme ils le faisaient autrefois, mais il y a d'autres préoccupations, d'autres choses plus importantes, et la conversation peut attendre jusqu'à un lendemain qui n'arrive jamais.

« Ce jour-là, j'avais déjeuné avec une amie qui venait de divorcer et me disait : "Maintenant, j'ai toute la liberté dont j'ai toujours rêvé." C'est un mensonge ! Personne ne souhaite ce genre de liberté, nous voulons tous un engagement, quelqu'un qui soit à nos côtés pour voir les beautés de Genève, discuter de livres, d'interviews, de films, ou partager un sandwich parce qu'il n'y a plus d'argent pour en acheter deux. Il vaut mieux en manger la moitié d'un que le manger entier tout seul. Il vaut mieux être interrompu par l'homme qui désire rentrer vite chez lui parce qu'il y a un grand match de football à la télévision, ou par la femme qui s'arrête devant une vitrine et s'arrête au milieu de son commentaire sur la tour de la cathédrale – que d'avoir Genève tout entière pour soi, tout le temps et toute la tranquillité du monde pour la visiter.

« Il vaut mieux avoir faim que de rester seul. Parce que quand vous êtes seul – et je ne parle pas de la solitude que nous choisissons mais de celle que nous sommes obligés d'accepter –, c'est comme si vous ne faisiez plus partie de l'espèce humaine.

« Le bel hôtel m'attendait de l'autre côté du fleuve, avec sa suite confortable, ses domestiques attentionnés, son service de toute première qualité, et je me sentais encore plus mal, car j'aurais dû être content, satisfait de tout ce que j'avais réussi.

« Sur le chemin du retour, j'ai croisé d'autres personnes dans la même situation que moi, et j'ai noté chez elles deux sortes de regards : arrogants quand elles voulaient feindre d'avoir choisi la solitude au cœur de cette belle nuit, ou tristes si elles avaient honte d'être seules.

« Je raconte tout cela parce que je me suis souvenu récemment d'un hôtel à Amsterdam, d'une femme qui était près de moi, parlait avec moi, me racontait sa vie. Je raconte tout cela parce que même si l'Ecclésiaste dit qu'il y a un temps pour déchirer et un temps pour coudre, le temps pour coudre laisse parfois des cicatrices très profondes. Le pire, ce n'est pas de se promener dans Genève seul et misérable, c'est de donner à une personne qui est près de nous l'impression qu'elle n'a pas la moindre importance dans notre vie. »

Il y a eu un long moment de silence, puis les applaudissements.

Je suis arrivé dans un endroit sinistre, dans un quartier de Paris où il se disait que la vie culturelle était la plus intéressante de toute la ville. Il m'a fallu quelque temps pour reconnaître dans la bande de mal fagotés qui était devant moi ceux qui se présentaient tous les jeudis au restaurant arménien dans leur costume d'un blanc immaculé.

« Pourquoi portez-vous ces déguisements ? L'influence d'un film ?

— Ce ne sont pas des déguisements, a répondu Mikhail. Quand vous allez à un dîner de gala, ne changez-vous pas de vêtements, vous aussi ? Quand vous allez sur un terrain de golf, mettez-vous un costume et une cravate ?

— Alors, je modifie ma question : pourquoi avez-vous décidé d'imiter la mode des jeunes sans abri ?

— Parce qu'en ce moment, nous sommes des jeunes sans abri. Plus exactement, quatre jeunes et deux adultes sans abri.

— Je modifie ma question pour la dernière fois : que faites-vous ici, habillés de cette manière ?

— Au restaurant, nous nourrissons notre corps et nous parlons de l'Énergie à des gens qui ont quelque chose à perdre. Chez les clochards, nous nourrissons notre âme et nous parlons avec des gens qui n'ont rien à perdre. Maintenant, nous allons vers la partie la plus importante de notre travail : rencontrer le mouvement invisible qui renouvelle le monde, des gens qui vivent le jour d'aujourd'hui comme si c'était le dernier, tandis que les vieux le vivent comme si c'était le premier. »

Il parlait d'un phénomène que j'avais déjà constaté et qui semblait croître de jour en jour : des jeunes vêtus de cette manière, de vêtements sales mais extrêmement créatifs, inspirés des uniformes militaires ou des films de science-fiction. Ils pratiquaient tous le piercing. Ils avaient tous les cheveux coupés différemment. Très souvent, les groupes étaient accompagnés d'un berger allemand à l'air menaçant. J'ai demandé un jour à un ami pourquoi ils avaient toujours un chien, et il m'a donné comme explication – je sais pas si c'est vrai – que la police ne pouvait pas arrêter ses maîtres, vu qu'elle n'avait pas d'endroit pour garder l'animal.

Une bouteille de vodka a commencé à circuler – ils buvaient la même chose quand nous étions avec les clochards, et je me suis demandé si cela résultait des origines de Mikhail. J'ai bu un coup, imaginant ce qu'on dirait si quelqu'un me voyait là.

J'ai décidé que l'on dirait : « Il fait des recherches pour son prochain livre », et je me suis détendu.

« Je suis prêt. Je vais jusqu'où se trouve Esther, et j'ai besoin de certaines informations parce que je ne connais rien de votre pays.

— J'irai avec vous.

— Comment ? »

Ce n'était pas dans mes plans. Mon voyage était un retour à tout ce que j'avais perdu en moi, il se terminerait quelque part dans les steppes asiatiques, et c'était une affaire intime, personnelle, sans témoins.

« Du moment que vous payez mon billet, naturellement. Mais je dois aller au Kazakhstan, j'ai le mal du pays.

— N'avez-vous pas un travail à faire ici ? Ne devez-vous pas être tous les jeudis au restaurant, pour le spectacle ?

— Vous persistez à l'appeler spectacle. Je vous ai déjà dit qu'il s'agissait d'une rencontre, de revivre ce que nous avons perdu : la tradition de la conversation. Mais ne vous en faites pas, Anastasia – il a désigné la fille qui avait un bijou piqué dans le nez – est en train de développer son don. Elle peut s'occuper de tout pendant que je serai loin.

— Il est jaloux », a dit Alma, la femme qui jouait de l'instrument en métal qui ressemblait à un plat et racontait des histoires à la fin de la « rencontre ».

« C'est logique. » Cette fois c'était l'autre garçon, qui portait maintenant un costume tout en cuir, avec des plaques de métal, des épingles de nourrice et des broches imitant des lames de rasoir. « Mikhail est plus jeune, plus beau, plus branché sur l'Énergie.

— Et moins célèbre, moins riche, moins lié aux maîtres du pouvoir, a dit Anastasia. Du point de vue féminin, les choses s'équilibrent, ils ont tous les deux la même chance. »

Tout le monde a ri, la bouteille de vodka a fait encore un tour, j'étais le seul à ne pas trouver grâce à leurs yeux. Mais je me surprenais moi-même : cela faisait des années que je ne m'étais pas assis sur le sol d'une rue de Paris, et j'étais content.

« Apparemment, la tribu est plus grande que vous ne l'imaginez. Elle est présente de la tour Eiffel à la ville de Tarbes, où je suis allé récemment. Je ne comprends pas bien ce qui se passe.

— Je peux vous assurer qu'elle va plus loin que Tarbes et qu'elle suit des routes aussi intéressantes que le chemin de Saint-Jacques. Ils s'en vont quelque part en France ou en Europe, jurant qu'ils feront partie d'une société hors de la société. Ils redoutent de rentrer chez eux un jour, de trouver un emploi, de se marier ; ils lutteront contre cela tout le temps qu'ils le pourront. Ils sont pauvres et riches, mais l'argent ne les intéresse pas beaucoup. Ils sont complètement différents ; et pourtant, quand ils passent, la plupart des gens feignent de ne pas les voir, parce qu'ils ont peur.

— Toute cette agressivité est-elle nécessaire ?

— Elle est nécessaire : la passion de détruire est une passion créatrice. Si nous ne sommes pas agressifs, bientôt les boutiques seront pleines de vêtements comme ceux-là, les éditeurs publieront des revues spécialisées dans le nouveau mouvement qui "balaie le monde avec ses mœurs révolutionnaires", les programmes de télévision auront un espace consacré à la tribu, les sociologues écriront des traités, les psychologues conseilleront les familles – et tout ça perdra sa force. Donc, moins ils en sauront, mieux ce sera : notre attaque fonctionne comme défense.

— Je suis venu demander des informations, rien de plus. Passer cette nuit en votre compagnie peut être vraiment enrichissant, peut m'aider à m'éloigner davantage encore d'une histoire personnelle qui ne me permet plus de nouvelles expériences. Mais je n'ai pas l'intention d'emmener qui que ce soit avec moi en voyage ; si vous me refusez votre aide, la Banque des Faveurs se chargera de tous les contacts nécessaires. En outre, je pars dans deux jours – j'ai un dîner important demain soir, mais ensuite je suis libre pour deux semaines. »

Mikhail a paru hésiter.

« C'est vous qui décidez : vous avez une carte, le nom du village, vous n'aurez aucun mal à trouver la maison où elle est hébergée. Cependant, à mon avis, la Banque des Faveurs peut vous aider à atteindre Almaty, mais elle ne vous mènera pas plus loin, parce que les règles de la steppe sont différentes. Et à ce que je sache, j'ai fait quelques dépôts sur votre compte à la Banque des Faveurs, ne pensez-vous pas ? Il est temps de les racheter, ma mère me manque. »

Il avait raison.

« Nous devons nous mettre au travail, a dit l'homme marié avec Alma, lui coupant la parole.

— Pourquoi désirez-vous venir avec moi, Mikhail ? C'est seulement que votre mère vous manque ? »

Mais il n'a pas répondu. L'homme a commencé à frapper sur son tambour, Alma faisait résonner les pièces du plat en métal, et les autres demandaient l'aumône aux passants. Pourquoi désirait-il venir avec moi ? Et comment faire appel à la Banque des Faveurs dans la steppe, si je ne connaissais absolument personne ? Je pouvais obtenir un visa à l'ambassade du Kazakhstan, une voiture dans une agence de location, et un guide au consulat de France à Almaty. Avais-je besoin d'autre chose ?

J'étais paralysé, observant le groupe, ne sachant pas très bien quoi faire. Ce n'était pas le moment de discuter du voyage, j'avais du travail et une compagne qui m'attendait à la maison : pourquoi ne pas prendre congé maintenant ?

Parce que je me sentais libre. Je faisais des choses que je ne faisais plus depuis des années, je faisais de la place dans mon âme pour de nouvelles expériences, j'éloignais l'*accommodateur* de ma vie, je vivais des choses qui n'avaient peut-être pas grand intérêt pour moi, mais qui au moins étaient différentes.

Il n'y avait plus de vodka, on l'a remplacée par du rhum. Je déteste le rhum, mais il n'y avait que cela, autant m'adapter aux circonstances. Les deux musiciens jouaient de leurs instruments, et quand quelqu'un osait s'approcher, l'une des filles tendait la main pour demander une pièce. En général, les personnes pressaient le pas, mais entendaient toujours « merci, et bonne nuit » L'une d'elles, voyant qu'elle n'avait pas été agressée mais remerciée, est revenue et a donné un peu d'argent.

Après avoir assisté à cette scène pendant plus de dix minutes sans que personne de la bande m'adresse la parole, je suis entré dans un bar, j'ai acheté deux bouteilles de vodka, je suis revenu et j'ai jeté le rhum dans le caniveau. Anastasia a semblé apprécier mon geste, et j'ai essayé d'engager la conversation.

« Pouvez-vous m'expliquer pourquoi vous pratiquez le piercing ?

— Pourquoi portez-vous des bijoux ? Des chaussures à talons hauts ? Des robes décolletées même en hiver ?

— Ce n'est pas une réponse.

— Nous pratiquons le piercing parce que nous sommes les nouveaux barbares qui envahissent Rome ; comme aucun de nous ne porte d'uniforme, quelque chose doit permettre d'identifier ceux qui appartiennent aux tribus de l'invasion. »

On aurait pu croire qu'ils étaient en train de vivre un grand moment historique ; mais pour ceux qui rentraient chez eux à ce moment-là, ce n'était qu'une bande de désœuvrés qui n'avaient nulle part où dormir, occupaient les rues de Paris, dérangeaient les touristes qui faisaient tellement de bien à l'économie locale, et rendaient leurs pères et leurs mères à moitié fous de les avoir mis au monde et d'avoir perdu tout contrôle sur eux.

J'avais déjà vécu cela autrefois, quand le mouvement des hippies essayait de montrer sa force – les méga-concerts de rock, les cheveux longs, les vêtements de toutes les couleurs, le symbole viking, les doigts en « V » désignant

« paix et amour ». Et ils ont fini – comme l'a dit Mikhail – par devenir un produit de consommation de plus, ils ont disparu de la face de la terre, ils ont détruit leurs icônes.

Un homme venait, marchant tout seul dans la rue : le garçon habillé de cuir et d'épingles s'est approché de lui la main tendue et a demandé de l'argent. Mais au lieu de presser le pas et de murmurer quelque chose comme « Je n'ai pas de monnaie », l'autre s'est arrêté, a regardé tout le monde en face, et a dit tout fort :

« Je me réveille tous les jours avec à peu près cent mille euros de dettes à cause de ma maison, de la situation économique en Europe, des dépenses de ma femme ! C'est-à-dire que je suis dans une situation pire que la vôtre, et beaucoup plus tendu ! Vous ne pourriez pas me donner au moins une pièce, pour diminuer toutes ces dettes ? »

Lucrecia – celle dont Mikhail disait qu'elle était sa petite amie – a sorti un billet de cinquante euros et l'a donné à l'homme.

« Achetez un peu de caviar. Vous avez besoin d'un petit plaisir dans votre vie misérable. »

Comme si tout cela était le plus normal du monde, l'homme a remercié et il est parti. Cinquante euros ! La petite Italienne avait dans sa poche un billet de cinquante euros ! Et ils réclamaient de l'argent en mendiant dans la rue !

« Y en a marre de rester ici ! a dit le garçon habillé de cuir.

— Où allons-nous ? a demandé Mikhail.

— Chercher les autres. Nord ou sud ? »

Anastasia a choisi l'ouest ; en fin de compte, d'après ce que je venais d'entendre, elle était en train de développer son don.

Nous sommes passés devant la tour Saint-Jacques, là où, des siècles plus tôt, se réunissaient les pèlerins partant à Saint-Jacques-de-Compostelle, puis par la cathédrale de Notre-Dame, où se trouvaient encore quelques « nouveaux barbares ». Il n'y avait plus de vodka et je suis allé acheter deux autres bouteilles – sans même la certitude qu'ils étaient tous majeurs. Personne ne m'a remercié, ils ont trouvé cela le plus normal du monde.

J'ai constaté que j'étais déjà un peu ivre, regardant avec intérêt l'une des nouvelles venues. Ils parlaient fort, donnaient des coups de pied dans les poubelles – en réalité, d'étranges objets en métal auxquels est accroché un sac de plastique – et ils ne disaient rien, absolument rien d'intéressant.

Nous avons traversé la Seine et brusquement nous nous sommes arrêtés devant l'un de ces rubans qui servent à marquer une zone de travaux. Le ruban empêchait le passage par le trottoir : tout le monde devait descendre au milieu de la circulation et remonter sur le trottoir cinq mètres plus loin.

« Il est encore là, a dit l'un des nouveaux venus.

— Qu'est-ce qui est encore là ? ai-je demandé.

— Qui est cet individu ?

— Un ami, a répondu Lucrecia. D'ailleurs, tu as dû lire un de ses livres. »

Le nouveau venu m'a reconnu, sans manifester ni surprise ni révérence ; au contraire, il m'a demandé si je pouvais lui donner un peu d'argent – ce que j'ai refusé sur-le-champ.

« Si vous voulez savoir pourquoi le ruban est là, donnez-moi une pièce. Tout dans cette vie a un prix, vous le savez mieux que quiconque. Et l'information est l'un des produits les plus précieux au monde. »

Personne dans le groupe n'est venu à mon secours ; j'ai dû payer un euro pour la réponse.

« Ce qui est encore là, c'est ce ruban. C'est nous qui l'avons attaché. Si vous regardez bien, il n'y a pas de travaux, il n'y a rien, seulement une stupide chose en plastique blanc et rouge qui interrompt le passage sur un stupide trottoir. Mais personne ne demande ce qu'elle fait là : ils descendent du bord du trottoir, ils marchent sur la chaussée en risquant de se faire renverser, et ils remontent plus loin. Au fait, j'ai lu que vous aviez eu un accident, c'est vrai ?

— Justement parce que j'étais descendu du bord du trottoir.

— Ne vous en faites pas. Quand les gens font cela, ils font doublement attention : c'est ce qui nous a inspiré l'usage du ruban – leur faire savoir ce qui se passe autour.

— Ce n'est pas du tout cela, a dit la fille que je trouvais attirante. Ce n'est qu'une plaisanterie, pour nous moquer des gens qui obéissent sans savoir à quoi ils obéissent. Cela n'a pas de raison, cela n'a pas d'importance, et personne ne sera renversé. »

Le groupe s'est agrandi, ils étaient maintenant onze personnes et deux bergers allemands. Ils ne demandaient plus d'argent, parce que personne n'osait approcher la bande de sauvages qui semblaient s'amuser de la peur qu'ils causaient. Il n'y avait plus d'alcool, ils m'ont tous regardé comme si j'étais dans l'obligation de les enivrer, et ils m'ont demandé d'acheter une autre bouteille. J'ai compris que c'était mon « passeport » pour la pérégrination, et je me suis mis en quête d'un magasin.

La fille que j'avais trouvée intéressante – et qui avait l'âge d'être ma fille – a paru remarquer que je la regardais, et elle a engagé la conversation. Je savais que ce n'était qu'une manière de me provoquer, mais j'ai accepté. Elle ne m'a rien dit de sa vie personnelle, elle m'a demandé si je savais combien de chats et combien de colonnes se trouvaient sur le revers d'un billet de dix dollars.

« Des chats et des colonnes ?

— Vous ne savez pas. Vous n'accordez aucune valeur à l'argent. Eh bien, sachez que quatre chats et onze colonnes de lumière y sont dessinés. »

Quatre chats et onze colonnes ? Je me suis promis de le vérifier la prochaine fois que je verrais un billet.

« Des drogues circulent par ici ?

— Quelques-unes, surtout l'alcool. Mais très peu, ce n'est pas dans notre style. Les drogues, c'est plutôt pour votre génération, non ? Ma mère, par exemple, elle se drogue en faisant la cuisine pour la famille, en faisant compulsivement le ménage, en souffrant pour moi. Quand les affaires de mon père vont mal, elle souffre. Croyez-vous cela ? Elle souffre ! Elle souffre pour moi, pour mes parents, pour mes frères, pour tout. Comme je devais dépenser beaucoup d'énergie à faire semblant d'être contente tout le temps, j'ai préféré quitter la maison. »

Bon, c'était une histoire personnelle.

« Comme votre femme, a dit un jeune blond avec un bijou piqué dans la paupière. Elle aussi elle est partie : c'est parce qu'elle devait faire semblant d'être contente ? »

Là aussi ? Aurait-elle donné à l'un d'eux un morceau de ce tissu taché de sang ?

« Elle aussi souffrait, a dit Lucrecia en riant. Mais d'après ce que nous savons, elle ne souffre plus : c'est cela le courage !

— Qu'est-ce que ma femme faisait ici ?

— Elle accompagnait le Mongol, avec ses idées bizarres sur l'amour, que nous ne commençons à comprendre que maintenant. Et elle posait des questions. Elle racontait son histoire. Un beau jour, elle a cessé de poser des questions et de raconter son histoire : elle a dit qu'elle était lasse de se plaindre. Nous lui avons suggéré de tout abandonner et de venir avec nous, nous avions un projet de voyage en Afrique du Nord. Elle a remercié, elle a expliqué qu'elle avait d'autres plans et qu'elle irait dans la direction opposée.

— Tu n'as pas lu son nouveau livre ? a demandé Anastasia.

— On m'a dit qu'il était trop romantique, ça ne m'intéresse pas. Quand est-ce qu'on va acheter cette foutue boisson ? »

Les gens nous laissaient passer comme si nous étions des samouraïs entrant dans un village, des bandits arrivant dans une ville de l'Ouest, des barbares entrant dans Rome. Bien qu'aucun d'eux ne fît le moindre geste menaçant, l'agressivité était dans les vêtements, le piercing, les conversations à voix forte, la différence. Nous sommes enfin arrivés à un magasin qui vendait de l'alcool : à ma grande désolation et affliction, ils sont tous entrés et ont commencé à s'égailler dans les rayons.

Qui connaissais-je ici ? Seulement Mikhail, et je ne savais même pas si son histoire était vraie. Et s'ils volaient ? Si l'un d'entre eux avait une arme ? J'étais avec cette bande, serais-je considéré comme le responsable parce que j'étais le plus vieux ?

L'homme à la caisse ne quittait pas des yeux le miroir placé au plafond de la supérette. Le groupe, le sachant inquiet, s'éparpillait, ils se faisaient des gestes les uns aux autres, la tension montait. Pour ne pas avoir à supporter ça plus longtemps, j'ai attrapé en vitesse trois bouteilles de vodka et me suis dirigé rapidement vers la caisse.

Une femme qui était en train de payer une plaque de chocolat a déclaré que de son temps à Paris il y avait des bohémiens, des artistes, mais pas des bandes de SDF qui menaçaient tout le monde. Et elle a suggéré au caissier d'appeler la police.

« Je suis certaine qu'un malheur va arriver dans les minutes qui viennent », a-t-elle dit à voix basse.

Le caissier était terrifié par l'invasion de son petit monde, le fruit d'années de travail et de nombreux emprunts, où probablement son fils travaillait le matin, sa femme l'après-midi et lui le soir. Il a fait un signe à la femme et j'ai compris qu'il avait déjà appelé la police.

Je déteste avoir à me mêler de choses au sujet desquelles on ne m'a pas demandé mon avis. Mais je déteste aussi être lâche ; chaque fois que cela m'arrive, je perds le respect de moi-même pendant une semaine.

« Ne vous inquiétez pas… »

C'était trop tard.

Deux policiers entraient, le patron a fait un signe, mais ces gens habillés comme des extraterrestres n'y ont pas prêté grande attention – cela faisait partie du défi d'affronter les représentants de l'ordre établi. Ils avaient dû vivre cela très souvent. Ils savaient qu'ils n'avaient commis aucun crime (sauf des attentats à la mode, mais même cela pouvait changer à la prochaine saison de la haute couture). Ils devaient avoir peur, mais ils ne le montraient pas et continuaient à discuter en hurlant.

« L'autre jour, j'ai vu un comédien qui disait : "Tous les abrutis devraient avoir écrit sur leur carte d'identité qu'ils sont des abrutis, a lancé Anastasia à qui voulait l'entendre. Comme ça, on saurait à qui l'on s'adresse." »

— C'est vrai, les abrutis sont un danger pour la société »,
a répondu la fille au visage angélique habillée en vampire,
qui un peu plus tôt me parlait des colonnes et des chats
sur le billet de dix dollars. « Ils devraient passer un examen
une fois par an, et avoir un permis pour continuer à se
promener dans les rues, comme les automobilistes ont besoin d'un permis pour conduire. »

Les policiers, qui ne devaient pas être beaucoup plus
vieux que « la tribu », ne disaient rien.

« Savez-vous ce que j'aimerais faire ? » C'était la voix de
Mikhail, mais je ne le voyais pas car il était caché par une
étagère. « Échanger les étiquettes de toutes ces marchandises. Les gens seraient perdus à tout jamais : ils ne sau-
raient plus quand manger chaud, froid, cuit ou frit. S'ils
ne lisent pas les instructions, ils ne savent pas comment
préparer les aliments. Ils n'ont plus d'instinct. »

Tous ceux qui jusque-là avaient dit quelque chose s'ex-
primaient dans un français parfait, parisien. Mais Mikhail
avait un accent.

« Je veux voir votre passeport, a dit l'agent.

— Il est avec moi. »

Les mots étaient sortis naturellement, même si je savais
que cela pouvait signifier un nouveau scandale. L'agent
m'a regardé.

« Je ne vous ai pas parlé, monsieur. Mais puisque vous
êtes intervenu et puisque vous êtes avec cette bande, j'espère que vous avez un document pour prouver qui vous
êtes. Et un bon argument pour expliquer pourquoi vous
êtes en train d'acheter de la vodka entouré de gens qui ont
la moitié de votre âge. »

J'aurais pu refuser de montrer mes papiers – la loi ne
m'obligeait pas à les porter sur moi. Mais j'ai pensé à
Mikhail. L'un des agents était maintenant près de lui,
avait-il seulement la permission de séjourner en France ?
Que savais-je de lui à part les histoires de visions et l'épilepsie ? Et si la tension du moment provoquait une crise ?

J'ai glissé la main dans ma poche et j'ai sorti mon permis
de conduire.

« Vous êtes...

— Je suis.

— J'ai pensé que c'était vous : j'ai lu un de vos livres. Mais cela ne vous met pas au-dessus de la loi. »

Le fait qu'il soit mon lecteur m'a complètement démonté. Ce garçon était là, la tête rasée, portant lui aussi un uniforme – même s'il était totalement différent des vêtements que portaient les « tribus » pour s'identifier entre elles. Peut-être un jour avait-il rêvé de la liberté d'être différent, d'agir différemment, de défier l'autorité de manière subtile, sans l'infraction explicite qui mène en prison. Mais il devait avoir un père qui ne lui avait jamais laissé le choix, une famille à entretenir, ou simplement peur d'aller au-delà de son monde connu.

J'ai répondu aimablement :

« Je ne suis pas au-dessus de la loi. En réalité, personne n'a violé aucune loi. À moins que le monsieur de la caisse ou la dame qui achète du chocolat ne souhaitent porter plainte formellement. »

Quand je me suis retourné, la femme qui parlait des artistes et des bohémiens de son temps, la prophétesse d'une tragédie à venir, la maîtresse de la vérité et des bonnes mœurs avait disparu. Elle allait certainement rapporter aux voisins le lendemain matin que grâce à elle un braquage avait été interrompu.

« Je n'ai aucune plainte à formuler, a dit l'homme à la caisse, je me suis laissé piéger par un monde dans lequel les gens parlaient fort, mais apparemment ne faisaient aucun mal.

— La vodka, c'est pour monsieur ? »

J'ai acquiescé de la tête. Ils savaient que toute la bande était ivre, mais ils n'avaient pas envie de faire toute une histoire pour une affaire qui ne présentait pas grand danger.

« Un monde sans abrutis, ce serait le chaos ! » C'était la voix de celui qui portait des vêtements de cuir avec des chaînes. « Au lieu de chômeurs comme on en a aujourd'hui, il y aurait du travail en trop, et personne pour travailler ! »

J'ai pris une voix autoritaire, tranchante.

« Plus personne ne dit un mot ! »

Et à ma surprise, le silence s'est fait. Mon cœur bouillait à l'intérieur, mais j'ai continué à parler avec les policiers, comme si j'étais la personne la plus calme du monde.

« S'ils étaient dangereux, ils ne seraient pas provocants. »

Le policier s'est tourné vers le caissier :

« Si vous avez besoin de nous, nous ne sommes pas loin. »

Et avant de sortir, il a lancé à son collègue, de manière que sa voix résonne dans tout le magasin :

« J'adore les abrutis : sans eux, à l'heure qu'il est, serait peut-être obligés d'affronter des braqueurs.

— Tu as raison, a répondu le collègue. Les abrutis nous distraient, et c'est sans danger. »

Avec les politesses d'usage, ils ont pris congé de moi.

La seule chose qui m'est venue à l'esprit en sortant du magasin a été de briser immédiatement les bouteilles de vodka ; mais l'une d'elles a été sauvée de la destruction et elle est passée rapidement de bouche en bouche. À la manière dont ils buvaient, j'ai vu qu'ils avaient eu peur – aussi peur que moi. À cette différence près que, se sentant menacés, ils avaient attaqué.

« Je ne me sens pas bien, a dit Mikhail. Allons-y. »

Je ne savais pas ce qu'il voulait dire par « y aller » : chacun chez soi ? Chacun dans sa cité, ou sous son pont ? Personne ne m'a demandé si moi aussi j'allais « y aller », de sorte que j'ai continué à les accompagner. Le commentaire « je ne me sens pas bien » me gênait – nous ne parlerions plus cette nuit-là du voyage en Asie centrale. Devais-je prendre congé ? Ou devais-je aller jusqu'au bout, pour voir ce que signifiait ce « Allons-y » ? J'ai découvert que je m'amusais et que j'aurais bien aimé tenter de séduire la fille habillée en vampire.

En avant, donc.

Et la fuite au moindre signe de danger.

Pendant que nous nous rendions dans un lieu que je ne connaissais pas, je réfléchissais à tout ce que j'étais en train de vivre. Une tribu. Un retour symbolique au temps où les hommes voyageaient, se protégeaient en vivant en groupe, et où la survie dépendait de peu de chose. Une tribu au milieu d'une autre tribu hostile appelée société, traversant ses champs, une bande de gens qui faisaient peur parce qu'ils étaient constamment défiés, qui s'étaient réunis dans une société idéale, dont je ne savais rien d'autre que le piercing et les vêtements qu'ils portaient. Quelles étaient leurs valeurs ? Que pensaient-ils de la vie ? Comment gagnaient-ils de l'argent ? Faisaient-ils des rêves, ou leur suffisait-il de parcourir le monde ? Tout cela était beaucoup plus intéressant que le dîner auquel je devais me rendre le lendemain, où je savais déjà absolument tout ce qui allait se passer. J'étais convaincu que ce devait être l'effet de la vodka, mais je me sentais libre, mon histoire personnelle s'éloignait de plus en plus, il ne restait que le présent, l'instinct, le Zahir avait disparu...

Le Zahir ?

Il avait disparu, mais à présent je me rendais compte qu'un Zahir, c'était plus qu'un homme obsédé par un objet, une des mille colonnes de la mosquée de Cordoue, comme le disait la nouvelle de Borges, ou une femme en Asie centrale, comme l'avait été ma terrible expérience pendant deux ans. Le Zahir, c'était la fixation sur tout ce qui avait été transmis de génération en génération, ne laissant aucune question sans réponse, occupant tout l'espace, ne nous permettant jamais d'envisager la possibilité que les choses changent.

Le Zahir tout-puissant semblait naître avec chaque être humain et acquérir toute sa force au cours de l'enfance, imposant ses règles, qui dès lors seraient toujours respectées :

Les gens différents sont dangereux, ils appartiennent à une autre tribu, ils veulent nos terres et nos femmes.

Nous devons nous marier, avoir des enfants, reproduire l'espèce.

L'amour est petit, il n'y en a que pour un ou une, et attention ! toute tentative pour dire que le cœur est plus grand que cela est considérée comme maudite.

Quand nous nous marions, nous sommes autorisés à prendre possession du corps et de l'âme de l'autre.

Nous devons faire un travail que nous détestons, parce que nous faisons partie d'une société organisée, et si tout le monde faisait ce qu'il aime, plus rien ne marcherait droit.

Nous devons acheter des bijoux – cela nous identifie à notre tribu, de même que le piercing permet de reconnaître une tribu différente.

Nous devons être amusants et traiter avec ironie les gens qui expriment leurs sentiments – il est dangereux pour la tribu de laisser l'un de ses membres montrer ce qu'il ressent.

Il faut éviter au maximum de dire non, car on nous aime davantage quand nous disons oui – et cela nous permet de survivre en terrain hostile.

Ce que les autres pensent est plus important que ce que nous ressentons.

Ne faites jamais de scandale, cela peut attirer l'attention d'une tribu ennemie.

Si vous vous comportez différemment, vous serez expulsé de la tribu, car vous pourriez contaminer les autres et désintégrer ce qu'il a été si difficile d'organiser.

Nous devons nous demander comment vivre dans les nouvelles cavernes, et si nous ne savons pas très bien, nous appelons un décorateur, qui fera de son mieux pour montrer aux autres que nous avons bon goût.

Nous devons manger trois fois par jour, même sans faim ; nous devons jeûner quand nous sortons des canons de la beauté, même si nous sommes affamés.

Nous devons nous habiller à la mode, faire l'amour avec ou sans envie, tuer au nom des frontières, désirer que le temps passe rapidement et que la retraite vienne vite, élire des politiciens, nous plaindre du coût de la vie, changer de coiffure, maudire ceux qui sont différents, aller à un culte religieux le dimanche, ou le samedi, ou le vendredi, cela dépend de la religion, et là demander pardon pour nos péchés, être remplis d'orgueil parce que nous connaissons la vérité et mépriser l'autre tribu qui adore un faux dieu.

Les enfants doivent nous suivre, car nous sommes plus vieux et nous connaissons le monde.

Ils doivent toujours avoir un diplôme de faculté, même s'ils ne trouveront jamais un emploi dans le domaine professionnel qu'on les a obligés de choisir.

Étudier des choses qui ne leur serviront jamais, mais dont quelqu'un a dit qu'il était important de les connaître : l'algèbre, la trigonométrie, le code d'Hammourabi.

Ne jamais attrister leurs parents, même si cela signifie renoncer à tout ce qui leur fait plaisir.

Écouter de la musique bas, parler bas, pleurer en cachette, parce que je suis le tout-puissant Zahir, celui qui a dicté les règles du jeu, la distance entre les rails, l'idée de la réussite, la manière d'aimer, l'importance des récompenses.

Nous nous sommes arrêtés devant un immeuble relativement chic, dans un quartier luxueux. Quelqu'un a tapé le code à la porte d'entrée, et nous sommes tous montés au troisième étage. J'ai imaginé que j'allais rencontrer le genre de famille compréhensive qui tolère les amis du fils – du moment qu'il ne s'éloigne pas trop et qu'elle puisse tout contrôler. Mais quand Lucrecia a ouvert la porte, tout était sombre ; à mesure que mes yeux s'habituaient à la lumière de la rue qui filtrait par les fenêtres, j'ai discerné une grande salle vide, dont la seule décoration était une cheminée qui n'avait pas dû servir depuis des années.

Un garçon de deux mètres ou presque, cheveux blonds, long manteau en gabardine, les cheveux coupés à la manière des Indiens sioux d'Amérique, est allé à la cuisine et est revenu avec des bougies allumées. Ils se sont tous assis en cercle par terre, et pour la première fois de la nuit j'ai eu peur : on se serait cru dans un film de terreur, un rituel satanique sur le point de commencer – et la victime, ce serait l'étranger malavisé qui avait décidé de les accompagner.

Mikhail était pâle, ses yeux s'agitaient de façon désordonnée, ne parvenant à se fixer nulle part, ce qui a encore accru mon malaise. Il allait avoir une crise d'épilepsie : est-ce que ces gens savaient quoi faire dans une situation comme celle-là ? Ne valait-il pas mieux que je m'en aille, pour ne pas être mêlé à une tragédie ?

Peut-être était-ce là l'attitude la plus sage, en cohérence avec la vie d'un écrivain célèbre qui écrit sur la spiritualité et par conséquent doit donner l'exemple. Oui, si j'avais été raisonnable, j'aurais dit à Lucrecia qu'en cas de crise elle devait mettre quelque chose dans la bouche de son petit ami pour éviter que sa langue ne s'enroule et qu'il ne meure étouffé. Évidemment elle devait le savoir, mais dans le monde des adeptes du Zahir social on ne laisse rien au hasard, on doit être en paix avec sa conscience.

Avant mon accident, j'aurais agi ainsi. Mais maintenant mon histoire personnelle n'avait plus d'importance. Elle cessait d'être histoire et redevenait légende, quête, aventure, voyage en moi et hors de moi. J'étais de nouveau dans un temps où les choses autour de moi se transformaient, et je désirais qu'il en fût ainsi jusqu'à la fin de mes jours (je me suis souvenu de ma plaisanterie au sujet de l'épitaphe : « Il est mort tandis qu'il était en vie »). Je portais avec moi les expériences de mon passé, qui me permettaient de réagir vite et avec précision, mais je ne me rappelais pas tout le temps les leçons que j'avais apprises. Imagine-t-on un guerrier, en plein combat, qui s'arrêterait pour décider quel est le meilleur coup ? Il mourrait en un clin d'œil.

Et le guerrier qui était en moi, fort de son intuition et de sa technique, a décidé qu'il fallait rester ; poursuivre l'expérience de cette nuit, même s'il était tard, qu'il était ivre, fatigué, et craignait que Marie ne soit éveillée, inquiète ou furieuse. Je suis allé m'asseoir près de Mikhail, pour pouvoir agir rapidement en cas de convulsion.

Et j'ai remarqué qu'il semblait maîtriser la crise ! Peu à peu il s'est calmé, ses yeux ont retrouvé l'intensité de ceux du jeune homme vêtu de blanc sur l'estrade du restaurant arménien.

« Nous commencerons par la prière habituelle », a-t-il dit.

Et ces marginaux, jusque-là ivres et agressifs, ont fermé les yeux et se sont donné la main pour former un grand cercle. Même les deux bergers allemands semblaient à présent inoffensifs, couchés dans un coin de la salle.

« Ô Maîtresse, quand je regarde les voitures, les vitrines, les gens qui ne voient personne, les édifices et les monuments, je perçois en eux Ton absence. Rends-nous capables de Te faire revenir. »

D'une seule voix, le groupe a continué.

« Ô Maîtresse, nous reconnaissons Ta présence dans les épreuves que nous traversons. Aide-nous à ne pas renoncer. Que nous pensions à Toi avec tranquillité et

227

détermination, même dans les moments où il est difficile d'accepter que nous T'aimons. »

J'ai vu qu'ils avaient tous le même symbole

dans un coin de leurs vêtements. Quelquefois c'était une broche, ou une plaque de métal, ou une broderie, ou même un dessin fait au stylo sur le tissu.

« J'aimerais dédier cette nuit à l'homme qui se trouve à ma droite. Il s'est assis à côté de moi parce qu'il désire me protéger. »

Comment le savait-il ?

« C'est quelqu'un de bien : il a compris que l'amour transforme, et il se laisse transformer. Il porte encore dans l'âme beaucoup de son histoire personnelle, mais il essaie autant que possible de s'en délivrer, et c'est pour cela qu'il est resté avec nous. Il est le mari de la femme que nous connaissons tous, qui m'a laissé une relique comme preuve de son amitié, et comme talisman. »

Mikhail a sorti le morceau de tissu taché de sang et l'a placé devant lui.

« C'est une partie de la chemise du soldat inconnu. Avant de mourir, il a demandé à la femme : "Coupez mon vêtement, et partagez-le avec ceux qui croient à la mort, et qui pour cette raison sont capables de vivre aujourd'hui comme si c'était leur dernier jour sur Terre. Dites-leur que je viens de voir la face de Dieu ; qu'ils n'aient pas peur, mais qu'ils ne se démoralisent pas. Qu'ils cherchent la seule vérité, qui est l'amour. Qu'ils vivent en accord avec ses lois." »

Tous ont regardé avec révérence le morceau de tissu.

« Nous sommes nés au temps de la révolte. Nous nous y consacrons avec enthousiasme, nous risquons nos vies et notre jeunesse, et soudain nous avons peur ; la joie initiale fait place aux vrais défis : la fatigue, la monotonie, les doutes sur notre propre capacité. Nous constatons que certains amis ont renoncé. Nous sommes obligés d'affronter la solitude, les surprises des virages inconnus, et après quelques chutes sans personne à côté de nous pour nous aider, nous finissons par nous demander si cela vaut la peine de faire tant d'efforts. »

Mikhail a fait une pause.

« Cela vaut la peine de continuer. Et nous continuerons, même si nous savons que notre âme, bien qu'elle soit éternelle, est en ce moment prisonnière dans la toile du temps, avec ses opportunités et ses limitations. Nous essaierons, tant que ce sera possible, de nous libérer de cette toile. Quand ce ne sera plus possible, nous retournerons à l'histoire que l'on nous a racontée, mais nous nous souviendrons de nos batailles et nous serons prêts à reprendre le combat si les conditions redeviennent favorables. Amen.

— Amen, ont-ils tous répété.

— Je dois causer avec la Maîtresse, a dit le garçon blond aux cheveux coupés comme un Indien d'Amérique.

— Pas aujourd'hui. Je suis fatigué. »

Il y a eu un murmure de déception général : contrairement au restaurant arménien, ici on connaissait l'histoire de Mikhail et de la « présence » qui, pensait-il, était à côté de lui. Il s'est levé et il est allé à la cuisine chercher un verre d'eau. Je l'ai accompagné.

Je lui ai demandé comment ils avaient trouvé cet appartement ; il m'a expliqué que la loi française permet à tout citoyen d'occuper légalement un immeuble qui n'est pas utilisé par son propriétaire. En d'autres termes, c'était un squat.

L'idée que Marie m'attendait commençait à me déranger. Il m'a pris par le bras.

« Vous avez dit aujourd'hui que vous partiez pour la steppe. Je ne le répéterai plus : je vous en prie, emmenez-moi avec vous. Je dois retourner dans mon pays, même si c'est pour peu de temps, mais je n'ai pas d'argent. Mon peuple, ma mère et mes amis me manquent. Je pourrais dire "la voix me dit que vous aurez besoin de moi", mais ce n'est pas vrai, vous pouvez trouver Esther sans aucun problème, et sans aucune aide. Mais je dois me nourrir de l'énergie de ma terre.

— Je peux vous donner l'argent pour un billet aller-retour.

— Je le sais. Mais j'aimerais être là-bas avec vous, marcher jusqu'au village où elle vit, sentir le vent sur mon visage, vous aider à parcourir le chemin qui vous mène à la femme que vous aimez. Elle a compté – et elle compte encore – beaucoup pour moi. En voyant ses transformations et sa détermination, j'ai beaucoup appris, et je veux apprendre encore. Vous souvenez-vous de la fois où j'ai parlé des "histoires non terminées" ? J'aimerais être à vos côtés jusqu'au moment où la maison apparaîtra devant nous. Ainsi, j'aurai vécu jusqu'au bout cette période de votre vie, et de la mienne. Quand la maison apparaîtra, je vous laisserai seul. »

Je ne savais que dire. J'ai essayé de changer de sujet, et j'ai demandé qui étaient ces personnes dans la salle.

« Des gens qui ont peur de finir comme vous, une génération qui a rêvé de changer le monde, mais a fini par se rendre à la "réalité". Nous faisons semblant d'être forts parce que nous sommes faibles. Nous sommes encore peu nombreux, très peu nombreux, mais j'espère que c'est passager ; les gens ne peuvent pas se tromper tout le temps.

« Et que répondez-vous à ma question ?

— Mikhail, vous savez que je cherche sincèrement à me libérer de mon histoire personnelle. Il y a quelque temps, j'aurais trouvé beaucoup plus confortable et beaucoup plus pratique de voyager avec vous qui connaissez la région, les coutumes et les dangers éventuels. Mais maintenant je pense que je dois dérouler seul le fil d'Ariane, sortir du labyrinthe dans lequel je me suis engagé. Ma vie a changé, on dirait que j'ai rajeuni de dix ans, vingt ans – et cela suffit pour vouloir partir en quête d'aventure.

— Quand partez-vous ?

— Dès que j'aurai obtenu le visa. Dans deux ou trois jours.

— La Maîtresse vous accompagne. La voix dit que c'est le bon moment. Si vous changez d'avis, prévenez-moi. »

J'ai enjambé tous ces jeunes gens allongés par terre, prêts à s'endormir. En rentrant chez moi, je pensais que la vie était beaucoup plus gaie que je ne l'aurais cru quand on atteint mon âge et qu'il était toujours possible de redevenir jeune et fou. J'étais tellement concentré sur le moment présent que j'ai été surpris en voyant que les gens ne s'écartaient pas pour me laisser passer, ne baissaient pas les yeux de crainte. Personne ne remarquait même ma présence, mais j'aimais l'idée, la ville était de nouveau la même que lorsque Henri IV, critiqué pour avoir trahi sa religion protestante et épousé une catholique, avait répondu : « Paris vaut bien une messe. »

Il valait beaucoup mieux que cela. Je revoyais les massacres des guerres de Religion, les rites sanglants, les rois, les reines, les musées, les châteaux, les peintres qui souffraient, les écrivains qui s'enivraient, les philosophes qui se suicidaient, les militaires qui complotaient pour conquérir le monde, les traîtres qui d'un geste renversaient une dynastie, des histoires qui à un moment donné avaient été oubliées, et qu'à présent on se rappelait et racontait de nouveau.

Pour la première fois depuis longtemps, je suis rentré chez moi et je ne suis pas allé jusqu'à l'ordinateur pour vérifier si quelqu'un m'avait écrit, s'il y avait un message auquel il fallait répondre sans attendre : il n'y avait absolument rien qui ne puisse être reporté. Je ne suis pas allé dans la chambre voir si Marie dormait, je savais qu'elle faisait seulement semblant.

Je n'ai pas allumé la télévision pour voir les journaux de la nuit, c'étaient les mêmes informations que celles que j'entendais depuis l'enfance : tel pays en menace un autre, quelqu'un a trahi quelqu'un, l'économie va mal, un grand drame passionnel vient de se produire, Israël et la Palestine ne sont pas parvenus à un accord, une nouvelle bombe a explosé, un ouragan a laissé des milliers de gens sans abri.

Je me suis souvenu que le matin, faute d'attentats terroristes, les grandes chaînes d'information donnaient en ouverture une rébellion en Haïti. En quoi Haïti m'intéressait-il ? Quelle différence cela faisait-il dans ma vie, dans la vie de ma femme, dans le prix du pain à Paris, ou dans la tribu de Mikhail ? Comment pouvais-je passer cinq minutes de ma précieuse vie à écouter parler des rebelles et du président, à voir les mêmes scènes de manifestations de rue répétées à l'infini, et tout cela présenté comme si c'était un grand événement pour l'humanité : une rébellion en Haïti ! Je l'avais cru ! J'avais regardé jusqu'au bout ! Les abrutis méritent vraiment une carte d'identité particulière, car ce sont eux qui entretiennent l'abrutissement collectif.

J'ai ouvert la fenêtre, j'ai laissé entrer l'air glacé de la nuit, je me suis déshabillé, je me suis dit que je pouvais me contrôler et résister au froid. Je suis resté là sans penser à rien, sentant seulement que mes pieds foulaient le sol, que mes yeux étaient fixés sur la tour Eiffel, que mes oreilles entendaient des chiens, des sirènes, des conversations que je ne pouvais pas comprendre.

Je n'étais pas moi, je n'étais rien, et cela me semblait merveilleux.

« Tu es bizarre.

— Comment ça, je suis bizarre ?

— Tu as l'air triste.

— Mais je ne suis pas triste. Je suis contente.

— Tu vois ? Le ton de ta voix sonne faux, tu es triste à cause de moi, mais tu n'oses rien dire.

— Pourquoi serais-je triste ?

— Parce que hier je suis rentré tard et ivre. Tu ne m'as même pas demandé où j'étais allé.

— Cela ne m'intéresse pas.

— Pourquoi cela ne t'intéresse pas ? N'avais-je pas annoncé que j'allais sortir avec Mikhail ?

— Et tu n'es pas sorti ?

— Si.

— Alors, que veux-tu que je te demande ?

— Ne penses-tu pas que quand ton petit ami rentre tard et que tu dis que tu l'aimes, tu devrais au moins essayer de savoir ce qui s'est passé ?

— Que s'est-il passé ?

— Rien. Je suis sorti avec lui et un groupe d'amis.

— Alors très bien.

— Tu le crois ?

— Bien sûr je le crois.

— Je pense que tu ne m'aimes plus. Tu n'es pas jalouse. Tu es indifférente. Est-ce normal que je rentre à deux heures du matin ?

— Ne dis-tu pas que tu es un homme libre ?

— Bien sûr que je le suis.

— Alors, il est normal que tu rentres à deux heures du matin. Et que tu fasses comme tu l'entends. Si j'étais ta mère, je serais inquiète, mais tu es adulte, non ? Il faut que les hommes cessent de se comporter comme si les femmes devaient les traiter comme des enfants.

— Je ne parle pas de ce genre de préoccupation. Je parle de jalousie.

— Serais-tu comblé si je faisais une scène maintenant, au petit déjeuner ?

— Ne fais pas cela, les voisins vont entendre.

— Peu m'importent les voisins : je ne le fais pas parce que je n'en ai pas la moindre envie. J'ai eu du mal, mais j'ai finalement accepté ce que tu m'avais dit à Zagreb, et j'essaie de m'habituer à l'idée. Mais si cela te fait plaisir, je peux faire semblant d'être jalouse, contrariée, affolée.

— Tu es bizarre, je te l'ai dit. Je commence à penser que je ne compte plus du tout dans ta vie.

— Et moi je commence à penser que j'ai oublié qu'il y avait un journaliste qui t'attend au salon, qui écoute peut-être notre conversation. »

Ah ! oui, le journaliste. Me mettre en pilotage automatique, parce que je connais déjà les questions qu'il va poser. Je sais comment commence l'interview (« Parlons de votre livre, quel en est le message principal ? »), je sais ce que je vais répondre (« Si j'avais voulu transmettre un message, j'aurais écrit une phrase, pas un livre »).

Je sais qu'il va demander ce que je pense de la critique, qui en général est très dure avec mon travail. Je sais qu'il va finir notre conversation par la phrase : « Écrivez-vous déjà un nouveau livre ? Quels sont vos projets suivants ? » À quoi je répondrai : « C'est secret. »

L'interview commence comme prévu :

« Parlons de votre livre. Quel en est le message principal ?

— Si j'avais voulu transmettre un message, j'aurais écrit une seule phrase.

— Et pourquoi écrivez-vous ?

— Parce que c'est le moyen que j'ai trouvé pour partager avec les autres mes émotions. »

La phrase faisait partie aussi du pilotage automatique, mais je m'arrête et je me corrige :

« Cependant, on peut raconter cette histoire d'une manière différente.

— Une histoire qui aurait pu être racontée d'une manière différente ? Voulez-vous dire que vous n'êtes pas satisfait d'*Un temps pour déchirer et un temps pour coudre* ?

— Je suis très satisfait du livre, mais insatisfait de la réponse que je viens de vous donner. Pourquoi j'écris ? La

235

vraie réponse est la suivante : j'écris parce que je veux être aimé. »

Le journaliste m'a regardé d'un air soupçonneux : quelle sorte de déclaration personnelle était-ce là ?

« J'écris parce que, quand j'étais adolescent, je ne jouais pas bien au football, je n'avais pas de voiture, je n'avais pas une bonne pension, je n'avais pas de muscles. »

Je faisais un immense effort pour continuer. La conversation avec Marie m'avait rappelé un passé qui n'avait plus de sens, il fallait que je parle de ma vraie histoire personnelle, que je m'en délivre. J'ai poursuivi :

« Je ne portais pas non plus de vêtements à la mode. Les filles de ma bande ne s'intéressaient qu'à cela, et elles ne faisaient pas attention à moi. Le soir, quand mes amis étaient avec leurs petites copines, je profitais de mon temps libre pour m'inventer un monde où je puisse être heureux : mes compagnons, c'étaient les écrivains et leurs livres. Un beau jour j'ai écrit un poème pour une fille de ma rue. Un ami l'a trouvé dans ma chambre, l'a volé, et quand nous étions tous réunis, il l'a montré à toute la bande. Ils ont tous ri, ils ont tous trouvé cela ridicule – j'étais amoureux !

« La fille à qui j'avais dédié le poème n'a pas ri. Le lendemain après-midi, quand nous sommes allés au théâtre, elle s'est arrangée pour s'asseoir à côté de moi et elle m'a pris la main. Nous sommes sortis main dans la main : moi qui étais laid, fragile, qui n'étais pas habillé à la mode, j'étais avec la fille la plus convoitée de la bande. »

J'ai fait une pause. C'était comme si je retournais au passé, au moment où sa main touchait la mienne et changeait ma vie.

« Tout cela à cause d'un poème, ai-je poursuivi. Un poème m'a fait comprendre qu'en écrivant, en montrant mon monde invisible, je pouvais rivaliser à forces égales avec le monde visible de mes amis : la force physique, les vêtements à la mode, les voitures, la supériorité au sport. »

Le journaliste était un peu surpris, et moi encore plus. Mais il s'est contrôlé et est allé plus loin :

« Pourquoi pensez-vous que la critique est tellement dure avec votre travail ? »

236

Le pilote automatique, à ce moment, aurait répondu :
« Il suffit de lire la biographie de tous les classiques du passé – et ne vous méprenez pas, je ne me compare pas à eux – pour découvrir que la critique a toujours été implacable avec ceux-ci. La raison en est simple : les critiques sont extrêmement indécis, ils ne savent pas très bien ce qui se passe, ils sont démocratiques quand ils parlent de politique, mais ils sont fascistes quand ils parlent de culture. Ils pensent que le peuple sait choisir ses gouvernants, mais ne sait pas choisir ses films, ses livres, sa musique. »

« Avez-vous déjà entendu parler de la loi de Jante ? »

Voilà. J'avais de nouveau quitté mon pilotage automatique, même si je savais que le journaliste publierait avec réticence ma réponse.

« Non, jamais, a-t-il répondu.

— Bien qu'elle existât depuis le commencement de la civilisation, elle n'a été énoncée officiellement qu'en 1933 par un écrivain danois. Dans la petite ville de Jante, les maîtres du pouvoir inventent dix commandements enseignant la façon dont les gens doivent se comporter, et apparemment cela vaut non seulement à Jante, mais partout au monde. Si je devais résumer tout le texte en une seule phrase, je dirais : "La médiocrité et l'anonymat sont le meilleur choix. Si vous agissez de la sorte, vous n'aurez jamais de grands problèmes dans la vie. Mais si vous essayez d'être différent…"

— J'aimerais connaître les commandements de Jante, m'a interrompu le journaliste, paraissant vraiment intéressé.

— Je ne les ai pas ici, mais je peux vous résumer le texte. »

Je suis allé à mon ordinateur, et j'ai imprimé une version condensée et éditée :

Vous n'êtes personne, n'ayez pas l'audace de penser que vous en savez plus que nous. Vous n'avez aucune importance, vous ne faites rien correctement, votre travail est insignifiant, ne nous défiez pas et vous vivrez heureux. Prenez toujours au sérieux ce que nous disons, et ne riez jamais de nos opinions.

Le journaliste a plié le papier et l'a mis dans sa poche.

« Vous avez raison. Si vous n'êtes rien, si votre travail n'a aucune répercussion, alors il mérite qu'on en fasse l'éloge. Mais celui qui sort de la médiocrité et qui a du succès défie la loi et mérite d'être puni. »

Formidable qu'il soit parvenu tout seul à cette conclusion.

« Cela ne concerne pas que les critiques, ai-je ajouté, mais beaucoup plus de gens que vous ne le pensez. »

Au milieu de l'après-midi, j'ai appelé Mikhail sur son mobile :

« Partons ensemble. »

Il n'a pas manifesté la moindre surprise ; il a simplement remercié et demandé ce qui m'avait fait changer d'avis.

« Pendant deux ans, ma vie se résumait au Zahir. Depuis que je vous ai rencontré, j'ai parcouru un chemin qui avait été oublié, une voie de chemin de fer abandonnée, avec de l'herbe poussant entre les rails, mais qui sert encore à faire passer les trains. Comme je ne suis pas arrivé à la gare finale, je ne peux pas m'arrêter en chemin. »

Il a demandé si j'avais obtenu mon visa ; j'ai expliqué que la Banque des Faveurs était très active dans ma vie : un ami russe avait téléphoné à sa maîtresse, directrice d'un groupe de presse au Kazakhstan. Elle avait appelé l'ambassadeur à Paris, et en fin d'après-midi tout serait prêt.

« Quand partons-nous ?

— Demain. J'ai seulement besoin de votre vrai nom, pour pouvoir acheter les billets – l'agence attend sur l'autre ligne.

— Avant de raccrocher, je veux vous dire quelque chose : j'ai aimé votre exemple sur la distance entre les rails, j'ai aimé votre exemple de la voie de chemin de fer abandonnée. Mais dans ce cas, je ne crois pas que vous m'invitiez pour cela. Je pense que c'est à cause d'un texte que vous avez écrit, que je sais par cœur ; votre femme avait l'habitude de le citer, et il est beaucoup plus romantique que cette "Banque des Faveurs".

Un guerrier de la lumière n'oublie jamais la gratitude.

Au cours de la lutte, les anges l'ont aidé ; les forces célestes ont mis chaque chose à sa place et lui ont permis de donner le meilleur de lui-même. Alors, quand le soleil se couche, il s'agenouille et remercie le Manteau Protecteur qui l'entoure.

Ses compagnons commentent : "Comme il a de la chance !" Mais il comprend que la "chance", c'est savoir regarder autour de lui et voir où se trouvent ses amis : c'est à travers ce qu'ils lui disaient que les anges ont pu se faire entendre.

— Je ne me souviens pas toujours de ce que j'ai écrit, mais je suis content. Au revoir, je dois donner votre nom à l'agence de voyages. »

Vingt minutes pour que la centrale de taxis réponde au téléphone. Une voix désagréable me dit que je dois attendre encore une demi-heure. Marie semble gaie dans sa splendide et sensuelle robe noire, et je me souviens du restaurant arménien, quand l'homme a raconté que cela l'excitait de savoir que sa femme était désirée par les autres. Je sais que dans cette soirée de gala toutes les femmes seront habillées de telle manière que les regards se concentreront sur leurs seins et leurs courbes, et que leurs maris ou amants, sachant qu'elles sont désirées, penseront : « C'est cela, profitez-en de loin, parce qu'elle est avec moi, je le peux, je suis le meilleur, j'ai obtenu quelque chose que vous aimeriez posséder. »

Je ne vais réaliser aucune affaire, je ne vais pas signer de contrats, je ne vais pas donner d'interviews, je vais seulement assister à une cérémonie, m'acquitter d'un dépôt qui a été fait à la Banque des Faveurs, dîner à côté d'une personne ennuyeuse qui va me demander d'où vient l'inspiration de mes livres. De l'autre côté, il y aura probablement une paire de seins en vitrine, peut-être la femme de l'un de mes amis, et je devrai me contrôler tout le temps pour ne pas baisser les yeux, parce que si je fais cela une seconde, elle racontera à son mari que j'ai tenté de la séduire. Pendant que nous attendons le taxi, je fais une liste des sujets qui peuvent se présenter :

A] Des commentaires sur l'apparence : « Vous êtes très élégante », « Votre robe est très jolie », « Vous avez une mine superbe ». Quand ils rentrent chez eux, ils se disent que tout le monde était mal habillé et avait l'air malade.

B] Des voyages récents : « Vous devriez connaître Aruba, c'est fantastique », « Rien ne vaut un Martini au bord de la mer un soir d'été à Cancún ». En réalité, aucun ne s'est beaucoup amusé, ils ont seulement eu la sensation de la liberté pour quelques jours, et ils sont obligés d'aimer parce qu'ils ont dépensé de l'argent.

C] Encore des voyages, cette fois vers des lieux que l'on peut critiquer : « Je suis allé à Rio de Janeiro, vous ne pouvez pas imaginer comme cette ville est violente », « La misère dans les rues de Calcutta, c'est impressionnant ». Au fond, ils n'y sont allés que pour se sentir puissants pendant qu'ils étaient loin, et privilégiés quand ils retrouvent la réalité mesquine de leur existence, dans laquelle au moins il n'y a ni misère ni violence.

D] Les nouvelles thérapies : « Le jus de germe de blé pendant une semaine améliore l'aspect de la chevelure », « J'ai passé deux jours dans un Spa à Biarritz, l'eau ouvre les pores et élimine les toxines ». La semaine suivante, ils découvriront que le germe de blé ne possède aucune qualité, et que n'importe quelle eau chaude ouvre les pores et élimine les toxines.

E] Les autres : « Il y a longtemps que je n'ai pas vu Untel, que devient-il ? », « J'ai su qu'Unetelle avait vendu son appartement parce qu'elle est dans une situation difficile ». On peut parler de ceux qui n'ont pas été invités à la fête en question, on peut critiquer du moment qu'à la fin on prend un air innocent et compatissant, pour dire « Mais tout de même, c'est une personne extraordinaire ».

F] Des petites réclamations personnelles, juste pour mettre un peu de piquant à la table : « J'aimerais qu'il m'arrive quelque chose de nouveau dans la vie », « Je suis très préoccupé par mes enfants, ce qu'ils écoutent n'est pas de la musique, ce qu'ils lisent n'est pas de la littérature ». Ils attendent les commentaires de gens qui ont le même problème, ils se sentent moins seuls et ils s'en vont ravis.

G] Dans les soirées intellectuelles comme doit l'être celle d'aujourd'hui, nous discuterons de la guerre au Moyen-Orient, des problèmes de l'islamisme, de la nouvelle exposition, du philosophe à la mode, du livre fantastique que personne n'a lu, de la musique qui n'est plus ce qu'elle était ; nous donnerons nos opinions intelligentes, sensées, totalement opposées à tout ce que nous pensons – nous savons combien il nous est pénible d'aller dans ces expositions, de lire ces livres insupportables, d'aller voir ces films parfaitement ennuyeux, juste pour avoir quelque chose à dire dans ce genre de soirée.

Le taxi arrive, et tandis que nous nous rendons sur place, j'ajoute encore une chose très personnelle à ma liste : dire en rechignant à Marie que je déteste les dîners. Je le fais, elle dit que je finis toujours par m'amuser et adorer – ce qui est vrai.

Nous entrons dans l'un des restaurants les plus chics de la ville, nous nous dirigeons vers un salon réservé à l'événement – un prix littéraire auquel j'ai participé comme membre du jury. Tout le monde debout, bavardant, certains me saluent, d'autres me regardent simplement et se parlent entre eux, l'organisateur du prix vient vers moi, me présente à des gens qui sont là, toujours avec cette phrase agaçante : « Lui, vous savez qui c'est. » Certains sourient et me reconnaissent, d'autres se contentent de sourire, ne me reconnaissent pas mais font semblant de savoir qui je suis, car admettre le contraire serait accepter que le monde dans lequel ils vivaient n'existe plus, qu'ils ne sont plus au courant de ce qui se passe d'important.

Je me souviens de la « tribu » de la nuit dernière et j'ajoute : il faudrait mettre tous les abrutis dans un navire en haute mer, ils feraient des fêtes tous les soirs et se présenteraient indéfiniment les uns aux autres pendant plusieurs mois, jusqu'à ce qu'ils se rappellent qui est qui.

J'ai fait mon catalogue des personnes qui fréquentent des événements comme celui-là. Dix pour cent sont les « Associés », des gens qui ont un pouvoir de décision, qui sont sortis de chez eux à cause de la Banque des Faveurs, qui sont attentifs à tout ce qui peut améliorer leurs affaires, où se faire payer, où investir. Ils comprennent tout de suite si l'événement est profitable ou non, ils sont toujours les premiers à quitter la fête, ils ne perdent jamais de temps.

Deux pour cent sont les « Talents », qui ont vraiment un avenir prometteur, ont réussi à traverser quelques fleuves, ont compris que la Banque des Faveurs existe et en sont clients potentiels ; ils peuvent rendre des services importants, mais ils ne sont pas encore en condition de décider ou de prendre des décisions. Ils sont plaisants avec tout le monde, parce qu'ils ne savent pas exactement à qui ils s'adressent, et ils sont beaucoup plus ouverts que les Associés, car pour eux tous les chemins peuvent mener quelque part.

Trois pour cent sont les « Tupamaros », en hommage à un ancien groupe de guérilleros uruguayens : ils ont su s'infiltrer dans ce milieu, ils feraient tout pour un contact, ils ne savent pas s'ils doivent rester là ou aller à une autre fête qui a lieu en même temps, ils sont anxieux, ils veulent montrer tout de suite qu'ils ont du talent, mais ils n'ont pas été invités, ils n'ont pas gravi les premières montagnes, et dès qu'ils sont reconnus, ils cessent de retenir l'attention.

Enfin, les quatre-vingt-cinq pour cent restants sont les « Plateaux » – je les ai baptisés ainsi parce que, de même qu'il n'y a pas de fête sans cet ustensile, il n'y a pas d'événement sans eux. Les Plateaux ne savent pas exactement ce qui se passe, mais ils savent qu'il est important d'être là, ils sont sur la liste des organisateurs parce que le succès de la soirée dépend aussi de la quantité de gens qui y viennent. Ils sont ex-quelque chose d'important – ex-banquiers, ex-directeurs, ex-maris d'une femme célèbre, ex-femmes d'un homme qui occupe aujourd'hui un poste de pouvoir. Ils sont comtes dans un pays où il n'y a plus de monarchie, princesses et marquises vivant de la location de leur château. Ils vont d'une fête à la suivante, d'un dîner à l'autre – je me demande s'il leur arrive jamais d'être écœurés.

Quand j'ai abordé ce sujet récemment avec Marie, elle m'a dit qu'il y avait des drogués du travail et des drogués du divertissement. Les uns et les autres sont malheureux, pensant qu'ils perdent quelque chose, mais ils ne peuvent pas se passer de leur drogue.

Une femme blonde, jeune et jolie, s'approche pendant que je parle avec l'un des organisateurs d'un congrès de cinéma et de littérature, et elle déclare qu'elle a beaucoup aimé *Un temps pour déchirer et un temps pour coudre*. Elle dit qu'elle vient des pays Baltes, qu'elle travaille dans les films. Immédiatement le groupe reconnaît en elle une Tupamara, parce qu'elle a fait signe dans une direction (moi) mais ce qui l'intéresse c'est ce qui se passe à côté (les organisateurs du congrès). Bien qu'elle ait commis cette erreur quasi impardonnable, il y a encore une chance qu'elle soit un Talent inexpérimenté – l'organisatrice du congrès demande ce qu'elle veut dire par « travailler dans les films ». La fille explique qu'elle est critique pour un journal et a publié un livre (sur le cinéma ? Non, sur sa vie, sa vie courte et inintéressante, j'imagine).

Et, péché des péchés : elle va trop vite, elle demande si elle peut être invitée pour l'événement de cette année. L'organisateur réplique que mon éditrice dans son pays, qui est une femme influente et travailleuse (et très jolie, me dis-je en moi-même), a déjà été invitée. Ils se remettent à parler avec moi, la Tupamara reste quelques minutes sans savoir quoi dire, puis elle s'éloigne.

La plupart des invités d'aujourd'hui – Tupamaros, Talents et Plateaux – appartiennent au milieu artistique, vu qu'il s'agit d'un prix littéraire ; seuls les Associés se divisent entre sponsors et personnes liées à des fondations qui soutiennent les musées, les concerts de musique classique et les artistes prometteurs. Après plusieurs conversations au sujet de celui qui a exercé le plus de pressions pour gagner le prix de ce soir, le présentateur monte sur la scène, demande à tous de s'asseoir aux places marquées sur les tables (nous nous asseyons tous), fait quelques blagues (cela fait partie du rituel, et nous rions tous) et dit que l'on annoncera le nom du vainqueur entre l'entrée et le premier plat.

Je vais à la table principale ; cela me permet de rester loin des Plateaux, mais cela m'empêche également de fréquenter les Talents enthousiastes et intéressants. Je suis entre la directrice d'une entreprise d'automobiles, qui parraine la fête, et une héritière qui a décidé d'investir dans l'art – je n'en reviens pas, aucune des deux ne porte de décolleté provocant. La tablée compte encore le directeur d'une entreprise de parfums, un prince arabe (qui devait passer par Paris et a été harponné par l'une des promotrices pour donner du prestige à l'événement), un banquier israélien qui collectionne les manuscrits du XIVᵉ siècle, l'organisateur de la soirée, le consul de France à Monaco, et une blonde dont je ne sais pas très bien ce qu'elle fait là, mais déduis qu'elle est une maîtresse potentielle de l'organisateur.

Je dois à chaque instant mettre mes lunettes et, furtivement, lire le nom de mes voisins (je devrais être sur le navire que j'ai imaginé, et invité à cette même fête une dizaine de fois jusqu'à ce que je retienne les noms des convives). Ainsi que l'exige le protocole, Marie a été placée à une autre table ; à un certain moment de l'histoire, quelqu'un a inventé que dans les banquets formels on devait séparer les couples, pour laisser planer le doute sur le fait que la personne qui se trouve à côté de nous est mariée, célibataire, ou mariée mais disponible. Ou alors on s'est dit que les couples, quand ils sont assis ensemble, parlaient entre eux – et dans ce cas, pourquoi sortir, prendre un taxi et se rendre à un banquet ?

Comme je l'avais prévu sur ma liste de conversations dans les fêtes, le sujet commence à tourner autour des charmes de la culture – « Cette exposition est une merveille, la critique d'Untel est tellement intelligente ! » Je veux me concentrer sur l'entrée, caviar avec saumon et œuf, mais je suis sans cesse interrompu par les fameuses questions sur la carrière de mon nouveau livre, l'origine de mon inspiration, ou le nouveau projet auquel je travaille. Ils se montrent tous très cultivés, ils citent tous – comme par hasard, naturellement ! – une personne célèbre qu'ils connaissent et qui est leur ami intime. Ils savent tous discourir à la perfection sur l'état de la politique actuelle ou les problèmes auxquels la culture est confrontée.

« Et si nous parlions d'autre chose ? »

La phrase sort inopinément. Tout le monde à la table reste imperturbable : en fin de compte, il est très mal élevé d'interrompre les autres, et plus encore de vouloir concentrer l'attention sur soi. Mais on dirait que la promenade d'hier en clochard dans les rues de Paris a causé chez moi des dégâts irréversibles, et je ne peux plus tolérer ce genre de conversations.

« Nous pouvons parler de l'accommodateur : un moment de notre vie où nous renonçons à aller de l'avant et où nous nous conformons à ce que nous avons. »

Personne ne s'y intéresse vraiment. Je décide de changer de sujet.

« Nous pourrions rappeler qu'il est important d'oublier l'histoire que l'on nous a racontée, et d'essayer de vivre autre chose. De faire un geste différent par jour – par exemple parler à notre voisin au restaurant, visiter un hôpital, mettre le pied dans une flaque d'eau, écouter ce que l'autre a à dire, laisser l'énergie de l'amour circuler au lieu d'essayer de la mettre en pot et de la ranger dans un coin.

— Cela signifie-t-il l'adultère ? demande le patron de presse.

— Non. Cela signifie être un instrument de l'amour, et non son propriétaire. Cela nous garantit que nous sommes avec quelqu'un parce que nous le désirons, et non parce que les conventions nous y obligent. »

Très poliment, mais légèrement ironique, le consul de France à Monaco m'explique que les gens à cette table exercent ce droit et cette liberté. Tout le monde est d'accord, même si personne ne le croit.

« De sexe ! s'écrie la blonde dont personne ne sait très bien ce qu'elle fait. Pourquoi ne parlons-nous pas de sexe ? Beaucoup plus intéressant, et moins compliqué ! »

Son commentaire a le mérite du naturel. L'une de mes voisines de table émet un rire ironique, mais moi j'applaudis.

« Le sexe est en effet plus intéressant, mais je ne crois pas que ce soit autre chose, ne trouvez-vous pas ? En outre, il n'est plus interdit d'en parler.

— Et puis c'est d'un mauvais goût extrême, renchérit une autre voisine.

— Pourrais-je alors savoir ce qui est interdit ? » L'organisateur commence à se sentir mal à l'aise.

« L'argent, par exemple. Tous ici, nous avons ou nous faisons semblant d'avoir de l'argent. Nous croyons que nous avons été invités parce que nous sommes riches, célèbres, influents. Mais nous est-il déjà venu à l'esprit de profiter de ce genre de dîner pour savoir réellement ce que chacun gagne ? Puisque nous sommes tous tellement sûrs de nous, tellement importants, pourquoi ne pas regarder notre monde tel qu'il est et non tel que nous l'imaginons ?

— Où voulez-vous en venir ? demande la directrice de l'entreprise d'automobiles.

— C'est une longue histoire : je pourrais d'abord parler de Hans et Fritz assis dans un bar de Tokyo, et passer à un nomade mongol qui dit que nous devons oublier ce que nous croyons être, pour pouvoir être vraiment ce que nous sommes.

— Je n'ai rien compris.

— Je ne me suis pas non plus expliqué, mais venons-en à ce qui nous intéresse : je veux savoir ce que chacun gagne. Ce que signifie, en termes d'argent, être assis à la table principale du salon. »

Il y a un moment de silence – mon jeu n'ira pas plus loin. Les gens me regardent épouvantés : la situation financière est un tabou plus encore que le sexe, plus que les questions concernant les trahisons, la corruption, les intrigues parlementaires.

Mais le prince du pays arabe, peut-être excédé par tant de réceptions et de banquets aux conversations vides, peut-être parce que ce jour-là son médecin lui a annoncé qu'il allait mourir, ou pour une tout autre raison, décide de poursuivre la conversation :

« Je gagne autour de vingt mille euros par mois, avec l'approbation du Parlement de mon pays. Cela ne correspond pas à ce que je dépense, car je dispose d'un montant illimité que l'on appelle "représentation". Autrement dit, je suis ici avec une voiture et un chauffeur de l'ambassade, les vêtements que je porte appartiennent à l'État, demain je vais dans un autre pays européen en jet privé, avec pilote, combustible et taxes d'aéroport pris sur le budget de représentation. »

Et il conclut :

« La réalité visible n'est pas une science exacte. »

Si le prince a parlé aussi honnêtement, lui qui est hiérarchiquement la personne la plus importante de la tablée, les autres ne peuvent pas laisser Son Altesse dans l'embarras. Il faut qu'ils prennent part au jeu, à la question, à l'embarras.

« Je ne sais pas exactement combien je gagne », dit l'organisateur, un classique représentant de la Banque des Faveurs, que les gens appellent *lobbyiste*. « Autour de dix mille euros, mais je dispose également du budget de représentation des organisations que je préside. Je peux tout déduire – dîners, déjeuners, hôtels, billets d'avion, parfois même vêtements –, tout de même je n'ai pas de jet privé. »

Il n'y avait plus de vin, il a fait un signe, on a de nouveau rempli nos verres. Maintenant c'était le tour de la directrice de la firme d'automobiles, qui avait détesté l'idée mais apparemment commençait à s'amuser.

« Je pense que je gagne aussi à peu près cela, avec le même budget illimité de représentation. »

Un par un, ils ont annoncé ce qu'ils gagnaient. Le banquier était le plus riche de tous : dix millions d'euros par an, en plus des actions de sa banque qui prenaient constamment de la valeur.

Quand est venu le tour de la blonde qui n'avait pas été présentée, elle a reculé.

« Cela fait partie de mon jardin secret. Cela n'intéresse personne.

— Évidemment, cela n'intéresse personne, mais c'est un jeu », a dit l'organisateur de l'événement.

La fille s'est refusée à participer. Par son refus, elle s'est placée au-dessus de tous les autres : finalement elle était la seule du groupe qui avait des secrets. En se plaçant dans cette position supérieure, elle est devenue objet de mépris. Pour ne pas se sentir humiliée à cause de son misérable salaire, elle avait fini par humilier tout le monde, jouant la mystérieuse, sans se rendre compte que la plupart des personnes présentes vivaient au bord de l'abîme, accrochées à leurs budgets de représentation, qui pouvaient disparaître du soir au matin.

Comme il fallait s'y attendre, la question m'est finalement revenue.

« Cela dépend. Si je lance un nouveau livre, cela peut être autour de cinq millions de dollars dans l'année. Si je ne lance rien, autour de deux millions de droits restants sur les titres publiés.

— Vous avez posé cette question parce que vous vouliez dire combien vous gagnez », a dit la fille au « jardin secret ». « Personne n'est impressionné. »

Elle avait compris son faux pas, et maintenant elle essayait de rétablir la situation en partant à l'attaque.

« Au contraire, est intervenu le prince. J'imaginais qu'un artiste de votre niveau était beaucoup plus riche. »

Un point pour moi. La blonde n'ouvrirait plus la bouche pour le restant de la soirée.

La conversation sur l'argent a brisé une série de tabous, puisque le salaire était le pire de tous. Le garçon a commencé à se présenter plus souvent, les bouteilles de vin se sont vidées avec une rapidité incroyable, le présentateur/organisateur est monté sur l'estrade excessivement gai, a annoncé le nom du vainqueur, lui a remis le prix, et est revenu aussitôt à la conversation, qui n'avait pas cessé même si la bonne éducation exige que nous nous taisions lorsque quelqu'un parle. Nous parlions de ce que nous faisons de notre argent (la plupart du temps, acheter du « temps libre », pour voyager ou pratiquer un sport).

J'ai pensé engager la discussion sur ce qu'ils aimeraient que fussent leurs funérailles – la mort était un tabou aussi grand que l'argent. Mais le climat était si gai, les gens si communicatifs, que j'ai préféré me taire.

« Vous parlez d'argent, mais vous ne savez pas ce qu'est l'argent, a repris le banquier. Pourquoi les gens croient-ils qu'un papier peint, une carte en plastique ou une pièce fabriquée dans un métal de cinquième catégorie a une certaine valeur ? Pire encore : savez-vous que votre argent, vos millions de dollars, ne sont que des impulsions électroniques ? Vous ne le savez pas ? »

Bien sûr que tous le savaient.

« Eh bien au début, la richesse c'était ce que nous voyons sur ces dames, a-t-il poursuivi. Des ornements faits de choses rares, faciles à transporter, que l'on pouvait compter et partager. Des perles, des grains d'or, des pierres précieuses. Tout le monde portait sa fortune en évidence.

« Et puis on les a échangés contre du bétail, ou du grain, et personne ne sort dans les rues en portant des bêtes ou des sacs de blé. Ce qui est amusant, c'est que nous continuons à nous comporter comme une tribu primitive – nous portons des ornements pour montrer à quel point nous sommes riches, bien que très souvent nous possédions plus d'ornements que d'argent.

— C'est le code de la tribu, ai-je dit. Les jeunes de mon temps portaient les cheveux longs, les jeunes d'aujourd'hui pratiquent le piercing : cela aide à identifier ceux qui pensent comme eux, bien que cela ne serve pas à payer quoi que ce soit.

— Les impulsions électroniques que nous possédons nous permettent-elles de nous payer une heure supplémentaire de vie ? Non. De nous payer le retour des êtres chers qui ont disparu ? Non. De nous payer de l'amour ?

— L'amour oui, a dit, sur le ton de la plaisanterie, la directrice de l'entreprise d'automobiles. »

Ses yeux dénotaient une grande tristesse. J'ai pensé à Esther, à ma réponse au journaliste, à l'interview que j'avais donnée le matin. Malgré nos ornements et nos cartes de crédit, même riches, puissants et intelligents, nous savions qu'au fond, tout cela n'était fait que pour trouver de l'amour, de la tendresse, et être avec quelqu'un qui nous aime.

« Pas toujours, a dit le directeur de l'usine de parfums en me regardant.

— Vous avez raison, pas toujours, et comme vous me regardez, je comprends ce que vous voulez dire, que ma femme m'a quitté bien que je sois un homme riche. Mais presque toujours. Au passage, quelqu'un à cette table sait-il combien de chats et combien de colonnes se trouvent sur le revers d'un billet de dix dollars ? »

Personne ne le savait, et cela n'intéressait personne. La réflexion sur l'amour avait complètement détruit le climat de joie, et nous nous sommes remis à parler des prix littéraires, des expositions dans les musées, du film qui venait de sortir, de la pièce de théâtre qui avait plus de succès qu'on ne l'avait espéré.

« Comment était ta table ?

— Normale. Comme d'habitude.

— Eh bien moi, j'ai réussi à provoquer une discussion intéressante sur l'argent. Mais elle s'est terminée en tragédie.

— À quelle heure pars-tu ?

— Je pars demain matin à sept heures et demie. Toi, tu t'en vas à Berlin, nous pouvons prendre le même taxi.

— Où vas-tu ?

— Tu le sais. Tu ne me l'as pas demandé, mais tu le sais.

— Oui, je le sais.

— Tu sais également que nous sommes en train de nous dire adieu en ce moment.

— Nous pourrions retourner au temps où je t'ai connu : un homme brisé par quelqu'un qui était parti, et une femme éperdument amoureuse de quelqu'un qui vivait à côté d'elle. Je pourrais répéter ce que je t'ai dit un jour : je lutterai jusqu'au bout. J'ai lutté, et j'ai perdu – maintenant je veux soigner mes blessures et passer à autre chose.

— Moi aussi j'ai lutté, moi aussi j'ai perdu. Je n'essaie pas de recoudre ce qui s'est déchiré : je veux seulement aller jusqu'au bout.

— Je souffre tous les jours, le savais-tu ? Je souffre depuis des mois, j'essaie de te montrer que je t'aime, que rien n'a d'importance si tu n'es pas près de moi. Mais maintenant, malgré ma souffrance, j'ai décidé que cela suffisait. C'est fini. Je suis lassée. Depuis cette soirée à Zagreb, j'ai baissé la garde et je me suis dit : si le prochain coup doit venir, qu'il vienne. Qu'il m'envoie au tapis, qu'il me laisse K-O, un jour je m'en remettrai.

— Tu rencontreras quelqu'un.

— Bien sûr : je suis jeune, jolie, intelligente et désirable. Mais il me sera impossible de vivre tout ce que j'ai vécu avec toi.

— Tu connaîtras d'autres émotions. Et sache-le, même si tu ne le crois pas, je t'ai aimée pendant que nous étions ensemble.

— J'en suis certaine, mais cela ne diminue en rien ma douleur. Demain nous prendrons des taxis séparés : je déteste les séparations, surtout dans les aéroports ou dans les gares. »

LE RETOUR À ITHAQUE

« Nous allons dormir ici aujourd'hui, et demain nous partons à cheval. Ma voiture ne peut pas traverser le sable de la steppe. »

Nous sommes dans une espèce de « bunker » qui ressemble à un vestige de la Seconde Guerre mondiale. Un homme, sa femme et sa petite-fille nous ont souhaité la bienvenue et nous ont montré une chambre, simple mais propre.

Dos a continué :

« Et n'oubliez pas : choisissez-vous un nom.

— Je ne crois pas que ça l'intéresse, a dit Mikhail.

— Bien sûr que ça l'intéresse, a insisté Dos. J'étais avec sa femme récemment. Je sais ce qu'il pense, je sais ce qu'il a découvert, je sais ce qu'il attend. »

La voix de Dos était courtoise et catégorique en même temps. Oui, j'allais me choisir un nom, suivre exactement ce qui m'était suggéré, continuer à laisser de côté mon histoire personnelle et à entrer dans ma légende – ne serait-ce tout simplement que par pure fatigue.

J'étais épuisé, j'avais dormi deux heures la nuit précédente : mon corps ne s'était pas encore habitué au gigantesque décalage horaire. J'étais arrivé à Almaty vers onze heures du soir – heure locale – alors qu'en France il était six heures de l'après-midi. Mikhail m'avait laissé à l'hôtel, j'ai somnolé un peu, je me suis réveillé à l'aube, j'ai regardé les lumières en bas, j'ai pensé qu'à Paris il était l'heure de sortir dîner, j'avais faim, j'ai demandé si le service d'étage de l'hôtel pouvait me servir quelque chose : « Bien sûr,

255

monsieur, mais vous devez faire un effort et essayer de dormir, sinon votre organisme va rester à l'horaire européen. »

La pire torture que je connaisse est d'essayer de m'endormir ; j'ai mangé un sandwich, et j'ai décidé d'aller marcher. J'ai posé la question que l'on pose toujours au réceptionniste de l'hôtel : « Est-il dangereux de sortir à cette heure-ci ? » Il a dit que non, et j'ai commencé à me promener dans les rues vides, les étroites ruelles, les larges avenues d'une ville comme toutes les autres – avec ses enseignes lumineuses, ses voitures de police qui passaient de temps en temps, un mendiant ici, une prostituée là. Je devais répéter constamment à haute voix : « Je suis au Kazakhstan ! » Ou j'aurais fini par me croire dans un quartier de Paris que je ne connaissais pas très bien.

« Je suis au Kazakhstan ! » disais-je à la ville déserte, jusqu'au moment où une voix m'a répondu :

« Évidemment, vous êtes au Kazakhstan. »

J'ai sursauté. À côté de moi, assis sur un banc à cette heure tardive, un homme avec un sac à dos à côté de lui. Il s'est levé, s'est présenté sous le nom de Jan, né en Hollande, et il a ajouté :

« Et je sais ce que vous êtes venu faire ici. »

Un ami de Mikhail ? Un type de la police secrète qui me suivait ?

« Que suis-je venu faire ?

— La même chose que moi depuis Istanbul, en Turquie : parcourir la route de la soie. »

J'ai laissé échapper un soupir de soulagement. Et j'ai décidé de poursuivre la conversation.

« À pied ? À ce que je comprends, vous traversez toute l'Asie ?

— J'en avais besoin. J'étais insatisfait de ma vie – j'ai de l'argent, une femme, des enfants, je suis propriétaire d'une fabrique de bas à Rotterdam. Pendant une période, je savais pourquoi je luttais – pour la stabilité de ma famille. Maintenant je ne sais plus ; tout ce qui autrefois me satisfaisait à présent m'ennuie et me dégoûte. Au nom de mon mariage, de mon amour pour mes enfants, de mon enthousiasme pour le travail, j'ai décidé de me prendre deux mois pour moi et de regarder ma vie de loin. Cela donne des résultats.

— J'ai fait la même chose ces derniers mois. Y a-t-il beaucoup de pèlerins ?

— Beaucoup. Énormément. Il y a aussi des problèmes de sécurité, vu que dans certains pays la situation politique est très compliquée et que l'on déteste les Occidentaux. Mais on se débrouille toujours : les voyageurs ont toujours été respectés ici, s'ils peuvent prouver qu'ils ne sont pas des espions. Mais à ce que je comprends, ce n'est pas cela votre objectif : que faites-vous à Almaty ?

— La même chose que vous ; je suis venu terminer un chemin. Vous non plus vous ne pouviez pas dormir ?

— Je viens de me réveiller. Plus je pars tôt, plus j'ai de chances d'atteindre la ville suivante – autrement, je devrai passer la nuit prochaine dans le froid de la steppe, avec le vent qui ne s'arrête jamais.

— Alors, bon voyage.

— Restez encore un peu : j'ai besoin de parler, de partager mon expérience. La plupart des pèlerins ne parlent pas anglais. »

Et il a commencé à me raconter sa vie, tandis que j'essayais de me rappeler ce que je savais de la route de la soie, l'ancienne voie commerciale qui reliait l'Europe aux pays d'Orient. Le chemin le plus traditionnel partait de Beyrouth, passait par Antioche et allait jusqu'au bord du fleuve Jaune, en Chine, mais en Asie centrale il se transformait en une sorte de toile, avec des routes dans plusieurs directions, pour permettre l'établissement de comptoirs commerciaux qui plus tard deviendraient des villes, qui seraient détruites par des luttes entre tribus rivales, reconstruites par leurs habitants, de nouveau détruites, et encore une fois ressuscitées. Bien que pratiquement tout transitât par là – or, animaux exotiques, ivoire, grains, idées politiques, groupes de réfugiés des guerres civiles, bandits armés, armées privées protégeant les caravanes –, la soie était le produit le plus rare et le plus convoité. C'est grâce à l'une des ramifications de la route que le bouddhisme avait voyagé de Chine jusqu'en Inde.

« Je suis parti d'Antioche avec seulement deux cents dollars », a dit le Hollandais, après qu'il eut décrit les montagnes, les paysages, les tribus exotiques, les problèmes constants avec les patrouilles et les policiers de divers pays. « Je ne sais pas si vous comprenez ce que je veux dire, mais j'avais besoin de savoir si j'étais capable de redevenir qui je suis.

— Je comprends mieux que vous ne le pensez.

— J'ai dû mendier, demander : à ma surprise, les gens sont beaucoup plus généreux que je ne l'imaginais. »

Mendier ? J'ai observé soigneusement son sac à dos et ses vêtements, pour voir si je trouvais le symbole de la « tribu », mais je n'ai rien vu.

« Êtes-vous déjà allé dans un restaurant arménien à Paris ?

— Je suis allé dans beaucoup de restaurants arméniens, mais jamais à Paris.

— Connaissez-vous quelqu'un du nom de Mikhail ?

— C'est un nom très courant dans cette région. Si je l'ai rencontré, je ne m'en souviens pas, et malheureusement, je ne peux pas vous aider.

— Il ne s'agit pas de cela. Je suis seulement surpris de certaines coïncidences. Il semble que beaucoup de gens, dans beaucoup d'endroits du monde, sont en train de prendre conscience de la même chose et agissent d'une manière très semblable.

— Quand on entreprend ce genre de voyage, on a d'abord la sensation que l'on n'arrivera jamais. Puis on perd confiance, on se sent abandonné, et l'on pense jour et nuit à renoncer. Mais si vous résistez une semaine, vous allez jusqu'au bout.

— J'ai parcouru les rues d'une même ville, et hier seulement je suis arrivé dans un endroit différent. Puis-je vous bénir ? »

Il m'a regardé d'une manière étrange.

« Je ne voyage pas pour des motifs religieux. Êtes-vous prêtre ?

— Je ne suis pas prêtre, mais j'ai senti que je devais vous bénir. Comme vous le savez, certaines choses n'ont pas grande logique. »

Le Hollandais appelé Jan, que je ne reverrais jamais dans cette vie, a baissé la tête et fermé les yeux. J'ai posé les mains sur ses épaules et dans ma langue natale – qu'il ne comprendrait jamais – j'ai prié pour qu'il arrive à destination en sécurité, qu'il laisse sur la route de la soie la tristesse et la sensation que la vie n'a pas de sens, et qu'il retourne vers sa famille l'âme purifiée et les yeux brillants.

Il m'a remercié, il a pris son sac à dos, il s'est tourné dans la direction de la Chine, et il s'est remis en marche. Je suis rentré à l'hôtel en pensant que jamais, de toute ma vie, je n'avais béni personne. Mais j'avais suivi une impulsion, et l'impulsion était juste, ma prière serait exaucée.

Le lendemain, Mikhail est arrivé avec un ami du nom de Dos, qui allait nous accompagner. Dos avait une voiture, il connaissait ma femme, il connaissait les steppes, et il voulait aussi être présent quand j'atteindrais le village où se trouvait Esther.

J'ai pensé protester : il y avait déjà Mikhail, maintenant son ami, et quand enfin j'arriverais au bout, je serais suivi d'une immense troupe, applaudissant ou pleurant, selon ce qui m'attendait. Mais j'étais trop fatigué pour dire quoi que ce soit : le lendemain je mettrais à exécution la promesse que je m'étais faite – ne laisser personne être témoin de ce moment.

Nous sommes montés dans la voiture, nous avons suivi quelque temps la route de la soie ; ils m'ont demandé si je savais ce que c'était, j'ai expliqué que j'avais rencontré un pèlerin la nuit précédente et ils ont dit que ce genre de voyage devenait de plus en plus courant, que bientôt cela commencerait à faire beaucoup de bien à l'industrie touristique du pays.

Deux heures plus tard, nous laissions la route principale pour une route secondaire, avant de nous arrêter dans le « bunker » où nous sommes à présent en train de manger du poisson en écoutant le vent doux qui souffle de la steppe.

« Esther a beaucoup compté pour moi, explique Dos, me montrant la photo d'un de ses tableaux sur lequel je peux voir un morceau du tissu taché de sang. Je rêvais de partir d'ici, comme Oleg...

— Mieux vaut m'appeler Mikhail, ou bien il va tout mélanger.

260

— Je rêvais de partir, comme beaucoup de gens de mon âge. Un jour, Oleg – ou plutôt, Mikhail – a téléphoné. Il a dit que sa bienfaitrice avait décidé de passer quelque temps dans la steppe, et il voulait que je l'aide. J'ai accepté, pensant que c'était ma chance, et que j'obtiendrais les mêmes faveurs : visa, billet, et emploi en France. Elle m'a demandé d'aller dans un village très isolé, qu'elle avait connu au cours d'une de ses visites.

« Je n'ai pas demandé pourquoi, j'ai simplement obéi. En chemin, elle a insisté pour que nous passions chez un nomade qu'elle était venue voir des années auparavant : je n'en revenais pas, elle voulait rencontrer mon grand-père ! Elle a été reçue avec l'hospitalité de ceux qui vivent dans cet espace infini. Il a dit qu'elle se croyait triste, mais qu'en vérité son âme était gaie, libre, l'énergie de l'amour s'était remise à circuler. Il a assuré que cela aurait des conséquences sur le monde entier, y compris son mari. Il lui a appris beaucoup de choses sur la culture de la steppe, et il m'a demandé de lui enseigner le reste. Enfin, il a décidé qu'elle pouvait garder son nom, contrairement à ce que veut la tradition.

« Et pendant qu'elle apprenait avec mon grand-père, j'apprenais avec elle, et j'ai compris que je n'avais pas besoin de faire un long voyage, comme Mikhail : ma mission, c'est d'être dans cet espace vide, la steppe, de comprendre ses couleurs, d'en faire des tableaux.

— Je ne comprends pas bien cette d'histoire d'enseigner des choses à ma femme. Votre grand-père avait dit que nous devons tout oublier.

— Demain, je vous montre », a dit Dos.

Et le lendemain il m'a montré, sans qu'il eût besoin de rien me dire. J'ai vu la steppe sans fin, qui ressemblait à un désert, mais grouillait d'une vie cachée dans la végétation rampante. J'ai découvert l'horizon plat, l'espace vide à l'infini, le bruit des sabots des chevaux, le vent calme, et rien, absolument rien autour de nous. Comme si le monde avait choisi cet endroit pour montrer son immensité, sa simplicité et sa complexité. Comme si nous pouvions – et devions – être comme la steppe, vides, infinis, et pleins de vie en même temps.

J'ai regardé le ciel bleu, j'ai retiré les lunettes noires que je portais, je me suis laissé inonder par cette lumière, par cette sensation de n'être nulle part et partout à la fois. Nous avons chevauché en silence, nous arrêtant seulement pour faire boire les chevaux dans des ruisseaux que seul pouvait trouver quelqu'un qui connaissait les lieux. De temps à autre surgissaient au loin d'autres cavaliers, des bergers avec leurs troupeaux, se découpant sur la plaine et sur le ciel.

Où allais-je ? Je n'en avais pas la moindre idée, et peu m'importait de le savoir ; la femme que je cherchais se trouvait dans cet espace infini, j'aurais pu toucher son âme, écouter la mélodie qu'elle chantait en faisant les tapis. Maintenant je comprenais pourquoi elle avait choisi cet endroit : rien, absolument rien pour distraire l'attention, le vide qu'elle avait tant cherché, le vent qui allait peu à peu balayer sa douleur. Imaginait-elle qu'un jour je serais là, à cheval, allant à sa rencontre ?

Alors, la sensation du Paradis descend des cieux. Et j'ai conscience de vivre un moment inoubliable de ma vie – cette conscience que très souvent nous atteignons après que le moment magique est passé. Je suis là tout entier, sans passé, sans avenir, entièrement concentré sur cette matinée, sur la musique des pattes des chevaux, sur la douceur du vent qui caresse mon corps, sur la grâce inattendue de contempler le ciel, la terre et les hommes. J'entre dans une espèce d'adoration, d'extase, reconnaissant d'être en vie. Je prie à voix basse, j'écoute la voix de la nature, et je comprends que le monde invisible se manifeste toujours dans le monde visible.

Je pose quelques questions au ciel, les mêmes questions que je posais à ma mère dans mon enfance :

Pourquoi aimons-nous certaines personnes et en détestons-nous d'autres ?

Où allons-nous après la mort ?

Pourquoi naissons-nous, si nous mourons pour finir ?

Que signifie Dieu ?

La steppe me répond par le vacarme constant que fait le vent. Et cela suffit : savoir que les questions fondamentales de la vie n'auront jamais de réponse, et que nous pouvons tout de même aller de l'avant.

Quand des montagnes sont apparues à l'horizon, Dos a proposé que nous nous arrêtions. J'ai noté qu'un ruisseau passait tout près.

« Nous allons camper ici. »

Nous avons retiré les sacs des chevaux, nous avons monté la tente. Mikhail a commencé à creuser un trou dans le sol :

« C'est ainsi que faisaient les nomades ; on creuse un trou, on remplit le fond de pierres, on met encore des pierres sur les bords, et l'on a un emplacement pour allumer le feu sans être gêné par le vent. »

Au sud, entre les montagnes et nous, est apparu un nuage de poussière, et j'ai compris tout de suite qu'il était causé par des chevaux au galop. J'ai attiré l'attention de mes deux compagnons sur ce que je voyais : ils se sont levés brusquement, et j'ai noté qu'ils étaient tendus. Mais très vite ils ont échangé quelques mots en russe, se sont détendus, et Dos est retourné monter la tente, tandis que Mikhail allumait le feu.

« Pouvez-vous m'expliquer ce qui se passe ?

— Bien qu'apparemment nous soyons entourés d'espace vide, avez-vous remarqué que nous avions croisé plusieurs bergers, des rivières, des tortues, des renards, des cavaliers ? Et quand bien même vous avez la sensation de voir tout autour de vous, d'où viennent ces gens ? Où sont leurs maisons ? Où gardent-ils leurs troupeaux ?

« Cette idée du vide est une illusion : nous observons et nous sommes observés constamment. Pour un étranger qui ne sait pas lire les signes de la steppe, tout semble tranquille, et il ne parvient à distinguer que les chevaux et les cavaliers.

« Mais nous qui avons été élevés ici, nous savons voir les yourtes, les maisons circulaires qui se mêlent au paysage. Nous savons lire ce qui se passe, en observant les mouvements des cavaliers et la direction qu'ils prennent ;

autrefois, la survie de la tribu en dépendait, car il y avait les ennemis, les envahisseurs, les contrebandiers.

« Et maintenant, la mauvaise nouvelle : ils ont découvert que nous nous dirigions vers le village qui se trouve près de ces montagnes et ils envoient des gens pour tuer le sorcier qui voit des apparitions de petites filles, et l'homme qui vient perturber la paix de la femme étrangère. »

Il a éclaté de rire.

« Attendez : bientôt vous comprendrez. »

Les cavaliers s'approchaient. J'ai vite pu distinguer la scène.

« Cela ne me paraît pas normal. C'est une femme qui est poursuivie par un homme.

— Ce n'est pas normal, mais cela fait partie de nos vies. »

La femme est passée près de nous brandissant un long fouet, a poussé un cri et adressé un sourire à Dos – quelque chose comme un salut de bienvenue – et elle s'est mise à galoper en cercles autour de l'endroit où nous préparions le campement. L'homme, en sueur mais souriant, nous a aussi salués rapidement, cependant qu'il tentait de suivre la femme.

« Nina devrait être plus gentille, a dit Mikhail. Ce n'est pas nécessaire.

— Justement : parce que ce n'est pas nécessaire, elle n'a pas besoin d'être gentille, a répondu Dos. Il lui suffit d'être belle et d'avoir un bon cheval.

— Mais elle fait cela avec tout le monde.

— Je l'ai déjà désarçonnée, a dit Dos, fièrement.

— Si vous parlez anglais, c'est que vous voulez que je comprenne. »

La femme riait, cavalait de plus en plus en plus vite, et ses rires emplissaient la steppe de joie.

« Ce n'est qu'une forme de séduction. Cela s'appelle *Kyz Kuu*, ou "culbuter la fille". Nous tous, à un moment de notre enfance ou de notre jeunesse, nous y avons participé. »

L'homme qui la poursuivait était de plus en plus proche, mais nous pouvions tous voir que son cheval était à bout.

264

« Plus tard, je vous parlerai un peu du Tengri, la culture de la steppe, a continué Dos. Mais comme vous voyez cette scène, laissez-moi vous expliquer une chose très importante : ici, dans ce pays, c'est la femme qui commande tout. On la laisse toujours passer. Elle reçoit la moitié de la dot, même si c'est elle qui a pris la décision de divorcer. Quand une femme porte un turban blanc, cela signifie qu'elle est mère, on doit mettre la main sur le cœur, et baisser la tête en signe de respect.

— Et quel rapport avec "désarçonner la fille" ?

— Dans le village qui se trouve au pied des montagnes, un groupe d'hommes à cheval s'est réuni autour de cette fille, qui s'appelle Nina, la plus désirée de la région. Ils ont commencé ce jeu, le *Kyz Kuu*, inventé du temps de nos ancêtres, quand les femmes de la steppe, appelées amazones, étaient aussi des guerrières.

« À cette époque, personne ne demandait la permission à sa famille pour se marier : les prétendants et la fille se réunissaient dans un lieu déterminé, tous à cheval. Elle tournait un peu autour des hommes, riant, les provoquant, les frappant de son fouet. Et puis le plus brave de tous décidait de la poursuivre. Si elle parvenait à s'échapper pendant un certain temps, ce garçon devait demander à la terre de le recouvrir pour toujours – il serait dorénavant considéré comme un mauvais cavalier, la honte suprême pour un guerrier.

« S'il arrivait près de la fille, affrontait le fouet, s'approchait et la jetait à terre, il était vraiment un homme, il pouvait l'embrasser et l'épouser. Bien entendu, déjà autrefois, les filles savaient à qui échapper, et par qui se laisser capturer. »

Apparemment, Nina voulait seulement s'amuser. Elle s'était éloignée du garçon et reprenait la direction du village.

« Elle n'est venue que pour s'exhiber. Elle sait que nous arrivons, et maintenant elle va porter la nouvelle.

— J'ai deux questions. La première peut paraître stupide : choisissent-elles encore leurs fiancés de cette façon ? »

Dos a dit que de nos jours ce n'était plus qu'un jeu. De même qu'en Occident on s'habille d'une certaine manière et l'on va dans les bars et les endroits à la mode, dans la steppe, le jeu de la séduction c'était le *Kyz Kuu*. Nina avait déjà humilié un grand nombre de garçons, et elle s'était laissé désarçonner par certains, comme il arrive dans les meilleures discothèques du monde.

« La seconde question va vous paraître encore plus idiote : est-ce dans le village près des montagnes que se trouve ma femme ? »

Dos a fait un signe affirmatif de la tête.

« Et si nous sommes seulement à deux heures de là-bas, pourquoi ne pas y dormir ? Nous sommes encore loin de la tombée de la nuit.

— Nous sommes à deux heures, et il y a deux raisons. La première : même si Nina n'était pas venue jusqu'ici, quelqu'un nous aurait vus et se serait chargé de dire à Esther que nous arrivons. Ainsi, elle peut décider si elle veut nous voir, ou si elle désire partir pour quelques jours dans un village voisin – dans ce cas, nous ne la suivrons pas. »

Mon cœur s'est serré.

« Après tout ce que j'ai fait pour arriver jusqu'ici ?

— Ne répétez pas cela, ou c'est que vous n'avez rien compris. Qu'est-ce qui vous fait croire que vos efforts doivent être récompensés par la soumission, ou des remerciements, ou la reconnaissance de la personne que vous aimez ? Vous êtes arrivé jusqu'ici parce que c'était votre chemin, pas pour acheter l'amour de votre femme. »

Si injuste que cela pût paraître, il avait raison. J'ai demandé quel était le second motif.

« Vous ne vous êtes pas encore choisi un nom.

— Cela n'a pas d'importance, a insisté Mikhail. Il ne comprend pas et il n'est pas de notre culture.

— C'est important pour moi, a dit Dos. Mon grand-père a dit que je devais protéger et aider la femme étrangère, de même qu'elle me protégeait et m'aidait. Je dois à Esther la paix de mes yeux, et je veux que ses yeux soient en paix.

« Il devra se choisir un nom. Il devra oublier à tout jamais son histoire de douleur et de souffrance, et accepter qu'il est une personne neuve, qui vient de renaître et renaîtra tous les jours désormais. Autrement, s'ils revivent ensemble, il lui fera payer tout ce qu'un jour il a enduré à cause d'elle.

— J'avais déjà choisi un nom, la nuit dernière, ai-je répondu.

— Alors attendez le crépuscule pour me le dire. »

Dès que le soleil s'est approché de l'horizon, nous sommes allés dans un endroit de la steppe qui était pratiquement un désert, avec de gigantesques montagnes de sable. J'ai entendu alors un bruit différent, une espèce de résonance, d'intense vibration. Mikhail a dit que c'était l'un des rares endroits au monde où les dunes chantaient :

« Quand j'étais à Paris et que j'ai raconté cela, on m'a cru uniquement parce qu'un Américain affirmait qu'il avait déjà vu la même chose dans le nord de l'Afrique ; il existe seulement trente lieux comme celui-là dans le monde entier. De nos jours, les scientifiques expliquent tout : à cause de la formation unique de l'endroit, le vent pénètre dans les grains de sable et crée ce type de son. Mais pour les anciens, c'est l'un des lieux magiques de la steppe, c'est un honneur que Dos ait décidé de vous faire changer de nom ici. »

Nous avons commencé à gravir une dune et, à mesure que nous progressions, le bruit devenait plus intense, et le vent plus fort. Quand nous sommes arrivés là-haut, nous pouvions voir plus nettement les montagnes au sud, et l'immense plaine autour de nous.

« Tournez-vous vers le ponant et déshabillez-vous », a dit Dos.

J'ai fait ce qu'il ordonnait sans poser de question. J'avais froid, mais ils ne semblaient pas se préoccuper de mon bien-être. Mikhail s'est agenouillé, et on aurait dit qu'il priait. Dos a regardé vers le ciel, vers la terre, vers moi, et il a posé les mains sur mes épaules, comme je l'avais fait, sans savoir, avec le Hollandais.

« Au nom de la Maîtresse, je vous consacre. Je vous consacre à la terre, qui est la Maîtresse. Au nom du cheval, je vous consacre. Je vous consacre au monde, et je lui demande de vous aider sur votre chemin. Au nom de la steppe, qui est infinie, je vous consacre. Je vous consacre à la Sagesse infinie, et je demande que votre horizon soit plus large que ce que vous voyez. Vous avez choisi votre nom, et vous allez le prononcer maintenant pour la première fois.

— Au nom de la steppe infinie, je me choisis un nom »,
ai-je répondu, ne demandant pas si j'agissais comme le
voulait le rituel, mais guidé par le bruit du vent dans les
dunes.

« Il y a des siècles, un poète a décrit le voyage d'un
homme, Ulysse, retournant vers une île appelée Ithaque,
où sa bien-aimée l'attend. Il affronte de nombreux dangers, des tempêtes et des tentations de réconfort. À un certain moment, se trouvant dans une caverne, il rencontre
un monstre qui n'a qu'un œil sur le front.

« Le monstre lui demande son nom : "Personne", dit
Ulysse. Ils se battent, il parvient à transpercer de son épée
l'œil unique du monstre, et il ferme la caverne à l'aide d'un
rocher. Ses compagnons entendent des cris et viennent à
son secours. Voyant un rocher à l'entrée, ils demandent
qui se trouve avec lui. "Personne ! Personne !" répond le
monstre. Les compagnons s'en vont, puisque rien ne menace la communauté, et Ulysse peut continuer sa route
vers la femme qui l'attend.

— Votre nom est Ulysse ?

— Mon nom est Personne. »

Mon corps tremble, comme si des aiguilles me pénétraient dans la peau.

« Concentrez-vous sur le froid, jusqu'à ce que vous cessiez de trembler. Laissez-le occuper toutes vos pensées,
jusqu'à ce qu'il n'y ait plus d'espace pour rien, jusqu'à ce
qu'il devienne votre compagnon et votre ami. N'essayez
pas de le contrôler. Ne pensez pas au soleil, ou ce serait
bien pire – vous sauriez qu'il existe autre chose, comme la
chaleur, et de cette manière le froid sentirait qu'il n'est pas
désiré ou aimé. »

Mes muscles se contractaient et se distendaient pour
produire de l'énergie, et parvenir ainsi à maintenir mon
organisme en vie. Mais j'ai fait ce que Dos ordonnait, car
j'avais confiance en lui, en son calme, en son affection, en
son autorité. J'ai laissé les aiguilles pénétrer dans ma peau,
mes muscles se débattre, mes dents s'entrechoquer, tandis
que je répétais mentalement : « Ne luttez pas, le froid est

notre ami. » Les muscles n'ont pas obéi, et nous sommes restés ainsi presque quinze minutes, puis, n'ayant plus de force, ils ont cessé de secouer mon corps et je suis entré dans une sorte de torpeur ; j'ai voulu m'asseoir, mais Mikhail m'a attrapé et m'a tenu debout, tandis que Dos me parlait. Ses mots semblaient venir de très loin, de quelque part où la steppe rencontre le ciel :

« Soyez le bienvenu, nomade qui traverse la steppe. Soyez le bienvenu là où nous disons toujours que le ciel est bleu, même s'il est gris, parce que nous savons la couleur qui existe au-delà des nuages. Soyez le bienvenu dans la région du Tengri. Soyez le bienvenu auprès de moi, qui suis ici pour vous recevoir et rendre honneur à votre quête. »

Mikhail s'est assis par terre, il m'a fait boire quelque chose qui a aussitôt réchauffé mon sang. Dos m'a aidé à m'habiller, nous avons descendu les dunes qui parlaient entre elles, nous sommes montés à cheval et nous sommes retournés au campement improvisé. Avant même qu'ils ne préparent le repas, je suis tombé dans un sommeil profond.

« Qu'est-ce que c'est ? Il ne fait pas encore jour ?

— Il fait jour depuis longtemps : ce n'est qu'une tempête de sable, ne vous inquiétez pas. Mettez vos lunettes noires, protégez vos yeux.

— Où est Dos ?

— Il est retourné à Almaty. Mais il a été ému par la cérémonie d'hier ; en réalité, il n'avait pas besoin de faire cela, pour vous c'était sans doute une perte de temps et vous auriez pu attraper une pneumonie. J'espère que vous comprenez que c'était sa manière de démontrer à quel point vous êtes le bienvenu. Prenez l'huile.

— J'ai dormi plus que je n'aurais dû.

— Il n'y a que deux heures de cheval. Nous arriverons là-bas avant que le soleil ne soit au zénith.

— Je dois prendre un bain. Je dois me changer.

— Impossible : vous êtes au milieu de la steppe. Mettez l'huile dans la poêle, mais avant offrez-la à la Maîtresse – c'est le produit le plus précieux, après le sel.

— Qu'est-ce que le Tengri ?

— Le mot signifie "culte du ciel", une espèce de religion sans religion. Par ici sont passés les bouddhistes, les hindouistes, les catholiques, les musulmans, les sectes, les croyances, les superstitions. Les nomades se convertissaient pour éviter la répression, mais ils continuaient et ils continuent de professer uniquement l'idée que la Divinité est partout, tout le temps. On ne peut pas la retirer de la nature et la mettre dans des livres ou entre quatre murs. Depuis que j'ai foulé le sol de ce pays, je me sens mieux,

270

comme si j'avais réellement besoin de cet aliment. Merci de m'avoir laissé venir avec vous.

— Merci de m'avoir présenté à Dos. Hier, pendant qu'il me consacrait, j'ai senti qu'il était quelqu'un de spécial.

— Il a appris avec son grand-père, qui avait appris avec son père, qui avait appris avec son père, et ainsi de suite. Le style de vie des nomades et l'absence d'une langue écrite jusqu'à la fin du XIXe siècle ont développé la tradition de l'*akyn*, la personne qui devait se souvenir de tout et transmettre les histoires. Dos est un *akyn*.

« Mais quand je dis "apprendre", j'espère que vous n'entendez pas "accumuler des connaissances". Les histoires n'ont rien à voir non plus avec des dates, des noms, des faits réels. Ce sont des légendes qui parlent de héros et d'héroïnes, d'animaux et de batailles, des symboles de l'essence de l'homme, pas seulement de ses actes. Ce n'est pas l'histoire de vainqueurs ou de vaincus, mais de gens qui parcourent le monde, contemplent la steppe et se laissent toucher par l'énergie de l'amour. Mettez l'huile plus lentement, ou elle va commencer à se répandre partout.

— Je me suis senti béni.

— J'aimerais ressentir la même chose. Hier je suis allé voir ma mère à Almaty, elle m'a demandé si j'allais bien, si je gagnais de l'argent. J'ai menti, j'ai dit que j'allais très bien, que je présentais un spectacle de théâtre qui avait beaucoup de succès à Paris. Aujourd'hui je retrouve mon peuple, j'ai l'impression que je suis parti hier, et que durant tout le temps où j'étais à l'étranger, je n'ai rien fait d'important. Je parle avec les clochards, je marche avec les tribus, je fais des rencontres au restaurant, et pour quels résultats ? Aucun. Je ne suis pas comme Dos, qui a appris de son grand-père. Je n'ai que la présence pour me guider, et parfois je pense que tout cela ce ne sont que des hallucinations ; peut-être que j'ai vraiment des crises d'épilepsie, et rien de plus.

— Il y a une minute, vous me remerciiez d'être venu avec moi, et maintenant on dirait que cela vous rend très malheureux. Décidez-vous.

— Je ressens les deux choses, je n'ai pas besoin de décider, je peux naviguer entre mes contraires, mes contradictions.

— Je veux vous dire quelque chose, Mikhail. J'ai navigué, moi aussi, entre beaucoup de contraires depuis que je vous connais. J'ai commencé par vous détester, puis je vous ai accepté, et à mesure que je vous suivais, cette acceptation est devenue respect. Vous êtes encore jeune, et ce que vous ressentez est absolument normal : c'est l'impuissance. Je ne sais pas combien de personnes jusqu'à maintenant votre travail a transformées, mais il y a une chose dont je peux vous assurer : vous avez changé ma vie.

— Votre seul intérêt était de retrouver votre femme.

— Ça l'est toujours. Mais cela m'a fait traverser plus que les steppes du Kazakhstan : je me suis promené dans mon passé, j'ai vu où je m'étais trompé, j'ai vu où je m'étais arrêté, j'ai vu le moment où j'avais perdu Esther – le moment que les Indiens du Mexique appellent "accommodateur". J'ai vu des choses que je n'aurais jamais imaginé connaître à mon âge. Tout cela parce que vous étiez à mes côtés et me guidiez, même si vous n'en aviez pas conscience. Et vous savez quoi ? Je crois que vous entendez des voix. Je crois que vous avez eu des visions quand vous étiez enfant. J'ai toujours cru à beaucoup de choses, et maintenant encore davantage.

— Vous n'êtes plus la personne que j'ai connue.

— En effet. J'espère qu'Esther sera contente.

— Êtes-vous content ?

— Bien sûr.

— Alors c'est suffisant. Nous allons manger, attendre que la tempête se calme et poursuivre notre route.

— Affrontons la tempête.

— C'est bien. Nous ferons comme vous le désirez : la tempête n'est pas un signe, ce n'est qu'une conséquence de la destruction de la mer d'Aral. »

La fureur du vent diminue et les chevaux semblent avancer plus vite. Nous entrons dans une espèce de vallée, et le paysage change complètement : l'horizon infini a fait place à de hauts rochers sans végétation. Je regarde à droite, et je vois un arbuste où sont accrochés quantité de rubans.

« C'est là ! C'est là que vous avez vu...

— Non. Le mien a été détruit.

— Alors qu'est-ce que c'est ?

— Un endroit où un événement très important a dû se produire. »

Il descend de cheval, ouvre son sac à dos, en sort un couteau, coupe un morceau de la manche de sa chemise et l'attache à une branche. Son regard change, la présence est peut-être à côté de lui, mais je ne veux pas poser de question.

Je fais la même chose. Je demande aide et protection, je sens aussi de mon côté une présence : mon rêve, mon long voyage de retour vers la femme que j'aime.

Nous remontons à cheval. Il ne me parle pas de son vœu et je ne dis rien du mien. Cinq minutes plus tard apparaît un petit hameau, avec ses maisons blanches. Un homme nous attend, il se dirige vers Mikhail et lui parle en russe. Ils discutent tous les deux quelque temps, puis l'homme s'en va.

« Que voulait-il ?

— Il m'a demandé d'aller chez lui soigner sa fille. Nina a dû dire que j'arrivais aujourd'hui, et les vieux se souviennent encore des visions. »

Il paraît hésitant. Plus personne n'est en vue, ce doit être l'heure du travail ou du repas. Nous parcourons la grande rue, qui semble conduire à une maison blanche, au milieu d'un jardin.

« Rappelez-vous ce que je vous ai dit ce matin, Mikhail. Il se peut que vous soyez simplement quelqu'un qui est atteint d'épilepsie, qui refuse d'accepter la maladie et a laissé son inconscient inventer toute une histoire. Mais il se peut également que vous ayez une mission sur terre : apprendre aux gens à oublier leur histoire personnelle, à s'ouvrir davantage à l'amour comme énergie pure, divine.

— Je ne vous comprends pas. Depuis des mois que nous nous connaissons, vous ne parliez que de ce moment – votre rencontre avec Esther. Et soudain, depuis ce matin, vous semblez vous préoccuper de moi plus que de toute autre chose. Le rituel de Dos hier soir aurait-il un effet ?

— J'en suis certain. »

J'aurais voulu dire : « J'ai peur. Je veux penser à tout, sauf à ce qui va se passer dans les minutes qui viennent. Aujourd'hui je suis la personne la plus généreuse sur la Terre, parce que j'approche du but, j'ai peur de ce qui m'attend, alors je réagis en cherchant à être utile aux autres, à montrer à Dieu que je suis quelqu'un de bien, que je mérite la bénédiction si durement recherchée. »

Mikhail est descendu de cheval et m'a prié d'en faire autant.

« Je vais jusque chez l'homme dont la fille est malade, et je m'occuperai de votre cheval pendant que vous parlerez avec elle. »

Il a indiqué la petite maison blanche au milieu des arbres.

« C'est là. »

J'ai tout fait pour ne pas perdre le contrôle de moi-même.

« Qu'est-ce qu'elle fait ?

— Je vous l'ai déjà dit, elle apprend à faire des tapis et en échange elle donne des cours de français. Au passage, ce sont des tapis très compliqués malgré leur simplicité apparente, comme la steppe elle-même : les colorants viennent de plantes qu'il faut couper au bon moment, ou bien

274

ils perdent leurs qualités. Ensuite on étend la laine de brebis sur le sol, on y verse de l'eau chaude, on forme les fils pendant que la laine est encore mouillée et plusieurs jours plus tard, quand enfin le soleil a tout séché, commence le travail de tissage.

« Les derniers ornements sont faits par des enfants ; la main des adultes est trop grande pour les broderies petites et délicates. »

Il fait une pause.

« Et ne venez pas me raconter des sottises au sujet du travail des enfants : c'est une tradition qui doit être respectée.

— Comment va-t-elle ?

— Je ne sais pas. Je n'ai pas parlé avec elle depuis six mois, plus ou moins.

— Mikhail, voilà encore un signe : les tapis.

— Les tapis ?

— Vous rappelez-vous qu'hier, au moment où Dos m'a demandé un nom, j'ai raconté l'histoire d'un guerrier qui revient dans une île à la recherche de sa bien-aimée ? L'île s'appelle Ithaque, la femme s'appelle Pénélope. Depuis qu'Ulysse est parti à la guerre, à quoi se consacre Pénélope ? Au tissage ! Elle tisse sa propre robe. Elle veut qu'elle soit prête quand Ulysse rentrera à la maison ; comme il tarde plus qu'elle ne le pensait, chaque nuit elle défait son ouvrage et recommence à tisser le lendemain matin.

« Les hommes la demandent en mariage, mais elle rêve du retour de celui qu'elle aime. Enfin, quand lassée d'attendre elle décide qu'elle fera sa robe pour la dernière fois, Ulysse arrive.

— Il se trouve que le nom de cette ville n'est pas Ithaque. Et elle, elle ne s'appelle pas Pénélope. »

Mikhail n'avait pas compris l'histoire, ce n'était pas la peine de lui expliquer que je donnais seulement un exemple. Je lui ai remis mon cheval et j'ai parcouru à pied les cent mètres qui me séparaient de celle qui un jour avait été ma femme, était devenue le Zahir, et redevenait maintenant la bien-aimée que tous les hommes rêvent de trouver quand ils rentrent de la guerre ou du travail.

Je suis dégoûtant. J'ai les vêtements et le visage pleins de sable, le corps couvert de sueur, bien que la température soit très basse.

Je pense à mon apparence, la chose la plus superficielle du monde – comme si j'avais fait tout ce long chemin jusqu'à mon Ithaque personnelle, seulement pour montrer des vêtements neufs. Dans les cent mètres qui restent, je dois faire un effort, penser à tout ce qu'il s'est passé d'important pendant qu'elle était partie – ou était-ce moi ?

Que dois-je dire quand nous nous verrons ? J'y ai pensé très souvent, quelque chose comme « J'ai attendu très longtemps ce moment », ou bien « J'ai compris que j'avais tort », « Je suis venu jusqu'ici pour dire que je t'aime », ou encore « Tu es plus jolie que jamais ».

J'ai décidé que ce serait « Holà ! ». Comme si elle n'était jamais partie. Comme si un jour était passé, et non deux ans, neuf mois, onze jours et onze heures.

Et elle, elle doit comprendre que j'ai changé, tandis que je parcourais les lieux où elle était allée, sans que je le sache jamais, ni que je m'y intéresse. J'ai vu le morceau de tissu ensanglanté tenu par un clochard, des jeunes gens et des messieurs qui se présentaient dans un restaurant à Paris, un peintre, mon médecin, un garçon qui, disait-il, avait des visions et entendait des voix. Tandis que je suivais sa trace, j'ai connu la femme que j'avais épousée et redécouvert le sens de ma vie, qui avait tellement changé et maintenant changeait encore une fois.

Même marié si longtemps, je n'ai jamais bien connu ma femme : j'avais inventé une « histoire d'amour » pareille à celles que je voyais dans les films, lisais dans les livres et dans les magazines, regardais dans les émissions de télévision. Dans mon histoire, l'« amour » était quelque chose qui grandissait, atteignait une certaine hauteur, et à partir de là il ne s'agissait plus que de le maintenir en vie comme une plante, en l'arrosant de temps à autre et en coupant les feuilles sèches. « Amour » était aussi synonyme de tendresse, sécurité, prestige, confort, succès. « Amour » se traduisait par des sourires, des mots comme « Je t'aime », ou « J'adore quand tu rentres à la maison ».

Mais les choses étaient plus confuses que je ne le pensais : parfois j'aimais Esther éperdument avant de traverser une rue, et quand j'arrivais sur le trottoir d'en face, je me sentais prisonnier, triste de m'être engagé avec quelqu'un, désirant ardemment repartir en quête d'aventure. Et je pensais : « Je ne l'aime plus. » Et quand l'amour retrouvait son intensité passée, j'avais des doutes, et je me disais : « Je crois que je m'habitue. »

Peut-être qu'Esther avait les mêmes pensées et qu'elle se disait : « Quelle sottise, nous sommes heureux, nous pouvons passer le restant de notre vie comme cela. » Finalement elle avait lu les mêmes histoires, vu les mêmes films, suivi les mêmes séries télévisées, et même si on n'y disait nulle part que l'amour était beaucoup plus qu'une fin heureuse, pourquoi n'être pas plus tolérante avec elle-même ? Si elle répétait tous les matins qu'elle était satisfaite de sa vie, elle finirait certainement non seulement par le croire, mais par le faire croire également à tout notre entourage.

Mais elle pensait différemment. Elle agissait différemment. Elle a essayé de me montrer, et je n'ai pas vu ; j'ai eu besoin de la perdre pour comprendre que la saveur des choses retrouvées est le miel le plus doux qu'il nous est donné de connaître. Maintenant j'étais là, marchant dans la rue d'une petite ville endormie, froide, faisant de nouveau un chemin à cause d'elle. Le premier fil et le plus important de la toile qui me retenait – « toutes les histoires d'amour se ressemblent » – a craqué quand une motocyclette m'a jeté en l'air.

À l'hôpital, l'amour m'a parlé : « Je suis le tout et le rien. Je suis comme le vent, je ne peux pas entrer là où les fenêtres et les portes sont fermées. »

J'ai répondu à l'amour : « Mais je te suis ouvert ! »

Et il m'a dit : « Le vent est fait d'air. Il y a de l'air chez toi, mais tout est fermé. Les meubles vont se couvrir de poussière, l'humidité finira par détruire les tableaux et tacher les murs. Tu continueras à respirer, tu connaîtras une partie de moi – mais je ne suis pas une partie, je suis le Tout, et ça tu ne le connaîtras jamais. »

J'ai vu les meubles couverts de poussière, les cadres pourrissant à cause de l'humidité, je n'avais d'autre solution que d'ouvrir les fenêtres et les portes. Quand je l'ai fait, le vent a tout balayé. J'aurais voulu garder mes souvenirs, protéger ce que je jugeais avoir acquis avec tant d'efforts, mais tout avait disparu, j'étais vide comme la steppe.

Encore une fois je comprenais pourquoi Esther avait décidé de venir ici : vide comme la steppe.

Et parce que j'étais vide, le vent qui entrait a apporté du nouveau, des sons que je n'avais jamais entendus, des gens avec qui je n'avais jamais parlé. J'ai retrouvé mon enthousiasme d'autrefois, parce que je m'étais libéré de mon histoire personnelle, j'avais détruit l'« accommodateur », j'avais découvert en moi un homme capable de bénir les autres dans le style des nomades et des sorciers de la steppe qui bénissaient leurs semblables. J'ai découvert que j'allais beaucoup mieux et que j'étais beaucoup plus capable que je ne le pensais ; l'âge ne fait perdre le rythme qu'à ceux qui n'ont jamais eu le courage d'avancer tout seuls.

Un jour, à cause d'une femme, j'avais fait un long pèlerinage pour rencontrer mon rêve. Des années plus tard, la même femme m'avait obligé à me remettre en marche, cette fois pour rencontrer l'homme qui s'était perdu en chemin.

Maintenant je pense à tout, sauf aux choses importantes : je chante mentalement une chanson, je me demande pourquoi il n'y a pas de voitures garées ici, je remarque que ma chaussure me blesse et que ma montre marque encore l'heure européenne.

Tout cela parce que la femme, ma femme, mon guide et l'amour de ma vie n'est plus maintenant qu'à quelques pas ; n'importe quel sujet m'aide à fuir la réalité, que j'ai tant cherchée mais que j'ai peur d'affronter.

Je m'assois sur une marche devant la maison, je fume une cigarette. Je pense à retourner en France ; je suis arrivé là où je désirais, pourquoi aller plus loin ?

Je me lève, les jambes tremblantes. Plutôt que de prendre le chemin du retour, je nettoie de mon mieux mes vêtements et mon visage pleins de sable, je pose la main sur le loquet de la porte, et j'entre.

Même si je sais que j'ai peut-être perdu à tout jamais la femme que j'aime, je dois m'efforcer de vivre toutes les grâces que Dieu m'a accordées aujourd'hui. On ne peut pas économiser les grâces. Il n'y a pas de banque où je puisse les déposer pour les utiliser quand je serai de nouveau en paix avec moi-même. Si je ne profite pas de ces bénédictions, je vais les perdre irrémédiablement.

Dieu sait que nous sommes des artistes de la vie. Un jour il nous donne un marteau pour sculpter, un autre jour des pinceaux et de la peinture pour peindre un tableau, ou du papier et un stylo pour écrire. Mais je ne pourrai jamais utiliser des marteaux sur des toiles, ni un pinceau sur des sculptures. Donc, même si c'est difficile, je dois accepter les petites bénédictions d'aujourd'hui, qui me paraissent des malédictions parce que je souffre et qu'il fait beau, que le sol brille et que les enfants chantent dans la rue. Ainsi seulement je pourrai sortir de ma douleur et reconstruire ma vie.

L'endroit était inondé de lumière. Esther a levé les yeux quand je suis entré, elle a souri et elle s'est remise à lire *Un temps pour déchirer et un temps pour coudre* aux femmes et aux enfants assis par terre, entourés de tissus de toutes les couleurs. Chaque fois qu'elle faisait une pause, ils répétaient le passage, sans quitter des yeux leur travail.

J'ai senti un nœud dans la gorge, je me suis contrôlé pour ne pas pleurer, puis je n'ai plus rien senti. Je suis resté à regarder cette scène, écoutant mes mots sur ses lèvres, entouré de couleurs, de lumière, de gens totalement concentrés sur ce qu'ils étaient en train de faire.

Et en fin de compte, comme le dit un sage persan, l'amour est une maladie dont personne ne veut se délivrer. Celui qui en est atteint ne cherche pas à se rétablir, et celui qui souffre ne désire pas guérir.

Esther a fermé le livre. Les autres ont levé les yeux et m'ont vu.

« Je vais me promener avec l'ami qui vient d'arriver, a-t-elle dit au groupe. Le cours d'aujourd'hui est terminé. »

Tout le monde a ri, et ils m'ont salué. Elle est venue vers moi, m'a embrassé le visage, m'a pris par le bras, et nous sommes sortis.

« Holà, ai-je lancé.

— Je t'attendais », m'a-t-elle répondu.

Je l'ai serrée dans mes bras, j'ai posé la tête sur son épaule, et je me suis mis à pleurer. Elle caressait mes cheveux, et à sa façon de me toucher, je comprenais ce que je ne voulais pas comprendre, j'acceptais ce que je ne voulais pas accepter.

« J'ai attendu de plusieurs manières, a-t-elle dit, voyant que mes larmes s'apaisaient. Comme la femme désespérée qui sait que son homme, qui n'a jamais compris sa démarche, ne viendra jamais jusqu'ici, et qu'il lui faudra donc prendre un avion et rentrer, pour repartir à la prochaine crise, et rentrer, et partir, et rentrer... »

L'intensité du vent avait diminué, les arbres écoutaient ce qu'elle me disait.

« J'ai attendu comme Pénélope attendait Ulysse, Roméo attendait Juliette, Béatrice attendait que Dante vienne la racheter. Le vide de la steppe était plein de souvenirs de toi, des moments passés ensemble, des pays que nous avons visités, de nos joies, de nos querelles. Alors, j'ai regardé en arrière, vers le sentier que mes pas avaient quitté, et je ne t'ai pas vu.

« J'ai beaucoup souffert. J'ai compris que j'avais fait un chemin sans retour. Or, quand nous agissons de la sorte, il ne nous reste qu'à aller plus loin. Je suis allé voir le nomade que j'avais rencontré un jour, je lui ai demandé de m'apprendre à oublier mon histoire personnelle, à m'ouvrir à l'amour qui est présent partout. J'ai commencé à étudier la tradition du Tengri avec lui. Un jour, j'ai tourné la tête et j'ai vu cet amour reflété dans une paire d'yeux : ceux d'un peintre appelé Dos. »

Je n'ai rien dit.

« J'étais très meurtrie, je ne pouvais pas croire qu'il fût possible d'aimer de nouveau. Il n'a pas dit grand-chose, il m'a appris à parler russe, et il me racontait que dans les steppes on emploie toujours le mot bleu pour décrire le ciel, même s'il est gris, car on sait qu'au-dessus des nuages, il demeure bleu. Il m'a pris la main, et il m'a aidée à traverser ces nuages. Il m'a appris à m'aimer, avant de l'aimer. Il m'a montré que mon cœur était à mon service et au service de Dieu, et non au service des autres.

« Il m'a dit que mon passé m'accompagnerait toujours, mais que plus je me libérerais des faits et me concentrerais sur les seules émotions, plus je comprendrais qu'il y a toujours dans le présent un espace aussi grand que la steppe à remplir d'amour et de joie de vivre.

« Enfin, il m'a expliqué que la souffrance naissait quand nous attendons que les autres nous aiment comme nous l'imaginons, et non comme l'amour doit se manifester – librement, sans contrôle, nous guidant de sa force et nous empêchant de nous arrêter. »

J'ai retiré ma tête de son épaule, et je l'ai regardée.

« Et tu l'aimes ?

— Je l'ai aimé.

— Tu l'aimes toujours ?

— Crois-tu que ce serait possible ? Crois-tu que si j'aimais un autre homme, sachant que tu allais arriver, je serais encore ici ?

— Je ne crois pas. Je crois que tu as passé la matinée à attendre le moment où la porte allait s'ouvrir.

— Alors pourquoi me poses-tu des questions stupides ? »

Par manque d'assurance, ai-je pensé. Mais c'était formidable qu'elle ait essayé de rencontrer de nouveau l'amour.

« Je suis enceinte. »

C'était comme si le monde s'écroulait sur ma tête, mais cela n'a duré qu'une seconde.

« Dos ?

— Non, quelqu'un qui est venu et qui est parti. »

J'ai ri, même si j'avais le cœur serré.

« En fin de compte, il n'y a pas grand-chose à faire dans ce bout du monde, ai-je commenté.

— Ce n'est pas le bout du monde, a répondu Esther, riant elle aussi.

— Mais il serait peut-être temps de rentrer à Paris. On m'a téléphoné de ton travail, pour me demander si je savais où l'on pouvait te trouver. Ils voudraient que tu fasses un reportage en compagnie d'une patrouille de l'Otan en Afghanistan. Tu dois répondre que tu ne peux pas.

— Pourquoi je ne peux pas ?

— Tu es enceinte ! Désires-tu que le bébé reçoive dès maintenant les énergies négatives d'une guerre ?

— Le bébé ? Crois-tu qu'il va m'empêcher de travailler ? Et de plus, pourquoi t'inquiètes-tu ? Tu n'as rien fait pour !

— Je n'ai rien fait ? N'est-ce pas grâce à moi que tu as atterri ici ? Tu trouves que ce n'est rien ? »

Elle a retiré de la poche de sa robe blanche un morceau de tissu taché de sang, et elle me l'a offert, les yeux pleins de larmes.

— C'est pour toi. Nos querelles me manquaient. »

Et après une pause :

« Demande à Mikhail qu'il trouve un cheval de plus. »

Je me suis levé, je l'ai prise par les épaules, et je l'ai bénie, comme j'avais été béni.

Après l'immense succès du *Zahir*, découvrez

Comme le fleuve qui coule

de PAULO COELHO

En 101 textes courts (petites nouvelles, paraboles ou contes philosophiques publiés dans divers journaux entre 1998 et 2005), Paulo Coelho nous livre des petits morceaux de quotidien et d'imaginaire.

Un voyage extraordinaire dans la pensée de l'auteur le plus lu au monde.

Le 1er juin 2006
aux Editions
Flammarion
288 pages
13.95 €

7990

Composition Nord Compo
Achevé d'imprimer en France (La Flèche)
par Brodard et Taupin
le 24 mars 2006. - 34546
Dépôt légal mars 2006. ISBN 2-290-35313-2

Éditions J'ai lu
87, quai Panhard-et-Levassor, 75013 Paris
Diffusion France et étranger : Flammarion